大师谈读书

THE MASTER'S INTELLIGENT SERIES

董瑞光◎编著

时代文艺出版社
SHIDAI WENYI CHUBANSHE

图书在版编目（CIP）数据

大师谈读书 / 董瑞光 编著. 一长春：时代文艺出版社，2011.4（2023.7重印）（2023.7重印）
（大师智慧书系）

ISBN 978-7-5387-3565-9

I. ①大… Ⅱ. ①董… Ⅲ. ①散文集－世界 Ⅳ. ①I16

中国版本图书馆CIP数据核字（2011）第054911号

出 品 人 陈 琛
选题策划 朱凤嫒
责任编辑 苗欣宇 田 野
装帧设计 孙 俪
排版制作 沈 荣

大师谈读书

董瑞光 编著

出版发行 / 时代文艺出版社
地址 / 长春市福祉大路5788号 龙腾国际大厦A座15层 邮编 / 130118
总编办 / 0431-81629751 发行部 / 0431-81629758
官方微博 / weibo.com/tlapress
印刷 / 永清县晔盛亚胶印有限公司
开本 / 710×1000毫米 1 / 16 字数 / 235千字 印张 / 15
版次 / 2012年1月第1版 印次 / 2023年7月第3次印刷 定价 / 58.00元

目录

C O N T E N T S

蒙田

米歇尔·德·蒙田（1533—1592），法国散文家。
他因论述当代思想与人格的《随笔集》而闻名，这本书采用一种新的文学体裁，
在世界文学史上有很大贡献。

※ 与书交往稳定方便

......

上述两种交往都有偶然性，并取决于别人。第一种因其寡见鲜有而令人惆怅；第二种随着岁月增长而日渐凋零；故而它们没能满足我一生的需要。与书本的交往，即我要谈的第三种交往，要可靠得多，并更多地取决于我们自己。这种交往也许没有前面两种的诸多优点，但稳定和方便却是它独有的长处。与书本的交往伴随着我的一生，并处处给我以帮助。它是我的老境和孤独中的安慰。它解除我的闲愁和烦闷，并随时帮我摆脱令人生厌的伙伴。它能磨钝疼痛地芒刺，如果这疼痛不是达到极点和压倒一切的话。为了排遣一个挥之不去的念头，唯一的办法是求助于书籍，书很快将我吸引过去，帮我躲开了那个念头。然而书籍毫不

因为我只在得不到其他更实在、更鲜活、更自然的享受时才去找它们而气恼，它们总是以始终如一的可亲面容接待我。

事实上，我使用书本几乎并不比那些不知书为何物的人更多。我享受书，犹如守财奴享受他的财宝，因为我知道什么时候我乐意，随时可以享受；这种拥有权使我的心感到惬意满足。

不管在太平时期还是在战乱年代，我每次出游从不曾不带书。然而我可能数天，甚至数月不用它们。我对自己说："待会儿再读，或者明天，或者等我想读的时候。"时间一天天过去，但我并不悲伤。因为我想书籍就在我身边，它们赋予我的时日几许乐趣。我无法说清这一想法使我何等心安理得，也无法总结书籍给我生活带来多大的帮助。总之，它是我人生旅途中最好的食粮，我非常可怜那些缺乏这种食粮的聪明人。不过出游中我更愿接受其他的消遣方式，不管它多么微不足道，何况这类消遣我从来不会缺少。

在家中，我躲进书房的时间要多些。我就在书房指挥家中一切事务。我站在书房门口，可将花园、饲养场、庭院及庄园的大部分地方尽收眼中。我在书房一会儿翻翻这本书，一会儿翻翻那本书，并无先后次序，也无一定的目的，完全是随心所欲，兴之所至。我有时堕入沉思，有时一边踱来踱去，一边将我的想法记录下来或口授他人，即如现在这样。

倘若有人对我说，把文学艺术仅仅当做一种玩物和消遣，是对缪斯的亵渎，那是因为他不像我那样知道，娱乐、游戏和消遣是多么有意思！我差点儿要说，其他任何目的都是可笑的。

我过一天是一天，而且，说句不敬的话，只为自己而活：我生活的目的止于此。我年轻时读书是为了炫耀，后来多少为了明理，现在则为了自娱，从来不为得利。过去我把书籍作为一种摆设，远不是用来满足自我的需要，而是用来做门面，装饰自己；这种耗费精力的虚荣心，早已被我抛得远远的了。

读书有诸多好处，只要善于选择书籍；但是不花力气就没有收获。读书的乐趣一如其他乐趣一样，并不是绝对的，纯粹的，也会带来麻烦，而且很严重；读书时头脑在工作，身体却静止不动，从而衰弱、委顿，而我并没忘了注意身体，对暮年的我来说，过分沉湎于书本是最有害健康，最需要避免的事。

以上便是我最喜爱的三种个人交往，至于因职责的需要而进行的社会交往，这里就不谈了。

培根

弗朗西斯·培根（1561—1626），英国唯物主义哲学家、随笔作家和詹姆士一世的大法官，英国唯物主义和整个近代实验科学的创始人，曾提出"知识就是力量"的名言。著有《论科学的价值和发展》《新工具》《随笔》等。

※ 谈读书

读书之用有三：一为怡神旷心，二为增趣添雅，三为长才益智。怡神旷心最见于蛰伏幽居，增趣添雅最见于高谈雄辩，而长才益智则最见于处事辩理。虽说有经验者能就一事一理进行处置或分辨，但若要通观全局并运筹帷幄，则还是博览群书者最能胜任。

读书费时太多者皆因懒散，寻章摘句过甚者显矫揉造作，全凭书中教条断事者则乃学究书痴。天资之改善须靠读书，而学识之完美须靠实践；因天生资质犹如自然花木，需要用学识对其加以修剪，而书中所示则往往漫无边际，必须用经验和阅历界定其经纬。讲究实际者鄙薄读书，头脑简单者仰慕读书，唯英明睿智者运用读书，这并非由于书不示人其用法，而是因为其用法乃一种在书之外并高于书本的智慧，只有靠观察方可得之。

读书不可存心吹毛求疵，不可尽信书中之论，亦不可为已言掠辞夺句，而应该斟酌推敲，钩深致远。有些书可浅尝辄止，有些书可囫囵吞枣，但有少量书则须细细咀嚼，慢慢消化；换言之，有些书可只读其章节，有些书可大致浏览，有少量书则须通篇细读并认真领悟。有些书还可以请人代阅，只取代阅人所作摘录节要；但此法只适用于次要和无关紧要的书，因浓缩之书如蒸馏之水淡而无味。读书可使人充实，讨论可使人敏锐，笔记则可使人严谨；故不常做笔记者须有过目不忘之记忆，不常讨论者须有通权达变之天资，而不常读书者则须有狡诈诡谲之伎俩，方可显其无知为卓有见识。

读史使人明智，读诗使人灵透，数学使人精细，物理学使人深沉，伦理学使人庄重，逻辑修辞则使人善辩，正如古人所云：学皆成性；不仅如此，连心智上的各种障碍都可以读适当之书而令其开豁。身体之百病皆有相宜的调养运动，如滚球有益于膀胱和肾脏，射箭有益于肺部和胸腔，散步有益于肠胃，骑马有益于大脑等。

与此相似，若有人难聚神思，可令其研习数学，因在演算求证中稍一分神就得重来一遍；若有人不善辨异，可令其读经院哲学，因该派哲学家之条分缕析可令人不胜其烦；而若是有人不善由果溯因之归纳，或不善由因及果之演绎，则可令其阅读律师之案卷；如此心智上之各种毛病皆有特效妙方。

阿狄生

尤瑟夫·阿狄生（1672—1719），英国政治家、文学评论家。
曾任议员及副国务大臣。曾与斯梯尔合编《闲谈者》期刊，后又主编《旁观者》日刊，
为主要撰稿人，发表了大量提倡道德修养与及文艺评论的文章。
阿狄生还创作了悲剧《卡托》，在当时有巨大影响。

※ 旁观者自述

我曾默察：人当读书之际，先要知道作者肤色是深是浅，头发是黑是黄，脾气是好是坏，已婚还是单身，方才能够欣然开卷，因为诸如此类的详情细节对于正确了解一个作家是大为有利的。为了满足读者这种天然的好奇心，我打算把本期和下期报纸的内容定为发刊前言，介绍在本报担任工作的各位同人。而既然编、排、校之劳主要由我承当，义不容辞，我只好先来介绍自己的生平历史。

　　我是世家出身。据本村口碑，自征服者威廉时代以来，迄于今日，我家那块小小领地，父承子继，完好无缺，田地草场，亦无寸土增减，就连围墙界沟也和六百年前的一模一样。家人传说：生我之前，母亲做梦生下一位法官。此说之来，究竟因为我家当时正在进行一场诉讼，还是因为家父身为治安推事，殊难言之；而且，周围乡邻还说此梦乃是我一生必交官运之兆，但我没有那样愚妄，不去信它。不过，我一来到人间以及日后所具有的那副庄严派头却跟母亲的梦仿佛有点吻合，因为她常说我生下不满两月，就把拨浪鼓儿扔在一边，珊瑚玩具呢——家人不把小铃铛摘掉，我也不要。

　　此后，我的幼年时代可就无甚出奇之处，因而略过不提。我只发现，在我尚未成丁之年就以少年老成、郁郁寡欢而出名，只有教师对我偏爱，说我生性稳重，有厚望焉。进入大学没有多久，我便以沉默寡言而著称：八年之中，除了学院里的公开答辩，我说的话满打满算不到一百个字；而且，我在一生中也不记得什么时候一连说上三句话。我身在学府，一心向学，孜孜矻矻，无论古典文字、近代语言，凡属名著，几乎是无所不知的。

　　家父去世，我决心到国外游历。离开大学时，别人给我的评语是：生性古怪，莫测高深，学识渊博，难得外露。一种永不满足的求知欲迫使我走遍欧洲各国，为的是查访奇闻逸事。不仅此也，好奇心既经点燃，遂越加不可收拾，我一读到某些名人关于埃及古迹的争议，立即远航开罗，专程去把某一金字塔的高度丈量一番，待到弄清尺寸，匡正谬见之后，便心满意足，登程归国了。

　　近数年来，我在本市度日，公共场所，常去常往，但真正了解我是何许人的知交一共不过半打之数——对此诸君我将在下期专门给以介绍。众人会集之地，莫不留下鄙人踪迹。有时，我在威尔咖啡店，置身于政界人士行列之内，侧耳细听他们在自己小圈子里的叙谈。有时，我抽着烟斗，坐在柴尔德咖啡店里，仿佛一心一意看《信使报》，却把屋子里每个茶座上的谈话都偷偷听在耳中。星期天晚上，我在圣詹姆士咖啡店出现，有时参加他们密室里的政治会议，不过我在那里只是聆听高论，以广见闻。此外，在希腊人咖啡店、可可树咖啡店，以及祝来巷和干草市场两家戏院里，我也都不是生客。十多年来，交易所的人一直把我当作是个生意人；而在约拿丹会馆里的股票商又把我当成一个犹太掮客。总之，只要有人三五成群，我便周旋其间，但只有到了自己的俱乐部里，我才开口。

这样，我在世界上生活着，与其说是人类的一员，不如说是人类的旁观者。靠着这种办法，我把自己培养成为一个理论上的政治家、军人、商人、工艺家，但对于任何实际事务我全不插手。我也精通做丈夫、做父亲的道理，对于别人在持家、办事、娱乐当中的毛病，看得比他们自己还要清楚——这是因为棋走错了，旁观者总很容易发现，而棋局中人自己倒往往浑然不觉。我从不作出拥护任何党派的激烈表示，在辉格党人和托利党人之间保持严格的中立态度，除非某一方面的人向我挑衅，逼人太甚，我只好亮明观点。一句话，我在人生各个方面都扮演一个旁观者的角色，而这也就是我要在本报中所要保持的特点。

我谈出自己以上这些经历和特点，为的是让读者了解：我担任目前这个工作并非滥竽充数。

至于我生平遭遇中的其他详情，自然要在今后适当时机穿插到各期文章之中。同时，我每想到自己如此经多见广，勤学博闻，却生成一副沉默寡言的脾气，不免自谴自责，觉得纵然一无时间，二无兴趣通过言语把满腹才情向人全盘道出，总还可以诉诸笔墨，在一息尚存之时尽可能把自己的一得之愚公之于世。朋友们也常向我提醒：那么多有益于世道人心的见解，却埋藏在一个不爱说话的人的肚子里，实在可惜。有鉴于此，我打算每天上午发表一整张随感文字，以飨时人。我想，对于自己生于斯长于斯的国家，不管能够醒倦破闷也好，兴利除弊也好，只要稍稍有所贡献，那么一旦上天召唤，逝此以去，回顾一生，总算没有白白度过，也许是可以暗暗宽慰的吧。

但是，有三件大事，我在本期并没有谈到，而且，为了某些重要原因，暂时还要秘而不宣——我指的是我的名字、年龄、住所。我认为，读者的一切合理要求都应该予以满足，唯有这三件事，虽然明知它们也许足为本报生色，我仍然下不了决心将它们公之于众。这是因为：这些事一旦公布，多年来我默默无闻、安之若素的生活就要打破，我就不得不置身大庭广众之间跟各种人寒暄、应酬——而这偏偏是我所非常讨厌的事，因为我最感痛苦的莫过于被人找着攀谈、或者成为众目睽睽的目标。为了这个原因，我只好对自己的肤色和装束也保守机密。不过，随着报纸不断出版，也许我不定什么时候会把这两点透露出来。

关于我自己的事说过了，明天我将介绍在本报和我共事的各位先生。因为，我曾在前边透露，办报的计划，乃至于一切重要事项，都是在一个俱乐部里制订、通过的。不过，朋友们既然让我出头露面，凡是有意和本人通信者，请将信写到"小不列颠区，巴克莱出版所，旁观者收"。我再告知读者一句：我们俱乐部仅在星期二、四两日聚会，但我们的编辑部每晚有人值班，负责审阅对于促进公共利益有所帮助的稿件。

伯克

埃德蒙·伯克（1729—1797），英国政治家、散文家。
重要著作有《关于法国革命的感想》《关于目前不满情绪根源的感想》
《论美洲的赋税》《论与殖民地的和解》《关于刑法写给爱尔兰一位贵族的信》
《论在印度发了财的欧洲人的私人债务》等。

※ 时间、地点与书

真正的嗜书者不管读哪一本心爱的书，对时间和地点总很讲究，唯有这样，才能在书中探骊得珠。但也有那么一种书蠹，随时随地随便什么书都看得下去。有一天我就遇到一位老兄，竟在地铁里看起斯摩莱特来。这种人并不真的爱读书，他们不能品味自己手中的读物，只是囫囵吞枣而已，自然也未领略到其中的韵味和风致，因为这种妙境只是在相宜的阅读环境才会出现。所谓相宜的阅读环境，不过是比照所读书的神韵而言，斯摩莱特与地铁彼此就未免太不相契了。

譬如，在乡间栽有雪松的草坪上，就不大容易从人称的"露天读物"中萃取菁华，它们只宜在城里楼房的内室中阅读。就我本人而言，像如下的诗句：

> 呵，它传到我耳中，恰如迷人的索斯
>
> 在紫罗兰的堤上絮语
>
> 送来又带去馥馥的香气

它们在肯林顿的卧室里读来妙不可言，但萨里的乡间小路上回味时味道就差远了。

我不会在山顶读理查·杰弗里斯。书断不可与绿叶、蓝天和红日共处，否则，眼前的现实将会扼杀读书时产生的幻想。对柯罗相宜的阅读处所是空空如也的房中，而坐在树枝上翻他的作品简直是罪过。

同样，在僻静的农舍读城市文学会情趣盎然；游记属于火炉旁的伴侣，不要在班机去浏览它。在田头地角受宠的作者，写不出精神历险与探幽的大部头。粗汉最爱的作家是纳·古尔德之流，而文人则青睐诗人和闲适的小品文作者。

某些见地不同的人可能会说："床边读物"只是一种任性的分类，并无事实上的依据。我觉得这种看法有问题。显然，有的书只宜于在床边翻，有的书则须在图书馆里啃；有些书应在火炉旁浏览，有些书适于茶桌上品尝；有些书让人凌晨朗诵，有些书供人下午解乏，有些书作为夜晚消遣。我的一位朋友还创办了一种杂志，名为《H与C》，是专为沐浴时浏览的。

读那些死里逃生和离奇感人的故事，床上实在是个绝妙的处所，在那儿你与世隔绝，甚至也与你自家住宅或套间隔离开来。电话铃响了，就让它响去；邮递员敲门，就让他敲好了。既已脱衣上床，离地板三尺，自然高出于营营攘攘的尘世之上。你像神仙般仰卧白云，心境冲淡超逸，一尘不染，静观人间凡夫俗子困扰与纷争的故事。床上是读《金银岛》和《诱拐》的所在。浓雾迷天的伦敦之夜，在公共汽车上读沙克尔顿的《南极》会一无所得，你完全被自身的危险处境所占据，因而对这种探险的书失去了敏感，还是让它在床上来陪伴你吧。不过，千万别把斯威夫特带到床上来，他在床上会像刺一样蜇人；马·比尔博姆和安·弗朗斯也太精了点儿，做不得床头的好伙伴。

冬日晚饭后围坐火炉旁，捧一本离奇的流浪汉小说，此刻就别提有多惬意了，如《匹克威克》《兰登》《吉尔布拉斯》《唐·吉诃德》都行。要么找一位闲话栏作家来聊一聊也不坏，像亲切随便的《霍埃利亚尼书简》的作者豪厄尔就是合适的人选，格拉蒙特、佩皮斯、鲍斯韦尔、伊夫林、格洛劳等作家同样说得过去。

精微深致之作宜于白天阅读。阳光明媚的早晨或午后，正好把简·奥斯丁、盖斯凯尔夫人和皮科克找到窗前谈心，而《修路工》和《垂钓全书》，以及大部分斯蒂文森的作品也可选在此时细嚼慢咽。梅内尔夫人的小品当在下午消受，《拉文格罗》和《圣经在西班牙》则可用于消闲的夜晚。我曾试过深夜翻阅《模仿基督》，随之又不得不把它搁到一边，换一本帕特森的《道路》；至于烈日炎炎的盛夏，我非丢开赫·梅尔维尔不可，转而去亲近《感伤的旅行》。

有些人在海边漫步处和沙滩上打开书，这种场面是我亲眼所见；至于他们读的是哪类书，是否真的读进去了，我不得而知。不过，单是如此尝试已足使我惊诧。我在户外的强光下，甚至连报纸上的章节也弄不懂，小说中密密麻麻的拼写符号就更是活像字妖。只有极少数优雅的诗人，如洛弗莱斯、赫里克、坎品、丹尼尔、德拉蒙德、德雷顿、考利，允许我们或是在夕阳西下的凉亭上，或是于河边树荫覆盖的孤舟中，分享他们心灵世界的美妙。但是，没有印刷品在晃眼的阳光下，会给人带来精神的快慰。

除了床上以外，阅读描写神话英雄一类的东西，最佳的地方就要数教堂顶上放置风琴的楼厢了。在中学念书的最后一年，我是学校教堂里的风琴手。每当布道、演讲、祈祷之际，我总是安稳地藏在那儿绿呢窗帘的后面，房中笼罩着一种神秘的气氛，四周是着色的玻璃窗，透过一个窗户上的小孔，眺望远处的青山、白路，聆听路上的马嘶。此时此地正合我的心意——这正是捧读哈里森·安斯沃思作品的好时光。

（戴建业 译）

兰姆

查尔斯·兰姆（1775—1834），英国散文作家。他的诗作成就不高，最大的成就是随笔，后收为两个集子《伊利亚随笔集》和《后期随笔集》，有《万愚节》《古旧的瓷器》《退隐者》等名篇。

※ 读书漫谈

把心思用在读书上，不过是想从别人绞尽脑汁、苦思冥想的结果中找点乐趣。其实，我想，一个有本领、有教养的人，灵机一动，自有奇思妙想联翩而来，这也就尽够他自己受用的了。

——《旧病复发》中福平顿勋爵的台词

我认识的一位生性伶俐的朋友，听了爵爷这段出色的俏皮话，在惊佩之余，完全放弃了读书；从此他遇事独出心裁，比往日大有长进。我呢，冒着在这方面丢面子的危险，却只好老实承认：我把相当大的一部分时间用来读书了。我的生活，可以说是在与别人思想的神交中度过的。我情愿让自己淹没在别人的思想之中。除了走路，我便读书，我不会坐在那里空想——自有书本替我去想。

在读书方面，我百无禁忌。高雅如夏夫茨伯利，低俗如《魏尔德传》，我都一视同仁。凡是我可以称之为"书"的，我都读。但有些东西，虽具有书的外表，我却不把它们当做书看。

在biblia a-biblia（非书之书）这一类别里，我列入了《宫廷事例年表》《礼拜规则》、袖珍笔记本、订成书本模样而背面印字的棋盘、科学论文、日历、《法令大全》、休谟、吉本、洛伯森、毕谛、索姆·钱宁斯等人的著作，以及属于所谓"绅士必备藏书"的那些大部头，例如弗莱维·约瑟夫斯（那位有学问的犹太人）的历史著作和巴莱的《道德哲学》。把这些东西除外，我差不多什么书都可以读。我庆幸自己命交好运，得以具有如此广泛而无所不包的兴趣。

老实说，每当我看到那些"披着书籍外衣的东西"高踞在书架之上，我就禁不住怒火中烧，因为这些假圣人篡夺了神龛，侵占了圣堂，却把合法的主人赶得无处存身。从书架上拿下来装订考究、书本模样的一大本，心想这准是一本叫人开心的"大戏考"，可是掀开它那"仿佛书页似的玩意儿"一瞧，却是叫人扫兴的《人口论》。想看看斯梯尔或是法夸尔，找到的却是亚当·斯密。有时候，我看见那些呆头呆脑的百科全书（有的叫"大英"，有的叫"京都"），分门别类，排列齐整，一律用俄罗斯皮或摩洛哥皮装订，然而，相比之下，我那一批对开本的老书却是临风瑟缩，衣不蔽体——我只要能有那些皮子的十分之一，就能把我那些书气气派派地打扮起来，让派拉塞尔萨斯焕然一新，让雷蒙德·拉莱能够在世人眼中恢复本来面目。每当我瞅见那些衣冠楚楚的欺世盗名之徒，我就恨不得把它们身上那些非分的装裹统统扒下来，穿到我那些衣衫褴褛的旧书身上，让它们也好避避寒气。

对于一本书来说，结结实实、齐齐整整地装订起来，是必不可少的事情，豪华与否倒在其次。而且，装订之类即使可以不计工本，也不必对各类书籍不加区别，统统加以精装。譬如说，我就不赞成对杂志合订本实行全精装——简装或半精装（用俄罗斯皮）也就足矣。而把一部莎士比亚或是一部弥尔顿（除非是第一版）打扮得花花绿绿，则是一种纨绔子弟习气。而且，收藏这样的书，也不能给人带来什么不同凡响之感。说来也怪，由于这些作品本身如此脍炙人口，它们的外表如何并不能使书主感到高兴，也不能让他的占有欲得到什么额外的满足。我以为，汤姆逊的《四季》一书，样子以稍有破损、略带卷边儿为佳。对于一个真正爱读书的人来说，只要他没有因为爱洁成癖而把老交情抛在脑后，当他从"流通图书馆"借来一部旧的《汤姆·琼斯》或是《威克菲尔德牧师传》的时候，那污损的书页，残破的封皮以及书上（除了俄罗斯皮以外）的气味，该是多么富有吸引力呀！它们表明成百上千读者曾经带着喜悦的心情用拇指翻弄过这些书页，表明了这本书曾经给某个孤独的缝衣女工带来快乐。这位缝衣女工、女帽工或者辛辛苦苦工作的女装裁缝，在干了长长的一天针线活之后，到了深夜，为了把自己的一肚子哀愁暂时浸入忘川之水，好不容易挤出个把钟头的睡眠时间，一个字一个字拼读出这本书里的迷人的故事。在这种情况之下，谁还去苛求这些书页是否干干净净、一尘不染呢？难道我们还会希望这些书的外表更为完美无缺吗？

从某些方面说，愈是好书，对于装订的要求就愈低。像菲尔丁、斯摩莱特、斯泰恩以及这一类作家的书，似乎是版藏宇宙之内，不断重印，源源不绝。因此，对于它们个体的消灭也就毫不可惜，因为我们知道这些书的印本是绵绵不断的。然而，当某一本书既是善本，又是珍本，仅存的一本就代表某一类书，一旦这一孤本不存——

天上火种何处觅，

再使人间见光明？

例如，纽卡塞公爵夫人写的《纽卡塞公爵传》就是这么一本书。为把这颗文学明珠加以妥善保存，使用再贵重的宝盒，再坚固的铁箱都不算过分。

不仅这一类的珍本书，眼见得重版再印渺渺无期，就是菲利浦·锡德尼、泰勒主教、作为散文家的弥尔顿以及付莱这些作家，尽管他们著作的印本已经流行各地，成为街谈巷议之资，然而由于这些作品始终未能（也永远不会）成为全民族喜闻乐见之文，雅俗共赏之书，因此，对于这些书的旧版，最好还是用结实、贵重的封套好好保存起来。我并无意搜求第一版的莎士比亚对开本。我倒宁愿要罗和汤生的通行本。这种版本没有注释，插画虽有但拙劣之极，仅足以起那么一点儿图解、说明原文的作用而已。然而，正因为如此，它们却远远胜过其他莎士比亚版本的豪华插图，原因是那些版画太不自量，竟然妄想与原文争个高下。在对于莎剧的感情上，我和我的同胞们心心相印，所以我最爱看的乃那种万人传阅、众手捧读的版本。对于鲍门的弗莱彻却恰恰相反——不是对开本，我就读不下去；八开本看着都觉得难受，因为我对它们缺乏感情。如果这两位作家像那位诗人那样受到万口传诵，我自然读读通行本也就心满意足，而不必仰仗旧版了。有人把《忧郁的剖析》一书加以翻印，真不知是何居心。难道有必要把那位怪老头的尸首重新刨出来，裹上最时髦的寿衣，摆出来示众，让现代人对他评头品足吗？莫非真有什么不识时务的书店老板想让伯尔顿变成家喻户晓的红人吗？马隆干的蠢事也不能比这个再糟糕了——那个卑鄙小人买通了斯特拉福教堂的职员，得到许可把莎翁的彩绘雕像刷成一色粉白；然而，雕像的原貌尽管粗糙，却甚逼真，就连面颊、眼睛、须眉、生平服装的颜色也都一一描画出来，虽不能说十全十美，但毕竟是诗人身上的细部，而且我们也有了一个唯一可靠的见证。但是，这一切都被他们用一层白粉统统覆盖了。我发誓，如果我那时候恰好是沃里克郡的治安法官，我定要将那个注释家和那个教堂职员双双砸上木枷，把他们当做一对无事生非、亵渎圣物的歹徒加以治罪。

我眼前似乎看见他们正在现场作案——这两个自作聪明的盗墓罪犯。

我有个感觉，直说出来，不知是否会被人认为怪诞？我国有些诗人的名字，在我们（至少在我）耳朵里听起来要比弥尔顿或莎士比亚更为亲切有味，那原因大概是后面这两位的名字在日常谈话中翻来覆去说得太多，有点俗滥了。我觉得，最亲切的名字，提起来就口角生香的，乃马洛、德雷顿、霍桑登的德拉蒙和考莱。

这在很大程度上决定于读书的时间和地点。譬如说，开饭前还有五六分钟，为了打发时间，谁还能有耐心拿起一部《仙后》或者安德鲁斯主教的布道文来读呢？

开卷读弥尔顿的诗歌之前，最好能有人为你演奏一曲庄严的宗教乐章。不过，弥尔顿自会带来他自己的音乐。对此，你要摒除杂念，洗耳恭听。

严冬之夜，万籁俱寂，温文尔雅的莎士比亚不拘形迹地走进来了。在这种季节，自然要读《暴风雨》或者他自己讲的《冬天的故事》。

对这两位诗人的作品，当然忍不住要朗读——独自吟哦或者（凑巧的话）读给某一知己均可。

听者超过二人——就成了开朗诵会了。

为了一时一事而赶写出来、只能使人维持短暂兴趣的书，很快浏览一下即可，不宜朗读。时新小说，即便是佳作，每听有人朗读，我总觉讨厌之极。

朗读报纸尤其要命。在某些银行的写字间里，有这么一种规矩：为了节省每个人的时间，常由某位职员（同事当中最有学问的人）给大家念《泰晤士报》或者《纪事报》，将报纸内容全部高声宣读出来，"以利公众"。然而，可这嗓子、抑扬顿挫地朗诵的结果，却是听者兴味索然。理发店或酒肆之中，每有一位先生站起身子，一字一句拼读一段新闻——此系重大发现，理应告知诸君。另外一位接踵而上，也念一番他的"选段"——整个报纸的内容，便如此这般零敲碎打地透露给听众。不常读书的人读起东西速度就慢。如果不是靠着那种办法，他们当中恐怕难得有人能够读完一整张报纸。

报纸能引起人的好奇心。可是，当人读完一张报纸，把它放下来，也总有那么一种惘然若失之感。

在南都饭店，有一位身穿黑礼服的先生，拿起报纸，一看就是老半天！我最讨厌茶房不住地吆喝："《纪事报》来啦，先生！"

晚上住进旅馆，晚餐也定好了，碰巧在临窗的座位上发现两三本过期的《城乡杂志》（不知在从前什么时候，哪位粗心的客人忘在那里的），其中登着关于密约私会的滑稽画：《高贵的情夫与格夫人》，《多情的柏拉图主义者和老风流在一起》，这都说不清是哪辈子的桃色新闻了。此时此地，还能有什么读物比这个更叫人开心呢？难道你愿意换上一本正儿八经的好书吗？

可怜的托宾最近眼睛瞎了，不能再看《失乐园》《考玛斯》这一类比较严肃的书籍了，他倒不觉得多么遗憾——这些书，他可以让别人念给他听。他感到遗憾的乃失去了那种一目十行飞快地看杂志和看轻松小册子的乐趣。

我敢在某个大教堂里森严的林荫道上，一个人读《老实人》，被人当场抓住，我也不怕。

可是，有一回，我正自心旷神怡地躺在樱草山的草地上读书，一位熟识的小姐走过来（那儿本是她芳踪常往之地），一瞧，我读的却是《帕米拉》——叫人没躲没闪，心里有一种说不出的滋味。要说呢，被人发现读这么一本书，也并没有什么叫人不好意思的地方；然而，当她坐下来，似乎下定决心要跟我并肩共读时，我却巴不得能够换上一本别的什么书才好。我们一块儿客客气气读了一两页，她觉得这位作家不怎么对她的口味，站起身来走开了。爱刨根问底的朋友，请你去猜一猜：在这种微妙的处境中，脸上出现红晕的究竟是那位仙女，还是这位牧童呢？——反正两人当中总有一个人脸红，而从我这里你休想打听到这个秘密。

我不能算是一个户外读书的热心支持者，因为我在户外精神无法集中。我认识一位唯一神教派的牧师——他常在上午十点到十一点之间，在斯诺山上（那时候还没有斯金纳大街）一边走路，一边攻读拉德纳的一卷大著。我对他那种远避尘俗、孑然独行的风度常常赞叹，但我不得不承认，这种超然物外、凝神贯注的脾气与我无缘。因为，只要在无意之中瞥一眼从身旁走过的一个脚夫身上的绳结或者什么人的一只面包篮子，我就会把好不容易记住的神学常识忘到九霄云外，就连五大论点也都不知去向了。

还要说一说那些站在街头看书的人，我一想起他们就油然而生同情之心。这些穷哥儿们无钱买书，也无钱租书，只得到书摊上偷一点知识——书摊老板眼神冷冰冰的，不住拿嫉恨的眼瞪着他们，看他们到底什么时候才肯把书放下。这些人战战兢兢，看一页算一页，时刻都在担心老板发出禁令，然而他们还是不肯放弃他们那求知的欲望，而要"在担惊受怕之中寻找一点乐趣"。马丁·伯—就曾经采取这种办法，天天去书摊一点一点地看，看完了两大本《克拉丽萨》（这是他小时候的事）。突然间，书摊老板走过来，打断了他这番值得赞美的雄心壮志，问他到底打算不打算买这部书。马丁后来承认，他一生中，读任何书也没有享受到像他在书摊上惶惶不安看书时所得到的乐趣的一半。当代一位古怪的女诗人，根据这个题材，写了两段诗，非常感人而又质朴。诗曰：

我看见一个男孩站在书摊旁，

眼含渴望，打开一本书在看，

他读着、读着，像要把书一口吞下，

这情景却被书摊的老板瞧见——

他立刻向那男孩喝道：

"先生，你从来没买过一本书，

那么你一本书也不要想看！"

那孩子慢吞吞地走开，发出长叹：

他真后悔不如从来不会念书，

那么，那个老混蛋的书也就跟自己毫不相干。

穷人家有许许多多的辛酸——

对这些，有钱人根本不必操心。

我很快又看见另外一个男孩，

他脸色憔悴，似乎一整天饮食未进。

他站在一个酒馆门前，

望着食橱里的肉块出神。

这孩子，我想，日子真不好过，

饥肠辘辘，渴望饱餐，却身无一文；

无怪他恨不得不懂什么叫做吃饭，

那样，他就无须对着美味的大菜望洋兴叹。

赫兹里特

威廉姆·赫兹里特（1778—1830），英国评论家、散文家、画家。

赫兹里特著述面较广，有历史、哲学、政论等著作。

代表作有《拿破仑传》《论人的行为准则》《回答马尔萨斯》《论青春的不朽之感》《时代的精神》《燕谈录》等。

※ 论平易的文体

平易的文体并非轻易得来。不少人误识为文字俚俗便是文风平易，信笔写去即为不加雕饰。

其实恰恰相反。我说的这种文体比任何文字都更加需要精确，或者说，需要语言纯净。它不但要摒除一切华而不实之词，也要摒除一切陈言套语以及那些若即若离、不相连属、胡拼乱凑的比喻。飘然自来的浮词切不可使用，而要在通行词语中选优拔萃；也不可随心所欲将各种词语任意搭配，必须在习惯用语中确有所本方可加以发挥。

所谓写出一手纯正、平易的英语文体，意思是说：要像一个完全精通词章之道的人在日常谈话中那样，说话行云流水，娓娓动人，明晰畅达，却无掉书袋，炫口才之嫌。换句话说，朴素的作文与日常谈话的关系，正和朴素的朗读与日常口语的关系相同。这并非说，只要不去超越日常口头表达的规范，你便可轻而易举地出口字正腔圆，发音抑扬适度。当然，你无须像在教堂里讲道或在舞台上朗诵那样拿腔作势；然而，你也不可不分轻重，不讲分寸，信口哇啦哇啦，再不然就乞灵于粗俗方音，油腔滑调。

中间之道才是应当采取的办法。某种疾徐适度的发音方法制约着你，而这种发音方法又受制于某种约定俗成的以音表意的关系，要想找到它只有去体察作者的本意——这就正如你要想找到恰当的字眼和风格来表达自己的意思，必须凝神细思自己要写的内容一样。用演戏似的调子朗诵一段文章，或者用夸张的方式把自己的思想表述一番，这样的事人人会做；但是，要想作文、说话恰到好处，朴实无华，可就比较难了。

华丽的文章好作，只要在叙事状物之际采用夸大一倍的字眼就行，然而，要想找出确切的字眼，与那一事物铢两悉称，纤毫不差，可就不那么容易了。从十个八个同样通俗易懂，也几乎同样可供采用的字眼当中，选出某一个字眼，这个字眼的优长之处极难分辨但又至关紧要，这是要有明察秋毫的眼力的。我之所以不赞成约翰生博士的文体，原因就在于那种文体缺乏明辨，缺乏汰选，缺乏变化。他使用的全是从"朱红字体训告"中挑出来的那些"高大、晦涩的字眼"——这些字眼音缀很长，或者是加上英语词尾的拉丁词。

要是这样随心所欲的矫饰就能形成优美的文体，那么只要对某位作家使用的单词长度加以计算，或者只看他如何把本国语言换成累赘的外来语词（不管和内容关系如何），便可判定文风的典雅了。这么说来，为高雅而舍平易，因典丽而失本意，岂不是太容易了吗？要想避免文风卑下，只要机械似的在文章中一味卖弄学问，装腔作势也就是了。

你在文章中连一个普通字眼也不用，自然不会犯用词粗俗之病。然而，真正的文字圆熟却表现在一方面坚持使用那些人人通用的字眼，而又回避那些在某些可厌的环境中用滥了的字眼，以及那些仅仅对于某种技术或某种行业才有意义的词语。真正平易自然的文体不可给人以怪僻或粗俗之感，因为这种文体要通行四方，说服公众，而冷僻粗俗之词却容易使人联想到某些粗野、不快或狭隘的概念。这里指的是所谓"切口"或"俚语"。

笼统议论，难以说明，且举一例：像To cut with a knife（用刀子来切）或To cut a piece of wood（切开一块木头）这样的短语，完全不会给人以粗俗之感，因为它们是到处通用的；然而，To cut an acquaintance（切断和熟人的来往）这个说法，就不能说是无懈可击的了，因为它并非处处通行，人人明了，它还没有走出俚语的范围之外。

此，我将这个单词用于此种意义时，不得不写成斜体字样，以表明这是一种破格用法，在采用时要cum grano salis（加以斟酌）。一切土语冷词也应在摒弃之列——作者把此类字眼写在纸上，是为了谈论他自己家里或某个"小圈子"的私事，再不然就是他为了某种个人方便自己生造的。我想，词汇就像货币，愈通用愈好，而且，它们也只有靠着习俗的批准才能流通、才有价值。在这个问题上，我是宁缺勿滥的——我宁愿去冒险私造国家货币，也不肯去私造国王陛下的英语。我从未生造过什么单词，也不曾毫无根据地给哪个单词添加什么新的意义，只有一次例外——用imfersonal（非个人的）这个词去形容感情，那还是在讨论深奥的形而上学问题时，为了表示某种非常难以界说的特征时才使用的。

我知道，我曾经被人强烈谴责，说我爱用粗鄙字眼和蹩脚英语。对此我不想辩解。不过，我倒愿意自己招认：对于那些公认的习惯用语和通行省略句型，我是坚决采用的。而且，我相信，那些评论家们自己也未必能够把这两回事分得清清楚楚，就是说，在煞有介事掉书袋和不顾文理、野调无腔这两者之间还能看出点别的什么名堂。作为一个作家，我竭力使用那些普普通通的字眼和那些家喻户晓的语言结构，正像假如我是一个商贩，我一定使用大家通用的度量衡器具一样。

词汇的力量不在词汇本身，而在词汇的应用。一个音节嘹亮的长字，就其本身的学术性和新奇感来说，可能是令人叹赏的，然而，把它放在某句上下文之中，说不定倒会牛头不对马嘴。

这是因为要确切表达作者的意思，关键并不在文词是否华丽、堂皇，而在于文词是否切合内容；正像在建筑中，要使拱门坚固，关键不在于材料的大小和光泽，而在于它们用在那里是否恰好严丝合缝。因此，在建筑物中，竹头木钉有时竟与大件木料同等重要，而其支撑作用肯定远远胜过那些徒有其表、不切实用的装饰部件。

我最见不得那些白占地位的东西，见不得一大堆空纸盒装在车上招摇过市，也见不得那些写在纸面上的大而无当的字眼。一个人写文章，只要他不是立志要把自己的真意用重重锦绣帐幔、层层多余伪装完全遮掩起来，他总会从熟悉的日常用语中想出一二十种说法，一个比一个接近他所要表达的情感，只怕到了最后，他竟会拿不定主意要用哪一种说法才能恰如其分地表达自己的心意哩！如此说来，考拜特先生所谓最先闪现脑际之词自然最好的说法未必可靠。这样出现的字眼也许很好，然而经过一次又一次推敲，还会发现更好的字眼。这种字眼，要经过围绕内容进行清醒而活泼的构思，才能够自自然然出现。碰上一个字眼不满意，只顾在那里改来换去，是不济事的，正像我们有时忘记一个人名、地名，光逼迫脑子苦思呆想无用一样。路子走偏了，愈坚持就离目标愈远。但是，沿着本来的思路，一旦想到点子上，需要的词儿说不定就会在意料不到的时候一下子出现。

有人专爱搜藏华丽奇巧的词藻，就像珍藏着古老的奖章、年代不明的钱币和西班牙八里尔的小钱那样，郑重其事向人炫耀。这些玩意儿拿来猎奇欣赏是很好玩的，但我却不愿在流通过程中接受它们，使用它们。文章中带上一点儿古色古香并不妨事，但若满篇古语废词，那就"仅可供摆设而不切实用"了。我并不是说，凡是在上一世纪中叶或末期曾经流行过的习语，我统统摒弃不用；我是说，在那个时期的习语中，凡是未经有定评的作家使用过的，我也尽量小心，以不用为是。

词汇，像衣服一样，经过一段时间弃置不用，就会失去时效，变得相形见细，甚至滑稽可笑。只有兰姆先生的文章，虽然模拟古老的英语文体，我仍然能够高高兴兴地读下去，原因是他和那些作家在精神上浑然相通，让人不觉其为模拟。他那内在的温情，藏在思想感情深处的禀性，那通过深邃、灵敏的直觉而获得的题材，冲淡了古色古香的文体外衣所带来的古怪、别扭之感。内容全是他自己的，风格却是模拟他人的。也许正因为他那种思想太与众不同了，才不得不采用一种特别的传统表达方式，把他那尖锐的锋芒加以收敛。因为，以他那样的思想，再用时新的服装打扮起来，恐怕就太惊世骇俗了。

伯尔顿，付莱，科雷亚特，托马斯·勃朗爵士这几位古老的英国作家，夹在我们和我们这位当代奇才之间，似乎起着一种调解人的作用，使得我们对于他的怪癖能够不以为奇。当然，情况是否果真如此，我不敢说，那还要等他自己肯像我们普通人这样写作，才能见个分晓。但我得承认，在他使用伊利亚为笔名所发表的那些篇子里（尽管对于如此妙文，我不敢妄评甲乙），我最喜爱的乃《拜特尔太太谈打牌》，因为，这篇纪事摆脱了陈旧的典故和词藻，真像是——

"一泓清泉，贮存着纯净、地道的英语。"

对于这位才思敏捷、天赋高超的作者，在了解他的文学师承关系之后，再读他这些随笔，人们所感到的魅力和兴味，恰如一个古典学者读到伊拉斯谟斯的《对话集》或者一部优美的近代拉丁文作品。说实话，我不知道还有什么人模拟他人笔法，竟能比我现在谈到的这位作者更有气势，效果更为完满。

内容空洞、词藻华丽的文章写来容易，因为那就如同把调色板上的颜料五颜六色任意涂抹，或者把画面涂得一片明亮，令人目眩。

"你读的是什么？"

"词儿，词儿，词儿。"

"里边说的什么？"

回答也许是："空话。"

华丽的文体和平易的文体截然不同——后者如实表达思想，不加粉饰；前者却拿闪光的外表把思想的空洞掩盖起来。既然除了文字以外再也没有什么可说，那么把文字写得漂漂亮亮，就不必花什么力气了。"爱花人迷"这个说法不好，打开词典，挑出"雅好群芳"来换上。"绯红"高雅之至，拿来使用，不必管人脸上到底是什么颜色。

一般人不明底细，见了这样的盛颜花貌，只顾赞叹不止；那些赶时髦的人，以浮光掠影为满足，对此等瞒骗文字更是欣然接受。这么一来，写文章时只要语言响亮，内容模糊，就能万事大吉。结果废话大大膨胀，造成文风臃肿。然而，思想，或者说，明辨力，是一块试金石，在这上面，一切脆弱的冗词赘语都要碰得粉碎的。那样的作家只有语言方面的想象力，除了词藻以外他们再也抓不住什么了。

或者说，他们那孱弱的思想长上了蜻蜓似的金碧辉煌的翅膀。他们翱翔于芸芸众生之上，对于"土生土长的语言"不屑一顾——他们的语言至低也带上夸张修辞法，那是漂亮、气派、含糊，叫人不懂却又堂皇典雅，总之，是一堆铿然锵然的陈词滥调。如果说，像我们这样"胸无大志"的人专爱盯住角角落落，打听那些"无人关心的小事"，那么他们一睁眼，一抬手就会老去光顾那些华丽的、晦涩的、陈腐的、拼拼凑凑的连篇空话——那像陈年留下来的锦绣碎片一样，是经过一代一代无才思的冒牌作家承袭下来的诗歌破烂儿。如果让他们写戏评，他们那病态的感官只能看到舞台上羽毛飞舞，金片闪烁，灯光似波涛翻滚，人声如海洋鼎沸，于是，他们就拿出火枪军曹那样说话的腔调儿，如此这般描绘一番。至于演员表演的长短，你却休想窥见半点——它们完全被一派大言狂语所淹没了。我们的胡批乱评家不肯去想一想那些可怜的小戏子——"他们台上指手画脚，辛辛苦苦作戏。"

在这些作者心目中，只有堂皇的词汇影子，抽象概念，门类概念和种属概念，只有以气势凌人的句子，只有几乎能把南北极连起来的掉尾长句，牵强的头韵，惊人的对仗——

"浮夸踞笔端，搔首自得意。"

如果让他们描写君主和皇后，他们一定会写得像东方的赛会一般豪华，连国王在议院的加冕典礼也无法与之相比。读者只能反复看到四样东西：帐幔，宝座，王笏，脚凳——这些，对于作者来说，就是崇高想象的全部依据，翻来复去运用，直到用滥为止。另外，难道我们没有读过这一类的图画评论吗？它根本不去反映"大自然的妙手涂抹"所造成的光影和色彩，而是满纸宝石，红玉，珍珠，绿翠，果尔康大的宝藏，一派人工造成的珠光宝气。

这种人被词藻弄糊涂了，他们头脑里总是转悠着那些亮闪闪、空洞洞的事物假象。拟人化，大写字母，阳光的海洋，光荣的幻景，闪光的题词，鲜丽的藻饰，拿着盾牌的不列颠女神，倚锚而立的希望女神——这些就是他们的看家本领。他们可以叫做"象形文字作家"。在他们心中，意象脱离感情基础，可以独立存在，不受制约——他们的想象力可以不顾内容的连贯，任意驰骋。

词汇打动他们，只是由于声音响亮，只是由于它们与内容或许有关，而不是因为它们能够贴切表达内容。他们对于词汇一见倾心，并不考虑后果——只要听来顺耳，看来悦目，此外他们什么也不管，不问，不理。宇宙的构造，人心的素质，对他们来说，都是漆黑一团——他们无法与之同声相应，息息相通。

他们只能在胡思乱想、粉饰感情中度日，无力自拔。在他们的奇文中，物体脱离了感情，形象自顾自地在那里光怪陆离地旋转；词藻脱离了事物，独来独往，狂飞乱舞。这样一种精神状态的特点是狂妄与无知：表面看来狂妄，因为他们牺牲一切，不以为意；实质上对于语言的真正价值和事物的内在构造却是全然无知。他们以最高的轻蔑对待一切平易自然的事物，却做了粗鄙的矫揉造作和陈腐的夸夸其谈的奴隶。他们不屑于摹拟现实，又无力进行任何创造，提不出一点新意。他们当然不肯做大自然的记录者，却做了最拙劣的剽窃家——剽窃前人的词藻。

在他们那里，从题材到典故，一切都是牵强附会，华美离奇，匠气十足，得不偿失；从文风到手法，也都是机械呆板、陈陈相因，索然寡味，拘泥形式，装腔作势。他们那些朦朦胧胧、令人费解的例证搅乱了读者的理解力；他们在读者耳边一遍又一遍重复着那些单调无味、迂回含糊的比喻。他们属于诗坛文苑中的蹩脚模拟派。他们使出浑身解数，也走不出夸大其词或无病呻吟的范围。他们逗弄着读者的想象力，但永远不能启发他们的头脑，感动他们的心灵。他们的荣誉的殿堂，是由愚蠢为虚荣而树立的一座虚无缥缈的建筑物——那就像库柏诗里所描写的俄国女皇的冰宫，"外表光彩夺目，实际一文不值"：

它笑容可掬，但却冷酷无情！

司汤达

司汤达（1783—1842），法国小说家，原名马里—昂利·贝尔。

司汤达是19世纪法国现实主义文学的先驱，创作出了像《红与黑》《巴马修道院》《阿芒斯》《拉约埃尔》等杰出作品。

※ 《拿破仑传稿》序

一八〇六年至一八一四年间，皇帝的一举一动，成为我社会圈里人的主要关注所在。其中有一段时间，因与这位伟人的宫廷有职务上的关系，每周能见到他二三次。

——H·B

是真正的荣耀，

抑或只是后世的炫耀?

——蒙佐尼《拿破仑颂》

一个有幸在圣克卢、马伦哥、莫斯科见过拿破仑的人,现在来写他的传记,绝不是想卖弄文笔。此人就讨厌浮夸的文风;浮夸是虚伪的近亲,乃十九世纪的通病。

只有不起眼的功绩才需用谎言鼓噪;当真实情况全部昭示于世,拿破仑就会显得更加伟大。

叙及战事,本书作者几乎始终引用拿破仑本人的言辞。行之者,也即言之者;行者言者,同是一人。这对未来世纪的好奇之士,该是多么幸运的事!关于阿尔科拉战役,在拿破仑之后,谁还敢再来叙说?

拿破仑作为一代君主,命笔之际也常欺诳。有几次,大人物的良心掀开了帝国的硬壳,落笔写下实况,不时说出几句真话,但接着就后悔不迭。如在圣赫勒拿岛,为太子登基操心筹划,或像上次在厄尔巴岛,为自己再度卷土重来预作准备。我竭力使自己不受蒙骗。

本书作者对亲眼目睹的事,或信以为真的事,自己不去另编一段,而宁可援引其他当事人的成文字。

这部历史,力求像另一位有同样才情的作者所写那样客观。本书目的,是向读者介绍这非常之人,他在世时为我所挚爱,现今仍受我敬仰,以及在他之后发生的一切,引起我的莫大轻蔑。

拿破仑教化百姓,使之成为有产者,像给元帅一样给人民颁十字勋章,人民自会凭良心评判他的功过;我也充分相信,后世会认可人民的裁定。至于沙龙里的看法,那是每隔十年就会一变,就像意大利对但丁在一八〇〇年颇为蔑视,而今则备加推崇一样。

本书的写作方法,是取四五个不同作者所写的四五桩小事,不是用一句话笼统概括,这样可以夹带欺罔不实之词,而是尽可能用那些作者的原话,副录原文。

通常的要求,是叙述者应把事实真相讲得一清二楚。要做到这一点,对最细微的关节,就要有勇气下番考订功夫。在我看来,这是打消读者疑虑的不二法门。这类疑虑，笔者非但不怕，还衷心巴望和企求呢。

一八一○年前，当一个作家写下谎言，那是情不自禁，欲加表露，此易于觉察。一八一二年后，尤其一八三○年后，就有人不动声色地撒谎，以谋取一官半职；假如已经衣食不愁，那是为在沙龙里博得愉快的尊崇。

关于拿破仑，已经说了多少谎言！不是有一位夏朵布里昂么，他扬言拿破仑缺少个人勇气，还说拿破仑名叫尼哥拉？一八三七年的杂志上，每月点缀有大量假回忆录，叫一八六○年的史学家如何辨识？——本书作者，亲自见到拿破仑于一八○六年十月二十七日进入柏林，目睹将军指挥瓦格拉姆战役和拄着手杖撤离俄国，听到皇帝在参政院演说，假如他有勇气对所有这一切说出真实情况，甚至是不利于他英雄的情况，那就有几分价值。

不幸的是，我的看法不容于一八三七年公众对文学或政治的信念。非但不故作高深地层层包裹起来，我拟用最清晰最直白的方式坦陈出来。直白，我知道，是一种风格的缺陷；但虚假，是当今普遍的社会风气，真要万分提防，才不至于粘连进去。

撒谎的技巧，靠学院派华美的文风和漂亮的婉语而益显繁茂。我认为，用婉转语，是作者出于谨慎，他们总是把文学当作获取某种好处的敲门砖。

请读者原谅这朴实而不甚漂亮的文风；这种文风，在有文才的人笔下，庶几近乎十七世纪的文风，近乎普利纳书信译者萨希的文风，近乎艾霍廷译者蒙戈神父的文风。只要能把思想表达得婉曲深至，即使词儿不漂亮，我也敢于选用。

青年时代读古代史，大多数人会怦然心动，感到一股热诚，十分倾慕罗马人，为他们的失败而痛惜，尽管罗马人对盟友显得不义和专制。出于同样的感情，看到过拿破仑的英明果决，就不可能再喜欢别的将军了。在别人的言谈里，总能感到某种惺惺作态，某种过甚其辞，这就把刚萌生的好感扼杀掉了。对拿破仑的挚爱，是我身上至今犹存的一种痴迷，这并不妨碍我正视他精神方面的缺点，和可予责备的可怜的弱点。

优秀的评论家担保说，关于拿破仑的公允的史传，要过二三十年才能出现。届时，泰勒朗、巴萨纳公爵辈的回忆录谅已出版，得到评说。后世对这位大人物的决定性看法，开始表明；贵族阶级的嫉妒，如果仅仅是嫉妒，也将中止。如今，许多体面人物还把波拿巴（Bonaparte）叫做破屋那八代（Buonaparté），言下大有得色。

一八六〇年的作者将会有很多方便之处：所有蠢话，已给时间汰除，不会再传到他那里；但他少了拜识他的英雄、听他每天讲三四小时话的机缘，这是一种不可低估的优越。我曾在皇帝宫中任职、生活，跟随皇帝征战讨伐，参与对征服国的治理，并与他的一位重臣过从甚密。就凭这点资格，我敢亮出我的嗓音，奉献这本速朽的小书，以供阅读到一八六〇或一八八〇年，直至真实的史书出版为止。搜奇探奥之士，他的苦差使是尽读一些平淡的书；所谓平淡，就是对有趣的事说得很乏味。

我认为，对一七九六年至一九九七年的意大利战役，应予较多阐发。拿破仑正发端于此。照我看，该战役比起其他任何战役更能见出他的军事天才和强毅个性。如果考虑到装备之不足，奥军防御之严密，以及初出道者之疑虑，（这种自我怀疑，不管初出道者多么伟大，也在所难免，）就可认定这或许是拿破仑生平最漂亮的战役。总之，一七九七年的人，对他钟爱得如醉若狂，毫无保留，他那时对国家的自由尚未有任何侵夺。伟大如斯，是许多世纪以来都不曾出现过的。

我曾有机会踏勘意大利战役：我所在的军团于一八〇〇年，先后到过谢哈斯戈、洛迪、克雷玛、卡斯奇里恩、戈伊多、帕多瓦、维桑斯等地。我怀着一个年轻人所有的全部热诚，而且几乎紧接着一七九六年战役，瞻拜拿破仑此役的几乎所有战场。陪同寻访的，有曾在他麾下作战的老兵，和惊诧于他军功的当地青年。从他们所发的观感，可以见出拿破仑带给当地百姓的思想。在农村，在城市，当年战斗的痕迹犹在。时至今日，洛迪、洛纳多、里沃利、阿尔科拉、维罗纳等地的墙上，还留有法国的弹痕。我常听到这颇有气概的感叹："当年我们倒真敢跟法国人作对，法国人曾使我们起死回生！"

我是凭住房票住进那些热诚的爱国分子家里，比如说，勒佐一位议事司铎家里；他告诉我的，等于一部意大利当代史。希望读者勿惊骇于意大利战役在本书所占篇幅之多；德国和莫斯科之役，我也曾亲见，但写得不长。

现在公之于众的手稿，起笔于一八一六年。那时，天天听说破屋那八代先生为人凶残，生性怯懦，还说他不叫拿破仑（Napoléon），而叫什么尼哥拉

（Nicolas），等等。我这本小书，只讲我所知的拿破仑战役，但跟书局谈及此书，俱都表示害怕。我承认拿破仑有失误的地方；正是在这一点上，那些专门散布他人失着以捞取钱财之徒，引起我不可言喻的轻蔑。那些先生说，据总检察官的估计，那危险是肯定无疑的；为补救起见，至少得仰仗波拿巴党。波拿巴党里固然不乏有良心的人，但大多不大喜欢读书。一看到有损他们英雄的言辞，便断定出此言者是想在社会上谋个出身。

这毋需理会，我根本想都不去想。时常独自面对这部写战役的手稿，我于一八二八年重读旧稿，因为十二年来，看到原来彰明较著的事也会争讼不休，甚至否定有些战役（如薄达先生之否定洛纳多一仗），我才决意要把事实叙述得清清楚楚，也就是说，叙述得不厌其详。

在我身上，有一种近乎本能的确信，凡权势人物，他们一说话准撒谎，尤其在写作的时候。

然而，出于对军事理想的至诚，拿破仑在其留下关于战事的少数记叙中，倒常常说出真相。

他关于意大利战役的记叙，我俱加采纳，只在文前加简要的按语，补充一些情况，尤其补充拿破仑略而未提的那些情况。这些记叙，读来令人神往，怎么可以任意舍弃呢？

这些记叙尤需采纳，因为我的宗旨是让读者识得这位非常人物。至于写一八〇〇年至一八一五年的历史，非成业难，志不在此也。

我刚把一八二八年稿本中不妥的字句删去。但为避免冒犯与我观点不同的人，我却陷于卡尔比琪（Calpigi）的尴尬处境：既想说又不想说。

序是历史著作的必要部分。序要能解答这个问题：向读者作此叙述的，是何许人？为回答这个问题，不得已谨叙说下列细节。

我初次见到波拿巴将军，在他越过圣伯尔纳峡谷后的第二天。地点在巴尔堡，（时值一八〇〇年五月二十二日，距今已三十七年矣，我的读者！）又，马伦哥战役之后八九天，我获准进入斯卡拉（米兰大剧场）他的包厢，汇报进驻阿罗纳城堡的有关措施。拿破仑一八〇六年进入柏林，一八一二年进入莫斯科，一八一三年进入西里西亚，我都躬逢其盛。我有幸见到各个时期的拿破仑。——

这位大人物第一次跟我说话，是在克里姆林宫的一次阅兵式上。一八一三年战役，在西里西亚，他跟我有过一次长谈。最后，一八一三年十二月，我奉命去格勒诺布尔，行前他向我和圣·伐利埃伯爵亲口作了详尽指示。所以，对流传的许多谎言，我自有权衡，根本不屑一顾。

任何真实的细节，我都不会觉得幼稚。后世对这位大人物不知是称姓波拿巴还是称名拿破仑；疑惑之中，我权用后一称呼。不过须知他以波拿巴名义赢得的荣耀，更为纯真；但我听到嫉恨者把他叫做"破屋那八代"，而世界上恰恰只有他能保护那些人的权益！这个在一七九七年如此伟大的名字，使我想起那些嫉恨者就觉得可笑。

我担心十九世纪的作家，在后人眼里，只相当于塞内加或克劳狄安同时代作家在拉丁文学中的地位。

影响下降的原因，无疑是出于非文学的考虑，使读者在一本书里所寻找的，首先是作者的政治信念。至于我，则愿意把经过情形简单明了地保存下来。我的政治信念不会妨碍我理解丹东、西哀耶斯、米拉波和拿破仑辈的政治信念，他们是今日法兰西的真正缔造者和大人物，缺了他们中任何一人，一八三七年的法兰西就不会是今天这个格局。

片断

我怀着一种宗教感情，写下此拿破仑传稿的开头第一句。事实上，拿破仑是继恺撒之后，世界上最伟大的人物。读者若肯花心思从斯维托尼乌斯、西塞罗、普罗塔克和《高卢战记》中研究恺撒生平，我敢说，我们将浏览到亚历山大之后最卓绝人物的生平；关于亚历山大，由于掌握的资料有限，对他事业的艰巨我们尚难作出正确的判断。

我曾希望熟识拿破仑的人中，哪一位能自告奋勇来写他的传记。这一等等了二十年。只见这大人物变得日渐陌生，我不愿在瞑目之前不一吐同时代战友对他的看法，因为我们周围固然多的是平庸之辈，但蒂琉璃宫中不乏思想自由之士，蒂琉璃宫当时是世界的中心。

……

拿破仑以总司令身份出现在军队面前，在习俗上带来一场真正的革命。当年的共和热忱，允许官兵比较随便，不拘形迹。上校与僚属，相处得就像朋友一样。这种习俗，可以导致违抗命令，导致战事失利。德克雷将军回忆说，是在土伦听到拿破仑将军任命为意大利方面军总指挥的，因在巴黎时相过从，不讲礼节，"所以，听到新任命的将军到了城里，我便向伙伴夸下海口，可以给他们引见引见，让他们知道知道我还有这层关系。我迫不及待，兴兴头头跑去，大厅门刚打开，我正要冲过去，但见那姿态，那目光，那声腔，足以把人挡住。然而他全身并没有什么侮慢人的地方，这就足矣。从这一时刻起，我就没尝试要跨越他定下的距离。"

身膺意大利方面军的指挥，拿破仑尽管非常年轻，资历也浅，但很快就使部下听命于他。靠个人魅力，尤其靠军事天才，得以把全军镇住。他严肃认真，不苟言笑，尤其对将军辈。那时物资供应极度匮乏，希望在士兵心里都死灭了，是他使大家重新燃起希望。不久，他便受到普遍的爱戴，从而加强了他在将官中的威信。

……

趁意大利方面军作长时间——从一七九六年九月十五至十一月十五日长达两月的整休，我们不妨略加思考。

我感到，本书关于战役的叙述过多。但怎么避得开呢，既然我们的英雄是靠打仗起家，靠号令士兵去夺取胜利以造成荣名而养成他性格的。

这些战斗记事或许能有点意思，假如我们肯费心评断下述思想。总之，现代社会不断讲到战争。以后，世人不会再为占领某个省份而打仗，这对众人的利益无关紧要，却可以为推出一部宪法或一届内阁而战。最后，在虚伪盛行的这个世纪，只有军事品质才是唯一虚假不得的。

军事艺术，平心而论，不靠空话，也容易界定：对指挥官来说，能应保证他的部下在战场上以二敌一。

这句话把一切都说到了。这是唯一的法则，但实施起来，往往只给你两分钟。事先想得再充分，说得再头头是道，难就难在瞬息之间要办到。两分钟里要想出合理的部署，而经常是在喊声震天、情绪激昂的情况下思考的。对指挥官，战局就是一盘棋。他只要有些微轻敌，担心要冒生命危险，那么对这盘棋就不会放上全部心思。然而，运筹帷幄，恰恰需要深密的关注。因为一方面要筹谋大规模的行动，同时也要防范最细小的不利，因为即使表面上小小的不利，也可把全局打乱。

所以，在拿破仑的营房，是一片深厚的寂静。据说打重大战役，除了或近或远的炮声，在他周围静到可以听见蜜蜂的飞舞；旁边人连咳嗽都不敢。路易十四晚年最通情达理的卡蒂纳将军，在火线上，他的神色就像哲学家一般冷静。

总指挥亟需把全部注意力放在棋局上，然而，又不能任性率真。他要像演员那样会作戏，这里跟别处一样，雅俗只是针对不同的人而已。众所周知，苏沃洛夫大将就擅长装腔作势，表现不俗。

按通例，一个人在二十二岁上，才最具备在两分钟里对关系重大的事作出决断的能力。阅历渐多，决策力就渐弱。我明显感到，拿破仑的大将气概，在莫斯科河边和德累斯顿战役前半个月，就稍逊于阿尔科拉或里沃利时代。

一八三七年四月

（罗新璋 译）

欧文

华盛顿·欧文（1783—1859），美国第一位闻名欧洲的作家，有"美国文学之父"之称。
欧文最为流传的作品无疑是《见闻札记》（1820），
写的是令人着迷的乡村风光和传说趣闻，其中《瑞普·凡·温克尔》和《睡谷的传说》
等都早已成为家喻户晓的故事。欧文晚年为他所尊崇的名人写了几本传记，
其中最重要的是三卷本的《华盛顿传》（1855—1859），于逝世当年完成。

※ 造书术

"如果辛尼西厄斯的厄运是真的——'偷窃死者的劳动要比偷窃死者的衣服
更有罪'，大多数作家的情形又将会怎样呢？"

——伯顿《对忧郁的剖析》

我经常对出版界的多产感到惊异：这怎么可能发生呢，那么多大自然似已判
定为贫乏干瘪的头脑竟然会产生连篇累牍的作品。然而当一个人在人生的旅程中

继续前进，令他感到惊奇的事物便日渐减少。他会不断发现，在一些了不起的奇迹背后原因其实很简单。我正是这样，在此大都市旅游，偶然见到一幕景象，向我揭穿了造书术的某些秘密，我的惊讶便顷刻烟消云散了。

夏季的一天我漫步于大英博物馆中，从一间大厅走到另一间大厅。一个人在热天逛博物馆往往总是没精打采的。我有时俯身看看玻璃柜里的矿石，有时细看一具埃及木乃伊身上的象形文字，有时则设法看懂——差不多每次都很成功——高高的天花板上表述寓言的图画。我正这么优哉游哉地东张西望，注意力突然被引向远处一套房间末端的一扇门。那扇门关着，但每隔一会儿它便打开，一个模样奇怪、一般总穿着黑色衣服的人会悄悄走出，默默穿过那些房间，对周围的一切全不理会。这种神秘的举止把我的好奇心从倦怠中激起，于是我决意穿过"海峡"，去探测彼岸尚未探明的地区。我用手轻轻把门推开，就像热衷冒险的游侠骑士轻而易举地将中了魔法的城堡的大门打开。我发觉自己进入了一个宽敞的房间，四周全是装着古书的书橱。在这些书橱上方靠近天花板的墙上挂着为数甚多的古代作家色彩暗淡的肖像。房间里放着一张张长桌，在一个个供读书写字的位置上坐着许多面色苍白、勤勉用功的人。他们专心研读积满灰尘的书籍，查阅发霉的手稿，就有关内容作大量的笔记。整个房间安静极了，只听见笔尖划过纸面的声音，偶尔可听到这些圣贤之中有人在改换姿势翻动一部旧对开本书时发出一声长叹。这叹息无疑是由与学术研究相伴的空虚沉闷引起的。

每隔一会儿就有人在小纸条上写下片言只语，接着按铃。一个仆人走来，默默接过字条，悄然离开房间，很快便抱回重重的几大本书，要书的人如饥似渴地一头钻进这堆书里。我不再怀疑，自己准是遇见了一帮潜心研究玄机妙术的占星家。眼前的景象令我想起一则阿拉伯的古老传说：一位哲学家关在一个山洞中了魔法的藏书室里，这山洞一年只开门一次。他支使洞中妖怪为他取来一本本有关各种隐秘知识的书。一年过去了，具有魔力的大门徐徐开启。哲学家从洞中走出，脑子里装满了人间所禁止的学问，以致他能高飞于众生之上，驾驭天地万物。

此刻我的好奇心被完全唤起。我对一个正要走出房间的仆人轻声耳语，请他向我解释眼前的奇异景象。要不了一两句话问题便解决了。原来这些被我误当作占星家的神秘人物主要是作家，他们正在写书。实际上我正置身大英图书馆的阅览室里。该馆收藏了卷帙浩繁的各个时期、各种语言的书籍，这些书许多已被人遗忘，大多数很少有人问津。大英图书馆乃是过时文献与世隔绝的蓄水池之一，现代作者们去那里用水桶装满经典和知识或"纯粹而未遭玷污的英语"，注入他们水量不足的思想溪流中。

我既已知晓了这一秘密，便坐在一个角落观察这个书籍制造厂。我注意到一个瘦削而显得性格暴躁的人专找用黑体活字印成，遭虫咬过、破损最严重的书。显然他正撰写学问高深的著作。这著作的购买者将是那些希望被人尊为学者的人，他们将把此书放在自己藏书室引人注的书架上或摊开在自己的桌子上；他们决不会去读它。我见他不时从衣袋里掏出一片饼干放进嘴里嚼。他这是用餐，还是为了填一填长时间研读枯燥无味的著作而造成的空肚饥肠呢？这个问题且留给比我更刨根究底的研究者去判定吧。

有位比较干净利落，服饰颜色鲜明，个子矮小的先生，面部表情酷似长舌妇，俨然一副与自己的书商称兄道弟的作家派头。经仔细端详我发觉他是个各种各样的书出得很勤的人，书卖得越多出得越多。我好奇地观察他怎样制造他的商品。他比别人显得更加忙碌：浏览各类书籍，翻阅一页页手稿，这本书啃一口，那本书咬一口，"一行复一行，一句格言又一句格言，这里一点那里一点"，他的著作内容仿佛像《麦克白》一剧中女巫煮皂锅里的东西一样混杂。既有手指又有拇指，既有蛙趾又有蛇蜥的螯针，再调入他自己的闲言碎语，像"沸沸的血"一般倒进锅里，使那锅大杂烩变得"又黏又香"。

我想，究竟这种偷窃的癖性是否可能为合理的目的植根在作者们身上呢？它是否有可能正是上帝用来确保知识和智慧的种子代代流传的方法，尽管最初生成知识和智慧的著作不可避免总要腐烂？我们看到，大自然虽说想入非非，却聪明绝顶地让某些鸟类的嗉囊帮助种子从一地传到另一地。因而野兽本身不啻行尸走肉，表面上它们是果园和玉米地的非法劫掠者，其实却是大自然的搬运工，传播和保存她的福祉。同样，古老、过时的作家的华文丽句、奇思妙想由掠夺成性的作者飞来叼走，然后又抛掷到地上，于遥远的将来生枝长叶，开花结果。

他们的许多作品还经历一种灵魂转生，以崭新的形式出现。原来冗长沉闷的历史摇身一变成了浪漫故事———则古老的传奇变成一出现代剧，而一篇严肃庄重的哲学论文为一系列才华横溢、生动活泼的散文提供了重要内容。譬如我们在美国开垦林地，烧掉一片苍劲挺拔的松树，在那块土地上生长出矮小橡树的树苗。我们从不留意俯卧在地，渐渐腐烂成泥的一根树干，但正是它生出了整整一族真菌。

　　我们不必为古代的作家湮没于尘土之中感到哀伤；他们只是服从自然的伟大法则。自然法则宣布，任何尘世间的物体寿命皆有限；但它也规定，物体的成分永远不会消灭。无论动物还是植物，一代一代死去，但其生命力却传至后代，物种得以繁衍。同样地，作家孕育作家，一代作家产生众多子孙，到了老年他们与自己的父亲们一同安息，也就是说，与先于他们的作家——从这些作家那儿他们曾偷窃过东西——同眠。

　　我沉浸于海阔天空的想象之中，我的头却不知不觉地靠在一堆令人肃然起敬的对开本书上。

　　不知是因为这些著作散发出的催眠气息，或是这房间的静穆气氛，或是我自己东游西逛引起的疲乏，还是我不该养成的在不恰当的时间地点打盹的倒霉习惯，不管怎么说，我打起瞌睡来。然而我继续浮想联翩，而且脑海中出现的场景仍是这间阅览室，只不过某些细节有所变动。我梦见这房间依然悬挂着古代作家的肖像，但数量更多。长桌全没了。贤明的占星家们也销声匿迹。看到的是衣衫褴褛的一群，就像在蒙默斯街大旧衣仓库里出没的人。每当他们抓起一本书——梦境中常有荒诞不经的事——那书便成了一件异国风格或古代式样的衣服，于是他们用它装扮自己。但我注意到，没人有意穿整件成套的衣服。他们从这件衣服取下袖子，从那件衣服取下披肩，再用另一件衣服的下摆，打扮得不伦不类，而他们原来的破烂衣衫则往往会从借来的华丽服饰里露出些许，破绽百出。

　　我看见一位身材魁梧，面色红润，肥肥胖胖的牧师透过眼镜向几个陈腐过时，争论不休的作家暗送秋波。他很快便设法穿上这些老前辈中某一位的宽大披风，又偷来他们中另一位的灰白胡须，竭力装出一副睿智的模样；可是他傻乎乎的笑容却抵消掉了他身上一切智慧的标志。一个面带病容的先生正忙着用从几件伊丽莎白女王时期宫廷服饰上抽出的金线给一件很薄的外衣绣上花纹。另一位先生则从一份经过装饰的手稿中取材打扮自己。他从《精美设计的乐园》里挑选一支花束插在胸前，将菲利浦·西德尼爵士的帽子歪戴在自己的头上，故作高雅，神气活现地走出房间。还有一位个子矮小的先生从若干本艰涩难懂的哲学小册子里偷来材料大胆地美化自己。他正面仪表堂堂，背后却可怜兮兮，破破烂烂。我发现他是从一位拉丁语作家那儿取羊皮纸文稿的残页碎片来补缀自己的紧身半长裤的。

诚然，这里也有些衣冠楚楚的先生只选取一两件珠宝，同他们自己的装饰品佩戴在一起，互相辉映，相得益彰。还有些人似在仔细研究古老作家的服饰，只不过为了借鉴吸收他们的品味情趣，摄取他们的精神风度。但是我不无遗憾地说，太多人倾向于按前文所提及的那种七拼八凑方式从头到脚装扮自己。我不能不谈一谈一位天才，此公穿褐色马裤和高统靴，戴一顶阿卡狄亚人的帽子，对田园诗有强烈的爱好，可是他的乡间漫游却只限于几处普林罗斯山的名胜和里简特公园的冷僻角落。他从所有古老的田园诗人那里摘取花环和缎带装饰自己，头歪在一边，以一种古怪的无精打采的神情踱来踱去，"喋喋不休地吟咏绿色的田野"。然而最引我注目的是一位讲求实效的老先生，脑袋大而方，秃顶，穿着教士的长袍。他气喘吁吁地进入房间，带着坚定自信的表情挤过人群，抓起一部厚厚的希腊四开本书，啪的一声放在头上，戴着令人生畏的拳曲假发堂而皇之地扬长而去。

这场文学化装舞会正进入高潮，四下突然响起"捉贼！捉贼"的叫喊声。我一看，嗨，四面墙上的肖像变成活人啦！老作家们先探头后露肩，从油画中伸出身子，好奇地朝混杂的人群俯视片刻，遂满腔怒火地走下画框，索回自己被窃的财产。接下去惊惶奔跑，乱成一团的这场闹剧难以用笔墨形容。倒霉的罪犯们携赃潜逃未遂。在房间的这一边，可见六七位老修道士剥一名现代教授的衣服；在房间的另一边，现代剧作家惨遭蹂躏。博蒙特和弗莱彻就像卡斯托耳和波吕丢克斯两兄弟并肩作战。坚强的本·琼生比他在佛兰德当自愿兵时更加战绩辉煌。至于前文已提及的那位个子矮小、衣冠楚楚的大杂烩编者，因为他衣裳上的补片、颜色之多可与哈利昆媲美，向他索回东西的人互不相让，争吵不休，就像围着帕特洛克罗斯的尸体。我很伤心地看到，许多我过去一向尊崇敬仰的人物竟几乎一丝不挂地狼狈逃窜。这时我的目光被那个头戴希腊拳曲假发的讲求实效的老先生所吸引。他惊恐万状地在地上爬，十来位作家大叫大嚷地紧随其后！他们逼近他的身体，转瞬之间，他的假发不翼而飞，衣服被一条一条撕掉。很快他便从盛气凌人的姿态畏缩成一个小而胖的"龟裂光秃的弹丸"，身上只披着几条破布碎片离去。

这幕戏剧结局如此荒唐滑稽，我不禁哈哈大笑起来，南柯一梦就此打断。喧闹、奔跑戛然而止，整个房间恢复常态。古代的作家们缩回他们的画框中，庄重地悬挂在四周墙壁的阴影里。总之，我发觉自己完全醒来了，坐在原来的角落里，满屋子的书呆子全部惊讶地注视着我。梦境中的一切全是假的，惟有我的哈哈大笑是真的。这肃穆的圣殿中从未有过这种令贤人雅士感到刺耳的声音，因而惊动了这群志趣相同的写书人。

图书馆管理员走上前来问我是否带着入场证。起初我没弄懂他的意思，但旋即明白了这图书馆恰如一处受狩猎规则管辖的文学"保护区"。没有特别许可证，未经允许，任何人不得擅自闯入打猎。简而言之，我被指控为臭名昭著的偷猎者，于是赶紧溜之大吉，以免招来一大帮作家的围攻。

（陈凯译）

爱伦·坡

埃德加·爱伦·坡（1809—1849），美国诗人、小说家、评论家。
坡是个怪才，艺术上极有成就，富于创新。诗作中最著名的是《乌鸦》（1845）。
他的小说无论长篇短篇，或恐怖，或悬念，讲究气氛的渲染，情节的曲折，
其中如《厄舍古厦的倒塌》《莫格街谋杀案》和《莉盖亚》，对以后恐怖小说、
心理小说、推理小说的发展影响深远。在《找到了》一文中，坡试图解释自己的哲学观点。

※ 创作哲学

我的案头上放着一封查理·狄更斯的便函，他在其中提到了某次我对《巴拿比·罗支》的结构所作的分析。他说："可你知道吗，葛德文是倒着写《凯莱布·威廉斯》的？他先将主人公陷入重重困境，构成第二卷，然后再想方设法说明他如何落到这般田地的，作为第一卷。"

我想葛德文未必是完全按着这个步骤写作的——且葛德文的自述与狄更斯先

生的说法又不全吻合——但《凯莱布·威廉斯》的作者有很好的艺术修养，不会不想到按照与此大致雷同的步骤写作的优越性。文学家在落笔之前，必须使每个情节，像样的情节，朝着结局展开，这是再清楚不过的了。只有时刻不忘结局，使所有的事件，特别是各个环节的语气，完全有助于发展我们的意图，才能给予情节一种必不可少的原因或结果的味道。

我以为一般的故事构思法，有个根本的错误。或历史提供了一个材料——或现实中有件事可写——或充其量作者动手将一些突出事件组合起来，只是搭成了小说的架子———一般都打算在每页上的事件或行动不足之处，用描写、对话、或作者评论来弥补漏洞。

我喜欢从考虑效果入手。我时刻不忘要有独创性——因为只有违心的人才会不顾这样一个如此明显，如此容易汲取的趣味的源泉———一开始，我就自问："在众多的能感化心、智，或是（更广泛些）灵魂的效果或印象中，我目前这篇将选用哪一种？"在选定了一个首先要新颖然后要生动的效果后，我就要考虑是用事件还是情调来达到它——是写些普通的事件但具有不寻常的情调好呢还是反之，还是事件与情调都奇特——然后我在身边（其实是在内心中）搜寻最能帮助我制造出这种效果的事件或情调的组合。

我常想如果有作家肯将——即能将——他完成某部作品的一步一步的过程详尽地披露于杂志上，那将是一篇多么饶有兴味的文章啊。我真不懂，为什么至今尚不见这类文章问世——或许是作家的虚荣心而不是其他的东西在作祟吧。作家——诗人尤甚——大都愿意让人们以为他是借助一种神奇的狂放———种产生狂喜的直觉——写作的。如若公众提出看看幕后情况，他肯定会不寒而栗，怕让公众见到他开始时冥思苦想，犹疑不决——到最后方才心血来潮——千头万绪均不成章——成熟的想法由于难于驾驭不得不忍痛割爱——细心地挑选和舍弃——苦心地删节和补充——总之怕让他们见到轮子和齿轮——换幕用的工具——高蹬梯子和神魔出入口——鸡毛、红漆、黑补丁，即那些一百个文学家中九十九人要使用的道具。

另一方面，我也知道作家要一步步回顾完成作品的过程也不是件轻而易举之事。一般来说，各种念头混在心间，随用随忘。

至于我，我既不避讳让公众看幕后情况，也可随时毫不困难地回忆起任何一篇我作品的进行步骤；而且既然我认为分析或重新构思是重要的，对它们的兴趣与对分析对象本身的实存的或想象的兴趣无关，那么我如将某篇拙作的写作方法公之于众，也就不能算失体。我选中《乌鸦》，因为读者最熟悉。我的目的是要表明在整个创作过程中，丝毫也没有可称之为偶然或直觉的地方——作品是按部就班写成的，就像演算一道数学题一样步步精确、严谨。

此处我不拟谈论是什么情况或什么必要性使我产生一种意图，想写一首既能迎合大众的爱好又能恰投批评家口味的诗——因为这与诗本身关系不大。

那么，就从我的意图谈起。

我第一步考虑的是诗的长度。任何文学作品如不能一次读完，我们都不得不舍弃由一体印象中得出的重要无比的效果——因为如果须分两次读完，中间有世事干扰，则整体性这类的东西会马上受到破坏。但既然诗人不能丢掉任何可能有助于他推进计划的东西，在其他条件相同的情况下，就要揣度在长度中是否有任何优点能抵消由于长度而失去的一体感。我的答案是没有，毫不含糊。我们所说的长诗，实际上是一连串的短诗——即一连串的短暂的诗意效果。此处无须论证，诗之为诗，只是因为它能通过令人感到高尚而引起灵魂的强烈兴奋。但由于心理上的必然，一切强烈的兴奋都很短暂。就此而论《失乐园》，至少有半部实际上是散文——一连串的诗意兴奋中必然要夹杂着对应的消沉——全诗由于过长，而丧失了至关重要的艺术因素，整体效果或一体效果。

由此看出，一切文艺作品均有个很明确的长度极限——能一次读完——某些散文作品，如《鲁滨孙漂流记》（无须一体感），超出这个限度效果可能更佳，但诗却不宜超出这个限度。在这个限度之内可使诗的长度与诗的价值——换言之与兴奋或激昂——再换言之与诗能诱发出的真正诗意效果的大小——呈数学关系；因为很清楚，简短与预定效果的强度一定是成正比的：就是如此，但附有条件——要产生任何效果，一定程度的持续时间是绝对必要的。

考虑到以上各因素，以及兴奋的程度，我认为既不要超出群众的爱好又不要低于批评家的口味，立即决定了我认为是要写的这首诗的恰当的长度——百行左右。最后成文是一百零八行。

　　我下一步的想法是要选择表达什么样的一个印象或效果；此处无妨插一句，在整个创作过程中，我从未忘记要使作品尽人皆爱的打算。此处我如大谈我一贯主张的但对诗来说根本无须证明的一点，我就离题了。我是说美是诗的唯一正统的领域。但由于我的一些朋友颇有误解之意，我在此处还需解释一下我的本意。我以为那种既是最强烈，又是最激昂、最纯净的愉快感觉是在思考美的事物时产生的。其实当人们谈到美时，确切地说来并不把它看成是一种性质，如人们习惯上认为的，而是把它看成是一种效果——简言之，人们指的只是灵魂的——不是理智的或心情的——强烈的纯净的激昂。这种效果我在前面已谈过，而且是由于思考"美的事物"而经历到的。我现在将美视为诗的领域，仅只因为艺术有一条明显的规则，即效果的取得应来自直接原因——目标的实现应通过为实现它而采用的最相宜的手段——诗能欣然实现上述的特殊的激昂，这一点至今还没有人敢公然否认。如果目标、真理，或称之为智力满足，激情，或称之为心情的兴奋，虽然在诗中也能部分得到实现，但还是在散文中更容易达到。事实上，真实要求的是精确，而激情，是平庸（真正的激情者会理解我为什么这么说），这两者与我认为的能引起灵魂兴奋或愉快地激昂的美是相悖的。但不能由此推论出在诗中不能引进激情甚至真实，有时引进了，效果会更佳——它们可以通过对比帮助讲清文意或加强总的效果，就如音乐中用不和谐音烘托主旋律一样——但真正的艺术家总是设法首先使它们不要喧宾夺主，其次尽量用构成全诗气氛与精髓的美像一层面纱似的将它们罩住。

　　认定了美是我的领域之后，接着的问题是考虑一个最能表现充分的语调——所有的经验都说明了这种语调应该是哀伤。不论何种美发展到最高阶段时必然要引起敏感的人落泪。因此，忧郁是所有诗的情调中最正宗的。

　　确定了长度、领域及语调后，我着手研究常用的诱导法，以期找到某种艺术性的刺激作为我这首诗的结构的主音——能带动全诗结构转动的中心轴。我仔细研究了所有常用的艺术效果——也就是戏剧意义上的表演点——立即归纳出用得最广泛的莫过于叠句了。叠句得到广泛的应用说明其确有实价，省却了我再来分析的麻烦。但当我琢磨叠句是否还有改进余地时，竟发现叠句的应用还处于相当原始的阶段。叠句，或称重复句，不仅一般只用于抒情诗中，而且是靠单一音调——声音上的与内容上的——来给读者以印象。快感纯粹来自同一感——重复感。我立意要使叠句有变化，以大大提高效果，我一般在声音上保持着单一音调，但在内容上要不断地有变化：即我决定变化叠句的应用，以不断产生新鲜效果——但叠句本身基本不变。

解决以上各点之后，我接着要研究叠句的性质。既然每用一次就要变化一次，显而易见叠句必须简短，句子长了，变化起来就极为困难。句子越短，越易变化。于是我立即想到用一个字作叠句最为相宜。

接下来的问题是这个字的特征。我既已决定用叠句，自然这首诗必须写成若干节，每节以叠句结尾。结尾要有力，无疑就必须声音铿锵，余音袅绕，我于是想到了用元音中听起来最响亮的长音o与辅音中最易搭配的r结合使用。

叠句的声音确定后，需选一个包含该音的字，这个字还要与早已确定了的全诗的忧郁情调相吻合，寻来寻去必然会想起nevermore（再也不能）这个字。事实上，首先出现在我脑子里的也正是这个字。

下一步需要的就是为不断使用"再也不能"这个词寻找一个理由。我立即发现要找到一个令人信服的理由是相当困难的，但幸好我看出了困难之所在主要是我的先入之见：以为不断地单调地重复这一个词的只能是一个人——简言之，我幸好看出困难在于如何把单调和重复这个词的理智生物二者调和起来。想到这里，我脑子里立刻闪出一个想法，找一个会说话，但没有理智的东西；自然而然地首先就要想到鹦鹉，但后来我用了乌鸦，因为它与全诗预定的语气无比相投，而且也会说话。

至此我已构思出了一只乌鸦——凶兆之鸟——在每节诗的结尾处呆板地重复着"再也不能"这个词，来配这首长约一百行的情调忧郁的诗。因为我已认为在各点上都要达到至高无上，或完美的目的，所以我又自问道："在所有的忧郁的话题中，人们普遍认为哪一种最忧郁呢？"死亡——答案是明确的。"那么什么时候，"我说，"这最忧郁的话题最富有诗意呢？"

答案从我详述的上文中也可明显得出——"当死亡与美紧密联系在一起的时候。"所以美妇人之死无疑是最富有诗意的主题——而这主题如由悼念亡者的恋人口中说出是再恰当不过了。

我现在需将一个恋人哀伤已故的情人这想法与一只乌鸦反复重述"再也不能"这个词的想法结合起来——结合时还要不时记住原订计划：即在每节诗的最后一行有变化地重复使用这个词；这种结合的唯一合乎情理的办法是设想恋人发问，乌鸦用这个词回答。想到这里，我立刻看到这正是取得我所指望的效果的机会，——即有变化地应用这个词的效果。我想开始时由恋人发问——乌鸦答道："再也不能"——这第一问不过是句一般的话——第二问就有些认真了——第三问更甚，依次类推——最后恋人一改当初的冷漠态度，这词的忧郁性质使他惊讶——这词的一再重复使他惊讶——想到发出这声音的鸟的恶名声使他震惊——乃至迷信起来，惶惑间提些与前迥然不同的问题——答案他早已胸中有数——发问的原因迷信有之，那种耽于自我折磨的沮丧也有之——他发问倒不全是由于相信这只鸟能预言或者它是恶魔的化身（理智告诉他这鸟只是念叨一个死记住的声音），而是因为他想好了一些问题，在听到预期的回答"再也不能"时，领受到了最难耐因而也是最甘美的悲哀，从而经历到一种发了疯似的喜悦。我抓住这机会——或说得更确切些，机会在我构思过程中不放过我——在脑中首先筹划了高潮或最后一问——答话"再也不能"也是全诗的最后一句话——在这最后的答话"再也不能"中应包涵最大限度的哀伤与失望。

我的诗可以说始自于此——始于结尾，这该是一切艺术作品的开章法——从此处，考虑到这一地步时，我开始动笔写出了下面的诗节：

"先知啊，"我说，"你这祸种！你是鸟是鬼，总归有灵！看在头顶上的苍穹——看在崇敬的上帝面上，请告诉这个苦命人，在那遥远的天国，它还能不能和那天使赐名为丽诺，那圣洁纯真的少女，天使赐名为丽诺，即光彩照人的少女，拥抱重逢？"

乌鸦答道："再也不能。"

此刻我写出上面那一节，首先是确定了高潮后即可按其严肃程度和重要程度来变化、安排高潮前恋人的提问——其次可最后确定诗节的节奏、格律、长度及其他一般的段落排列——同时还可以安排高潮前各诗节的节奏效果不使其压倒这一节。即使我当时能写出比这节还要有力的诗行，我也一定会毫不迟疑地有意识地削弱它们的分量，以免干扰高潮的效果。

此处容我提一下作诗法。在这个问题上，我的首要目标（一如既往）也是要创新。但作诗法上的创新竟受到如此忽视，实在是世上令人最难以理解的事情。单就节奏而言，是没有多大变化余地的，但在格律和诗节方面很明显还是大有可为的。但数百年来竟没有一个诗人在这方面有所突破或试图突破，作出创新。事实是创新（才智超群的作者不在此例）绝不是靠冲动或直觉，如某些人所认为的那样，一般说来，要有所得，必须上下求索，创新虽是一种最高级的积极美德，要想成功，却须否定多于创造。

当然我不敢说《乌鸦》在节奏或格律上有多少创新。节奏我用的是长短律——格律是完全的八步韵，但第五行的叠句是缺尾韵七步韵，最后一行用缺尾韵四步韵。为了减少学究气——音步从头至尾都是一长一短（长短韵）；每节第一行有八个音步——第二行七个半（实际上是7 2/3）——第三行八个——第四行七个半——第五行同上——第六行三个半。这些音步单独地都曾被使用过，《乌鸦》的创新就是把这些音步组合在一节诗中，这是前人根本未曾尝试过的。此外我又对脚韵及头韵的应用原则做了发挥，取得一些不寻常的有些甚至是全新的效果，以辅助音步组合上创新的效果。

下一步要考虑的是用什么方式使恋人与乌鸦相遇——第一小点是地点，最自然的联想似乎就是森林或田野——但我总觉得一个孤立事件要产生效果还需发生在一个有界限范围的空间为好——那界限的作用就像是镜框对画的作用，在使注意力集中方面，具有无可争辩的寓意力量，可是当然不能把它与仅仅是地点的统一混为一谈。

于是我决定将恋人置于自己的房间之中——他把这间屋子看得神圣无比，因为她曾经常在此逗留，为他留下了记忆。屋内陈设华丽——这纯粹是为了追求我上文所提到的想法，即美是诗的唯一真正的课题。

地点确定后，我现在得把鸟引进来——这时必然会想到由窗而入。恋人听到鸟翼扑打百叶窗时起初误以为是"敲门"的想法，来自想通过延迟效果以引起读者好奇心的愿望以及想制造偶然效果的愿望，恋人大开房门，外面一片漆黑，由此可产生半幻觉状态使他以为是亡人的灵魂来叩门。

我把夜晚写成是风雨交加，第一可以说明乌鸦为何想进屋，其次可以与屋内的（形体的）宁静形成对比。

我让鸟落在智慧女神雅典娜的雕像上，大理石和羽毛又能产生对比效果——雕像全系因鸟而设，这点很明白——选用雅典娜首先是因为它最能衬托出恋人的学者风度，其次是因为雅典娜这几个字听起来声音铿锵。

大约在诗的中部我也用了对比用以加深最终印象。例如写到乌鸦进屋时，颇有一种异想天开的味道——尽量写得荒诞可笑——它进屋时不停地飞舞着，扑扇着：

> 也不问安行礼，丝毫也不犹疑，径直就飞上我的门楣，
>
> 看它正襟危坐多么神气，俨然是个皇亲国戚。
>
> 接下来的两节，更能看清我的意图：
>
> 乌黑的鸟儿那副庄严肃穆，彬彬有礼的神情，
>
> 驱散了我的烦愁，逗得我不觉露出笑容。
>
> "你虽然冠子剃秃，羽毛拔尽，"我说，"毕竟还是位英雄，
>
> 你这又老又丑的乌鸦常在夜茫茫的彼岸飘零——
>
> 你这黑夜冥府彼岸的寓公，请问你尊姓大名！"
>
> 乌鸦答道："再也不能。"
>
> 听了这丑鸟简单明白的言词，我暗暗惊叹，
>
> 虽然它的回答不着边际，毫无意义，其妙莫名，
>
> 因为我们得承认没有一位活着的万物之灵
>
> 曾享受眼看一只丑鸟蹲在他房门顶上的光荣——
>
> 鸟也罢，兽也罢，蹲在他书房门顶雕像上的光荣，
>
> 大名唤做："再也不能。"

既已为结尾埋下伏笔，我立即摈弃怪诞口吻转而采用了一种极其严肃的口气——紧接上面引文的那节诗的第一行就用了这种口气：

> 但乌鸦高坐在沉静的雕像上，只说道……

从这时起恋人无心取乐——不再觉得乌鸦的举止有任何可笑之处了，他称它为"古代的狰狞、粗鲁、鬼一般的憔悴的恶鸟"，并觉得鸟儿那双燃烧着的眼睛直灼他"胸膛"。恋人这种思想上或看法上的转变是想在读者方面也诱发出同样的反应——为结尾做好准备——此时就要尽可能急转直下来收尾了。

写完结尾部分——恋人最后问道他是否能在天国里再见到他的意中人，乌鸦回答"再也不能"——这首诗的表面阶段即作为一首简单的叙事诗，可以结束了。至此一切都解释得通——是现实的。一只死记住"再也不能"这个词的乌鸦，逃出了樊笼，深夜不堪风雨的吹打妄图钻入一扇透出灯亮的窗户——这是扇书房的窗户，学者虽在读书却又在梦想故去的亲爱的意中人，听到鸟翅的扑打声，他推开窗扉，那鸟就势栖在他伸手不及的地方，这件事情以及鸟儿古怪的举止令学者觉得有趣，他戏谑地询问鸟儿的尊姓大名，其实并没有打算得到回答，乌鸦听罢，习惯地答道："再也不能"——这个词勾起了学者无限的伤情，他又问了几个临时想到的问题，鸟儿反复重述"再也不能"使他再次震惊，虽说他已猜到了端倪，但如我上文所说的，渴望自我折磨的天性与迷信念头驱使他向鸟儿提出些问题，在听到预料中的回答 "再也不能"时，他，这恋人能享受到最大的悲哀。写到他沉溺于最大限度的自我折磨时，叙述部分，即我称为诗的第一阶段，也就是表面阶段可以极其自然地结束了。至此，全诗没有超越现实的地方。

但在这样处理过的题材中，尽管手法高明，叙事生动，总有某种生硬或裸露之感，使艺术家不屑一顾。有两点肯定是需要的——第一点需要些复杂，或说得更贴切些，须要改编一下；第二点需要加些含意———点暗流，不管意思多么含糊不清。特别是这后者，给予了一部艺术作品很多的，常被我们与理想混为一谈的丰富内容（恕我借用了口语中这个有分量的字眼）。

正是过量的含蓄意思，正是使含蓄的意思成为主题的明流而不是暗流，才使得所谓的超验主义者们称之为诗的读起来像是散文（最乏味的散文）。

我因为有以上想法，所以又在结尾处加写了两节——就这样使这两节的含意贯穿了前面全诗的叙述部分。意思的暗流首见于以下两行：

"从我的心头拔掉你的尖喙，从我的门楣闪去你的身影。"

乌鸦答道："再也不能！"

　　读者可以看出"从我的心头"涉及了全诗的第一个隐喻。这几个字以及答话"再也不能"促使读者返回叙述部分去寻找寓意。到这时读者开始把乌鸦看成是个象征——但直到最后一节的最后一行，乌鸦是哀伤和绵绵相思的象征才明确地交代出来。

　　但这乌鸦纹丝不动，稳坐屋中，稳坐屋中。

　　栖在雅典娜苍白的雕像上，在我书房门楣上方。

　　他的一双眼睛酷似恶魔睡梦中的姿态。

　　头顶上悬着的吊灯，在地板上投下了他的身影。

　　我的灵魂啊，将摆脱地板上晃动着的阴影。

　　振起飞升——再也不能！

（李淑言　译）

著格涅夫

伊凡·谢尔盖耶维奇·屠格涅夫（1818—1883），俄国19世纪批判现实主义作家。
代表作品有《父与子》《猎人笔记》等，还擅长于创作诗歌和剧本。

※ 两首四行诗

从前有座城市，城里的居民嗜诗如命，如果几个星期内不出新的好诗，他们就认为诗歌创作上这样的歉收是全社会的灾难。

这时他们便穿上最旧的衣服，往头上一把把撒炉灰，一群群聚集在广场上痛哭流涕，伤心地哭诉缪斯抛弃了他们。

就在一个类似的不幸日子里，年轻诗人尤尼来到挤满伤心欲绝的人群的广场。

他迅步登上特设的高台，示意想朗诵诗歌。

执法人员立刻挥舞起指挥棒。

"安静！注意了！"他们高声喊道，于是人群开始安静下来，等待着朗诵。

"朋友们！伙伴们！"尤尼开始用响亮，然而不十分坚定的声音说话。

朋友们！伙伴们，爱好诗歌的人们！

一切齐整、美丽形式的崇拜者们！

短暂的阴郁愁闷不会使你们焦虑不安！

期待的时刻终将来临……光明必将驱散黑暗！

尤尼念完不响了……回报他的是从广场四面八方响起的吵嚷、口哨和笑声。

每一张看着他的脸都怒容满面，每一双眼都射出咄咄逼人的怒火，每一双手都高高举起，紧握拳头，发出威胁。

"亏你有脸拿这东西来哗众取宠！"怒不可遏的声音发出吼叫，"把这平庸的歪才赶下台去！这笨蛋，叫他滚开！拿烂苹果、臭鸡蛋来打这个胡闹的丑东西！向他扔石头！往这儿扔石块！"

尤尼一骨碌从台上滚了下来……但是没等他回到家，后面就传来了雷鸣般的激动掌声，赞颂的欢呼和喊叫。

尤尼大惑不解，便返身回到广场，但是努力不让别人发现是他（因为激怒疯狂的野兽是危险的）。

他见到了什么呢？

他的对手，年轻诗人尤里高居人群之上，他站在一块金色平板上，身披紫袍，鬈曲的头发上戴着桂冠，被高高地举过了肩头……周围的人群狂呼大叫：

"光荣！光荣！光荣属于不朽的尤里！在我们忧伤万分、痛苦不堪的时候给了我们慰藉！他馈赠我们的诗句比蜜还甘甜，比锣鼓还响亮，比玫瑰还芬芳，比蓝天还洁净！载着他凯旋，让神香的轻烟在他充满灵感的头顶缭绕，让棕榈树叶的轻轻摆动替他的前额扇凉，用尽所有的阿拉伯香膏倒在他的脚边！光荣！"

尤尼走近一个赞颂者。

"喂，我的同乡，请告诉我！尤里用什么样的诗句使你们欣喜若狂？唉！他朗诵诗的时候我不在广场！如果你记得的话，请再念一遍，行行好吧！"

"这么好的诗，还会记不得？"被问者兴奋地回答，"你把我当什么人啦？听着，让你也高兴高兴，和咱们同享快乐吧！"

"'爱好诗歌的人们！'神圣的尤里是这样开始的……

爱好诗歌的人们，伙伴们！朋友们！

一切优雅、悦耳、温柔形式的崇拜者们！

短暂的沉闷与悲伤不会使你们焦虑不安！

期待的时刻终将来临……白昼将驱散黑夜！

怎么样？"

"对不起！"尤尼回敬说，"这可是我的诗呀！大概我朗诵的时候尤里在人群里，他听到了，稍稍改动一下又念出来了，当然改得不见得怎么样，只动了几个词！"

"啊！现在我认出你是谁啦……你是尤尼，"被尤尼插话打断的那位市民蹙紧眉头回答说，"你是个醋坛子或者笨蛋！……可怜虫，你只要想一想一件事！尤里说得多么高尚：'白昼将驱散黑夜！……'可你说得多荒唐，'光明将驱散黑暗'？！什么样的光明？什么样的黑暗？！"

"难道这不是一码事吗？"尤尼刚要说。

"你再说一个字，"市民打断他的话，"我就向人群大喊一声……你就会被撕个粉碎！"

尤尼知趣地闭上了嘴；一位听见他和市民谈话的白发长者走到可怜的诗人跟前，把一只手放在他的肩头，说道："尤尼！你朗诵的是自己的诗，但念得不是时候；而那一位朗诵的不是自己的诗，但是念得正是时候。自然，他时机选对了。不过你保留了自己良心上的安慰。"

然而正当良心给瘪到一边去的尤尼慰藉的时候——当然这种慰藉也只是力所能及，而且微乎其微的，——远处，在雷鸣般的掌声和欢呼里，在无往而不胜的太阳的金色光辉里，尤里高傲的昂首挺胸的身影，恰似一个赴殿上朝的沙皇，气宇轩昂、步履稳重地在款款而行，身上的紫袍熠熠生辉，头顶的桂冠在缭绕的阵阵香烟里影影绰绰闪现……棕榈树长长的枝叶依次向他点头哈腰，仿佛要用它们轻声的叹息，恭顺的敬礼，来表达为他心醉神迷的市民们洋溢在心头、不断产生的崇拜之情！

1878年4月

罗斯金

约翰·罗斯金（1819—1900），英国作家、批评家。
他有关艺术问题的重要作品有《现代画家》《建筑的七盏灯》《威尼斯之石》等。
其他代表作有《时至今日》《芝麻与百合》《野橄榄花冠》
《劳动者的力量》和《经济学释义》等。

※ 谈书

　　一切书籍无不可分作两类：一时的书与永久的书。请注意这个区别——它不单是个质的区别。这并不仅仅是说，坏书不能经久，而好书才能经久。这乃是一个种的区别。书籍中有一时的好书，也有永久的好书；有一时的坏书，也有永久的坏书。

　　所谓一时的好书——至于坏书我这里就不讲了——往往不过是一些供你来

观阅的有益或有趣的谈话而已，而发表谈话的人，你除了观阅其书以外，常常无法和他交谈。这些书往往非常有益，因为它会告诉你许多必要的知识；往往非常有趣，正像一位聪明友人的当面谈话那样。种种生动的旅行记叙；轻松愉快而又充满机智的问题讨论；以小说形式讲述的各种悲喜故事；事过境迁，由当事人亲自提供的确凿事实；所有这些一时的书，随着文化教育的普及而日益增多，乃是我们这个时代所特有的事物：对于它们，我们应当深表感谢，而如果不能善为利用，还应当深感惭愧。但是如果竟让它们侵占了真正书籍的地位，那我们就又完全用非其当了：因为，严格地讲，这些很难算是什么书籍，而只不过是楮墨精良的书信报章而已。

我们友人的来信在当天也许是有趣的，甚至是必要的，但是有无保存价值，就须考虑了。报纸在吃早饭时来读可能是最好不过了，但是作为全天的读物，便不适合。所以，一封内容关于去年某地的客栈、旅途或天气的有趣记载的长信，或是其中讲了什么好玩的故事或某某事件的真相的其他信件，现在虽然装订成册，而且也颇有临时参考价值，却在严格的意义上讲，不能称之为"书"，而且在严格的意义上讲，也谈不上真正的"读"。

书籍就其本质来讲，不是讲话，而是著述；而著述的目的，不仅在于达意，而且在于流传。

讲话要印成书册主要因为讲话人无法对千千万万的人同时讲话；如果能够，他会愿意直接来讲的——书卷只是他声音的扩充罢了。你无法和你在印度的朋友谈话；如果能够，你也会愿意直接来谈的，于是你便以写代谈：这也无非是声音的传送而已。但是书籍的编著却并非仅仅为了扩充声音，仅仅为了传送声音，而是为了使它经久。一个作家由于发现了某些事物真实而有用，或者美而有益，因而感到有话要说。据他所知，这话还不曾有人说过，据他所知，这话也还没人能说得出。因此他不能不说，而且还要尽量说得清楚而又优美；说得清楚，是至少要做到的。

终其一生当中，他往往发现，某件事物或某些事物在他特别了然于胸；这件事物，不论是某种真知灼见或某种认识，恰是他的世间福分机缘所允许他把握的。他极其渴望能将它著之篇章，以垂久远；镂之金石，才更称意；"这才是我的精华所在；至于其余，无论饮食起居，喜乐爱憎，我和他人都并无不同；人生朝露，俯仰即逝；但这一点我却见有独到：如其我身上还有什么值得让人记忆的话，那就应以此为最。"这个便是他的"著作"；而这个，在一般人力所达到的有限范围，而且也不论其中表现了他真正灵感的多寡，便无疑是他的一座丰碑，一篇至文。这便是一部真正的"书"。

或许你认为这样写成的书是没有的吗？

那么，我就又要问你，你到底相信不相信世间还有诚恳二字？或还有仁慈二字？是否你认为，才俊之士的身上从来也看不到半点诚恳与宽厚的地方？但愿诸位当中不致有谁会悲观失望到抱持这种看法。其实，一位才隽之士的作品当中，凡是以诚恳态度和宽厚用心所著成的部分，这一部分便无愧是他的书或艺术作品。当然其中总不免夹杂有种种不佳的部分——例如败笔芜词、矫揉造作，等等。但是只要你读书得法，真正的精华总是不难发现的，而这些也都无愧是书。

对于一部书籍，我们往往脱口而下这类断语："这书多么妙啊——恰与我的想法相合！"然而正确的态度却应当是："这事多么怪啊！我便从来不曾想到这个，不过我认为那话是对的；如果我现在还不能理解它的正确，但愿终有一天我能理解。"不管是否这样谦虚吧，但至少应当清楚，当你读一本书时，主要的是去领会那作者的意思，而不是去寻找你自己的意思。进行评论是可以的，那是你程度提高了以后的事；但首先应当弄懂原意。再有一点应当清楚，即是这位作者如果还多少有点价值的话，那么你未必能一下领会他的意义；至于全部领会更绝非你短期所能办到。这倒并非因为作者没有把他的意思表达出来，甚至相当有力地表达出来；只是作者不可能把他的话全部说完；另外，这点也许更加古怪，作者也不情愿这样，而只是以一种隐晦的方式出之，以寓言的方式出之，其目的在测验你有无诚意。这个原因我说不透。另外，我对一些睿智之士好把他们的思想潜藏胸底，秘不示人的冷酷做法，也不大善于分析。他们在向你传授知识时，不是把它视作一种援助，而是视作一种奖赏；必先弄清你配受奖，然后才允许你去获取。但是这种智慧的探求也正和一种珍贵的物质（黄金）的探求相同。在你我看来，地层的电力似乎没有什么理由不把其中所蕴藏的全部黄金都一齐搬运到山顶之上，但是大自然非要把金子隐藏在一些谁也不知道的穴罅隙缝之中；你很可能挖了很久而仍然一无所获；想要找到一点也得历尽千辛万苦。

在人类高级智慧的探求上，情况也是这样。当你打开一本好书之前，你必须对自己提出几个问题："我自己是否能像那澳大利亚采掘工一样吃苦？我的锄头铁铲是否有用？我的思想准备是否充分？我的袖子是否已卷得高高？另外，气力心情是否正常？"如果把这比喻再打下去（即使有点令人厌烦，但这比喻确实非常有用），那么你所探求的金子便是那作者的思想或意思，他的文句便是你为了寻金所必须捣碎和冶炼的矿石。你的丁字锄便是你自己的辛苦、聪明与知识；你的熔炉便是你那探索事物的心智。离了这些工具和你那炉火，你休想去弄懂一位作家的意思；实际上你的一套刀具往往得利而再利，精而再精，你的一番冶炼也得辛苦耐心之至，才有可能挣得一粒黄金。

正因为这种缘故，所以我便要老实不客气地，甚至以权威口气对你讲（因我自信在这点上我是对的），你必须养成对文字深入钻研的习惯，要一点一滴、仔仔细细地弄清每个词的确切意义。一个人尽可以把整个英国博物馆中的图书全部读遍（如果天能假年的话），而仍旧是个 "不通文理"和缺乏教育的人；但是一个人却可以仅把一部好书一字不漏地读上十页——也即是真正精确透辟地阅读——而从此，在一定程度上，不失为一位受过教育的人。

（高健 译）

法朗士

阿纳托尔·法朗士（1844—1924），法国作家，原名阿纳托尔·弗朗斯瓦·蒂波，1921年获诺贝尔奖金。其作品在世界广泛流传。

代表作有《希尔维斯特·波纳尔的罪行》《苔依丝》《现代史话》《克兰克比尔》《在白石上》和《霞娜·达克传》等。

※ 对书的爱

　　我一生中结识了许多书迷，于是我坚信对书籍的爱好能给一些善良人的生活增添一些乐趣。

　　没有一点官能感受也就不会有真正的爱情。只有在抚摩书时产生陶醉感的人，书才能给他带来幸福。根据一个人摸书的方式，我可以马上就看出他是不是一个真正的书迷。当一个人看到一本珍贵的、稀罕的、外观悦目的书或者至少是值得尊敬的一本旧书时，他却不是用温柔而坚定的手紧紧地抓住它，不是爱怜地、充满激情地摩挲书脊和切边，他就从来不具备造就了格洛里埃和杜布莱的那种本能。他尽可以反复多次说他爱书，但我们不会相信他。我们会这样回答他：

您所以爱书,是因为书给您带来好处。这怎么能叫爱呢!难道一个冷漠的人会爱吗?不会的!您既无激情,又无快乐,您就永远体会不到,用颤抖的手抚摩着精制山羊皮上的美丽茸毛时的那种愉快。

我不由得想起两位当神甫的老人,他们爱书,而且在这个世界上除了书他们什么也不爱。其中一位是大教堂的牧师,他住在巴黎圣母院附近,在他那小小的躯体里有一颗温柔的心灵。这个圆墩墩的矮小的躯体正是为了容纳一位神甫的心灵而创造的。他曾打算写一本《布列塔尼教徒传》,他日子过得很幸福。另一位是低级教区的牧师,他比前一个长得高些、漂亮些,显得有些忧伤。他的居室的窗户下是沿河街道,每天能看到小旧书铺。他们在尘世的使命,就是把小牛皮做封面的、切口喷红的旧书买来装进自己的长袍口袋里。这种营生无疑是纯真无邪、朴实无华的,完全符合神职人员的生活方式。我甚至要说,翻阅摊在河畔胸墙上的书本,其危险性比在田野上和森林里观赏大自然要小。不管费讷隆是怎么说的,大自然中有教益的东西毕竟很少!大自然缺乏贞洁,它宣扬斗争和爱情,它暗地里激情洋溢,它发出缕缕芬芳令人陶醉:我们感到遍体被亲吻和阵阵热烈气息的袭来。甚至大自然在平静时也充满着柔情蜜意。有一位对情爱气氛敏感的诗人有充分理由说:

离开森林,提防它的幽静。

沿着沿河街漫步,从一个书摊转到另一个书摊,却毫无这种危险:古老的典籍不会迷惑人心。即使有一些书是写爱情的,那也都是用旧时的语言写的,用过时的字印的,况且它们又都使人既想到爱情又想到死亡。我的教堂牧师和我的教区牧师做得完全对,他们把短暂人生的时间都消磨在罗亚尔桥和圣米歇桥之间了。他们的目光接触得最多的是18世纪装帧工人饰在小牛皮书脊上的两个半圆环之间的金色小花朵。这无疑比田野里的百合花更纯真无邪:因为百合花不劳动,不纺线,却在爱,你看,那小蝴蝶不是逼得百合花那美丽而神秘的花冠直颤动吗?哦,是的,教堂牧师和教区牧师都是圣洁之人啊!我想他们当中无论哪一位都未曾动过一丝邪念。

我情愿剁掉我的手来担保这位教堂牧师是个乐天派。他在古稀之年仍旧保持童心和童颜。金丝边眼镜还从来没有被戴在比这更质朴的鼻子上，也从来没有帮助过比这双更纯洁的眼睛看东西。教区牧师长长的鼻子，两颊塌陷，看来像个圣徒；而教堂牧师，当然是个品行端正的人。然而无论是这个圣徒，还是那个品行端正的人，都不是失去官能感受的人。他们感情炽热地望着猪皮面的书，他们怀着情爱，抚摩着黄色的牛皮面的书。这并不是说他们要同主宰藏书界的盟主争夺法国诗人的初版诗集、为马扎里尼和卡内瓦里特制的封皮以及附有插图的两卷本或三卷本的出版物，并以此引以为快事。不是的，他们安于贫困，与世无争，他们甚至把生活简朴的美德也带进了藏书爱好。他们只是购买装帧普通的普通书籍。他们乐于收集那些谁也不需要的旧的神学著作。他怀着天真的喜悦心情挑选那些不被一般人重视的珍本书，这种书在老练的旧书商的铺子里多得很，每本价值十个苏。当他们发现梯也尔写的《假发史》和科学博士克里佐斯托姆·马塔纳齐乌斯先生的《佚名杰作》时，他们感到极为满意。他们把用山羊皮装订的书留给那些权贵人士，颗粒面牛皮、黄色牛皮、羊皮和羊皮纸就能满足他们的欲望。然而，这种欲望是炽烈的，其中既有火焰又有激情。这种欲望正是被中世纪的基督教象征艺术家在教堂里描画成鸟首、羊蹄和蝙蝠翅膀的小鬼的那些欲望。我确实看到过教堂牧师先生怎样爱抚着一册用颗粒面牛皮做封面的《隐居神甫列传》的漂亮书本。

这是一种罪孽。由于这是一本冉森教派的书，这就更加重了教堂牧师的罪孽。而那位教区牧师，有一天竟收到了一位老处女送给他的一本艾里捷维尔版的《效法基督》。此书用紫红呢子做书皮，上面有经这位笃信宗教的馈赠者亲手刺绣的一只教堂金碗。他因骄傲和满足而面红耳赤地赞叹道："这是一件就连德·博胥埃先生也会感到荣幸的礼物！"我很想我的教区牧师和教堂牧师都已得救升天，他们正待在天父的右边。但是，这一切行为到头来都会受到惩罚的，在天使的书卷中写着：

In quo totum continetur,

Unde mundus judicetur。

同时也记载着教区牧师和教堂牧师两人的种种罪孽。而且，我似乎从这本书中读到了："某天某日，教堂牧师先生在伏尔泰沿河街从温柔的爱抚中得到了无穷的乐趣。某天某日，他在伟大的奥古斯丁僧人沿河街的一家书铺里闻吮了芳香之气……教区牧师先生把小八开本艾里捷维尔版《效法基督》一书视为骄傲和欲望之所在。"

毋庸置疑，这些话会写进将在最后审判日宣读的天使的书卷中的。

啊，善良的教区牧师！啊，美好的教堂牧师！我有多少次看到他们在沿河街从这家书铺到那家书铺！如果您遇到他们其中的一个，您放心好了，您很快就会碰上另一个的。然而，他们根本不想彼此相遇。他们反倒是相互回避着。不得不承认，他们彼此有些妒忌。

既然他们在同一块土地上猎取同样的书籍，又怎能不相互妒忌呢？他们每次见面时，换句话说，他们每天碰见时，总是异常亲热地寒暄老半天，同时，他们都彼此注视着对方，将自己的锐利目光向对方的塞满了书的衣袋投射过去。是啊，按性格来说，他们两人是截然不同的人。教堂牧师那种讨人喜欢的天真淳朴的世界观是无法使内心充满矛盾和各种学术争论的教区牧师感到满意的。教堂牧师在尘世上就已尝到心地纯洁的人可望进入的那个世界了。而教区牧师，却像怡然自得的奥古斯丁和伟大的阿尔诺那样以自己的额头来迎接暴风雨。他竟敢如此放肆地议论着尊敬的主教大人，以致善良的教堂牧师，虽然穿着一件厚坎肩，还全身打哆嗦。

教堂牧师天生就吃不得苦。有一次我碰见他正陷入窘境。事情发生在法兰西学院的大楼前。

刚刚下过一阵很短的三月雨夹雪。刹那间狂风骤起，将摊在河畔胸墙上的小册子和地图吹入了塞纳河。同时，教堂牧师的一把红色大雨伞也被吹走了。我们眼看着那把雨伞飞向空中，然后坠入河里。教堂牧师怎么也平静不下来了。他向所有的布列塔尼教徒呼救，答应谁要取回伞来，就给谁十个苏。而此时，伞却平稳地顺着河水向圣克罗流去。一刻钟之后，天气放晴，这位可爱的神职人员在阳光照耀下，泪水还没干，却已嘴角含笑地在向马罗雷老爹买一本拉克坦西的古版书了。当他念到用漂亮的阿尔多斜体字排印的"Pulcher hymnus Dei homoimmortalis"这句话时，不禁喜形于色。阿尔多斜体字使他忘却了丢伞的事。

就在那期间，我在沿河街上还看到一位更为怪异的书痴。他有一个规矩，把凡是他所不喜欢的书页都从书中撕去。由于他的趣味讲究，他的藏书中没有一册是完整的。他搜集的书籍全是支离破碎的片断残页，他为此定制了精美的书皮。我有充分的理由无论如何不能说出他的姓名，虽然他早已谢世。凡是认识他的人都能明白我讲的是谁，只要我说出他就是那些印制得极其讲究的论述古钱的怪书的作者。这些书是分册出版的。预订这种书的人很少，有一位藏书成癖的摩伦上校是其中的一个，他在行家里头颇有名气。他第一个预订了这种书，每一册出版时，他总是准时赶来取书。但是，有一次他要出门进行一次长时间的旅行。上面提到的那位书痴得悉后马上出版了下一分册书，并向各订户发出如下的通知："这最近一版书如在两周期限之内未被领取，则一律销毁。"他满以为摩伦上校在此期间赶不回来领取自己所订购的那本书。这的确是不可能做到的事。然而上校却做到了这不可能做到的事，他在第十六天赶到了，当时作者兼出版者正将那本书丢入火中。于是，在两个藏书家之间展开了一场搏斗。结果上校获胜，他从烈火中抢出了书的残页，得意洋洋地拿回他在布朗热大街的寓所——这里堆满了各个时代的历史陈迹。上校的收藏品有石棹、拉杜特的木梯、巴士底监狱的石块。他属于这样一类人，这种人恨不能把全世界都塞进橱柜中去。这也是所有收藏家的梦想。但是，由于这个梦想不可能实现，真正的收藏家像处于热恋中的人一样，即使在幸福中也饱尝无穷的痛苦。他们非常清楚，他们永远也无法把地球锁进自己的玻璃柜里。他们因而患上了深深的忧郁症。

我也认识一些大藏书家。他们之中，有的搜集早期印版书、15世纪的简陋木刻书和附有粗糙插图的《穷人的圣经》——对于他们来说，这本圣经所蕴含的魅力超过大自然和艺术所创造的全部杰作；有的收藏为亨利二世、迪安娜·德·波瓦蒂埃和亨利三世特制的皇家豪华本书籍、16和17世纪的印章和压花纹用的小滚轮；有的极力想占有印着亲王和国王纹章的山羊皮封面的典籍；最后，有的在搜寻我国经典作家著作的生前版本。我本可以给你们描绘其中的一些人，但我认为，对于你们来说这些人不如我那位可怜的教区牧师和那位可怜的教堂牧师更引人入胜。书籍爱好者正如世上所有其他人一样。他们之中能引起我们兴趣的不是那些最有才华和最有学识的人，而是秉性忠厚和心地纯洁的人。

然而不管藏书家爱不释手的书卷如何华美精致，不管他们如何赞赏某一本书，哪怕就是由雅利抄写得十分精美的《茹丽诗集》，我认为有一样东西要高出于它们，那就是第欧根尼的大木桶。住在这个大木桶里你是自由的，而至于爱书家，则是自己收藏品的奴隶。

　　我们现在创办的图书馆和博物馆太多了。这种事我们的父辈比我们做得少，因而他们也比我们更善于感知大自然。俾斯麦先生常常用下面的话来证实自己的论点："先生们，我向你们陈述的见解，不是受了铺在我桌上的绿色的呢子的启示，而是受了绿色的大自然的启示。"

　　这个比喻虽有些怪异而又粗陋，但却很生动有力。不管怎么样，我还是极珍视这一比喻。好的见地乃是活生生的大自然给我们的启示。从事收藏固然是一项很好的活动，但散步是一项更好的活动。

　　虽然如此，我还是承认，对珍本书和装帧漂亮的书的爱好是正派人的爱好。我尊重那些保存着我们古典作家——莫里哀、拉封丹、拉辛——生前所出版的书的人们，如此珍贵的藏书可以为家族增光。

　　但是，如果没有这些稀世珍品，您阅读朱利·勒·普蒂先生撰写的那部出色的著作也可得到满足，这部著作十分详尽地描写了这些珍品，并附有它们的扉页复制图。这部书向我们介绍了从《玫瑰传奇》至《保尔和薇吉尼》的我国全部文学作品的初版本。翻阅这部集子时，不能不使人激动。您一定会说："当时的人初次见到的《给一个外省人的信》和拉封丹的《寓言诗》，原来就是这个样子的啊！而这册装饰着具有文艺复兴风格的棕榈树图案的四开本书就是《熙德》，1637年它出现在巴黎书商奥居斯坦·库尔别的小小'罗亚尔宫'店堂里时就是这个样子，那家店堂的招牌上画着一棵美丽的棕榈树，刻着这样一句座右铭：Curvata resurgo。而这六卷十二开本的书，它的标题由路易十五时代风格的纹章隔开着，其行文如下：'居住在阿尔卑斯山下某镇的一对恋人的书函，让·雅克·卢梭收集并刊印于阿姆斯特丹，出版者马尔克-米歇尔·赖；1761年'——这是使我们的曾祖母们感动得流泪的《新爱洛绮丝》的原型。让·雅克·卢梭同时代人所看到的、所拿在手中的就是这本书啊！"这些书都是珍贵的文物，朱利·勒·普蒂先生向我们一一展现了它们的风貌，读来颇为感人。这位可尊敬的人使我与藏书家完全和解了。我们得承认，没有偶像崇拜的爱情是不存在的。对于那些眷恋印满了铅字的古纸堆的人，我们应该给予公正的评价：他们像所有的恋人一样，也是狂人。

（鞠惠芬 译）

斯蒂文森

罗伯特·路易丝·斯蒂文森（1850—1894），英国作家。
代表作有探险浪漫故事集《新天方夜谭》，长篇小说《金银岛》，
小说《绑架》及其续篇《卡特琳娜》，小说《化身博士》等。

※ 乞丐

一

在一片高原地带景色宜人的乡间，我小时候有幸和一个乞丐相识。乞丐——
只是我这么说他，其实他通常仅仅让他那破烂的上衣和大张着嘴的鞋子替他乞
讨。这个人原来大概是个仪表堂堂的壮汉，此时却只剩下一副高大的、骨瘦如
柴、肤色暗褐的身架子；他痨病很不轻了，脸上带着身患不治之症的人所特有的

那种令人不安的笑容，但腿脚还算好使，身上还保持着灵活的军人风度，随时能给人行一个正规的军礼。

这地方有三条道路可通，我走哪条路也没个准儿，所以，他在路上等我，肯定常常落空。不过，他还是常常等上了我，拿出军人的麻利姿态，从埋伏的地点忽地跳出来，一边跟我搭帮走路，一边急急忙忙跟我东一搭西一搭地攀谈。

"天气好呀，先生——不过，怕是要下点儿雨了。愿你身体健康，先生。我可不怎么样，先生——我觉着身子不那么结实；可是，我还能凑合着过日子。在路上碰见你非常荣幸，先生。说实在话，我非常盼着能跟你随便聊聊。"

他这个人非常欣赏自己说话的声音，虽然不管你开口要说什么，他都连忙表示同意（用满不在乎的口气，所以也说不上是拍马屁），但是他从来不让你把话说完。我记不清他怎么样把谈话引到他心爱的题目上，我只知道我们两个在路上走了没有多久，他就以典型军人的方式对英国各家诗人评长论短。

"雪莱是一个优秀诗人，先生，不过他的思想有一点无神论的味道。他的《麦布女王》，先生，完全是无神论的作品。司各特这个作家，先生，诗味不怎么浓。莎士比亚的作品，我不那么熟悉，不过优秀诗人他算一个。可是，济慈——约翰·济慈，先生——那可是个呱呱叫的诗人。"

他顺着山坡向前走去，一边这样评讲着，发表着如此这般平凡已极的意见，兴致勃勃地炫耀着自己的知识，忘记了路途的疲劳；他手里的棍子有时轻抵他那深陷下去的、发出闷声的胸脯，有时在空中挥舞，带出往日当兵时的那种潇洒派头；与此同时，他的破靴子里露出了脚趾头，他的衬衣袖子上露出了胳膊肘，他的笑容里露出了死亡的影子，他那高大、虚弱的身架由于一阵的咳嗽而摇摇晃晃。

他常常陪着我一直走到家，向我借一本书看，而那书又总是诗集。把书一塞进他那破烂上衣的口袋，他又上路，继续他那行乞的旅程。有时候，他把书借走很久，不过到末了总要还给我，而且那本书并不因为在叫花窠里转了一圈而受到多大破损。毫无疑问，他靠这种办法增长了知识，他那信口开河的文学漫评的范围也愈来愈广了。但是，我的藏书显然不是他的第一个借阅来源，因为我们头一次见面，他就一肚子满淌淌地装着雪莱和无神论的《麦布女王》以及"济慈——

约翰·济慈先生"了。所以，我常常纳闷：他这些学问，都是从哪儿捡来的；我也常常纳闷：他这个人怎么会流落成为乞丐。

印度大暴动期间，他正服役；可是，他只记得一些地名，只能说一句"那是很难应付的差事呀，先生"，只能说当时非常紧张，或者某某人是个"挺不错的指挥官，先生"；此外，他实际上（正像许多人一样）对那件事就一无所知了。像他这样一个精明能干的人，在军队里绝不至于一直当大兵的；按照事情的常规，他肯定戴过臂章。然而，他退伍以后却没有生活津贴。

我稍稍点一下这个问题，他只是不好意思地向我劝告一番："一个人年轻的时候，先生，需要非常小心。先生，我这么说，请不要见怪：像你这样一位英俊活泼的小少爷，更得特别小心。我自己嘛——过去也许有点倾向于无神论的见解。"原来（或许其中大有奥妙，我们今天不肯承认），他显然是把不可知论看得和吃喝玩乐差不多，一视同仁了。

济慈——约翰·济慈先生——跟雪莱是他心爱的歌手。我不记得我拿罗赛蒂的诗给他看过没有；可是我对他的爱好了如指掌，倘若我给他看了，他准会迷上那位诗人的。华丽的词藻对于他有吸引力，他喜爱那带异国情调的、不同一般的词汇，音节铿锵动人的句子，文字表面（与内容无关）所暗示出的模模糊糊情绪———句话，使他入迷的是语言中的那种浪漫的情调。

他那淳朴的头脑几乎空空如也，他的理解力就像一个小孩子；那些他心爱的作家，他尽管阅读，对其中的内容却不甚了了。然而，他那爱好不仅仅是真诚的，简直可以说是排除一切的。我曾经尝试借给他小说，他看也不要看——除了他自己并不了然的那种带浪漫色彩的语言以外，他对什么都不放在心上。这种事，并不像我们想象的那样罕见。

我想起一个小伙子，在公共医院和我一位朋友住邻床。他刚住下，就请人（大概拿出了他最后一个便士）为他买一部便宜的莎士比亚全集。这一下子引起我那位朋友侧耳细听。他立即与这位新来者进行攀谈，心想等书来到，定会有一番惊天动地的发现。但是，那时才知，这位第一流文学的爱好者，对剧本能看懂的还不到十二分之一，而他心爱的片断竟是他了解最少的一个细节——《哈姆雷特》中鬼魂的那段难以模仿的带着夸大口气的台词。一个晴朗的日子，我的朋友在医院里把这段受人喜爱的奇文细细讲解了一番——我相信，这个任务我那位朋友是满能胜任的，虽然我觉得那实在不易。因为，我自己也有一两点疑问，如果莎士比亚能够重返这月色朦胧的人间，或者我能退回到那伊丽莎白时代的盛世，我真想跟这位爱使用豪言壮语的先生商榷一番。不过，要是我真能回到伊丽莎白时代的话，商榷之事又可存而不论了，因为我宁愿站在黑衣教士剧院的正厅里，听一听为伯贝吉配戏、扮演鬼魂的那位演员怎样用低沉的闷声（我似乎真的亲耳听见了）朗诵道：

来不及举行圣餐礼，忏悔，涂膏。

要是你我真能躬逢此盛，那该是多么有趣，恐怕连伯贝吉先生也会大吃一惊，因为鬼魂一角在那天晚上竟会赢得一个满堂彩！

至于我认识的那位老兵，他像伯贝吉和莎士比亚一样，早已不在人世了。我想，他此刻大概正默默无闻地躺在某个荒凉的城畔墓园里，完全被遗忘了。可是，我的勇士，我可没有把你忘记！对我来说，你还活动着，在阳光和空气中生存，大踏步地向着南方走去。在考米斯登的丛林边，在将军庵之旁，在猎户点的左近，在那麻鹬和千鸟绕着费尔迈山角飞叫的地方，我似乎仍然看见你，听到你说话——你毫不理会自己身上那致命的疾病，却在兴致勃勃地高谈阔论着那些自己毫不理解的诗人。

二

说起那老兵，我想起另一个流浪汉子，跟他倒是一对。这是个矮小、精瘦、有一双狗眼睛、一副火暴脾气的吉卜赛人。一天早上，我看见他和他的女人、小孩子、连同他那磨刀的轮子，在金奈尔小河边扎下了篷帐。

那时候，我天天到那可爱的小山谷里去，这个磨刀匠和我（在他那帐篷快快活活地扎在我那小小荒野的整个期间）也就天天坐在两块石头上抽烟，拔草，随着那棕色的河水吟唱的调子说闲话。他的小孩子钻在羊齿丛里打架、撕咬，简直像一窝小狗。他的女人是一个干瘪老婆子，总是在那里捡柴草，照看水壶；我在旁边的时候，她从来不敢向她那夫君开口讲话。他们那吉卜赛的篷帐里东西放得乱糟糟的，像一个猪圈。然而，这个磨刀匠却像猎户或山野之民那样自满自足，在礼貌之中带着威严的神气。他以山谷主人的身份向我表示欢迎（其实，这山谷在前一天还是属于我自己的），把他生活中的许多非常秘密的事告诉我，并且（我回忆起来还感到自豪）把我当做他的朋友。

像那个老兵一样，他身患我们的国病也是相当不轻了。但跟那位不同的是：他的文学趣味卑下，大约从来超不出小唱本的水平；很可能，他在坦纳希尔与彭斯之间找不出（也根本不去寻找）什么差别；对于诗歌也好，音乐也好，他最高明的见解可以恰当不过地体现在下面这段一览无余的小调里：

来呀，呀，小姑娘，

去到那巴里圭达山坡上！

只有这种苏格兰小孩子们听得格外入耳的小调，在他那经验的天地里，才特别具有吸引力。

但是，对于文学中的诗意他虽然缺乏敏锐的感觉，从生活中的诗意里他却感受到极大的欢乐。你真该听他谈谈他所热爱的一切——听他谈在絮絮低诉的小河旁搭起的篷帐，谈夜晚天空的星星，谈洁净的清晨重新降临，谈黎明时的荒野，以及在桦林中醒来的小鸟；谈他在漫长的寒冬，被禁闭在城市里，心中何等厌烦，而一旦春回大地，他又在那生意盎然的野外搭起篷帐，又是多么快活。不过，我跟他是一对流浪汉，而你——你却一定是过惯了安定日子的，在生活中是一位规规矩矩的上等人，他对你未必肯那么坦率；对你，他也许会谈谈他过去在巴开附近的海滨洞窟里碰见的一个鬼——这个鬼在生前是一个挎着手枪的海盗；这就完了——因为它已经足以向你说明他这个人的胆子。以上这一切用语言实实在在、活生生表达出来的经历，是由生活本身所创造出来的故事，"经过千锤百炼，业已臻于圆熟"。

再想想那个热爱诗歌的老兵吧：他所去过的地方远比什么海滨洞窟还要怪异，他所遇见过的人比什么鬼魂都要可怕；在印度大暴动那难以置信的、尚未被人吟唱过的史诗中，他亲身参加，出生入死，历尽艰险；他在德里的陆军部队里作战，既围攻别人，也受人围攻；在漫长数月之间，当军队被某种野蛮的狂怒所折磨、所鼓舞，做出既不要命、也不要脸之事，他自己也随之备尝一切；在袭击之中，他在战斗的硝烟中来往翻滚；也许，尼可逊将军阵亡时，他亲自在场；也许，当四周深陷在地狱之中，当千千万万人的生命在生死的天平上索索发抖，当大英帝国的军旗在摇摇欲坠，他和那进攻的部队却碰上了大兵的真正敌人——沉醉在烈酒之中。然而，对于这一切，他仅仅说一句"战斗真激烈呀，先生"，或者"部队伤亡惨重啊，先生"，或者"先生，我觉得报上的舆论对于威尔逊将军可不那么恭维"。生活对他来说毫无价值，他那经验中的绚丽篇章对他来说竟如白纸一张；他所感到喜悦的只有语言——那音韵美妙、动人心魄的语言，那印在白纸上的黑字；然而在这文字中所表达的内容却是他从未经历、也本来不可能理解的。这样，我们看到同时并存着两种气质的人——他们都是未经陶冶、质朴无华，可以说天真未凿；但这两种人又各自具有鲜明个性：一种是艺术家，热爱并发明着词藻；另一种是行动者或观察者，热爱并开创着生活。如果这一位有一个女儿，那一位有一个儿子，让他们结了婚，那么，在这要饭的大兵和那贫穷的磨刀匠的后代子孙当中说不定会出一个什么大名鼎鼎的作家来呢！

吉辛

乔治·罗伯特·吉辛（1857—1903），英国小说家。吉辛一生贫困，身世凄凉，
曾受叔本华哲学的影响，有浓厚的悲观情绪。代表作有《黎明的工人》
《失去阶级地位的人》《德诺斯》《阴曹地府》《新格鲁勃街》
《亨利·赖伊克罗夫特私信集》等。

※ 历尽艰辛话买书

每逢我在自己的书架周围顾盼流连的时候，眼前总是浮现出兰姆的那些"断简残编"。当然我的书也不完全是从古旧书店买来的。我将它们一一进行检点的时候，每每发现其中有许多完好无损的书，有的甚至还是昂贵的古香版本呢。但由于我时常搬家，我那小小的图书馆在每一次迁移中也就难免厄运。说句实在话，我经常无法对付它（因为我在料理事物上，往往表现得笨拙无能）。这样一

来，哪怕是我那些最贵重的书也往往蒙受着不公正的待遇。有不少的书甚至还被装订书箱的长钉戳破。当然这只是情形最糟的例子了。不过当我生活安定、心境平和的时候，我发现自己渐渐变得精明谨慎起来。显而易见，环境是能磨炼出一个人的长处来的。但我以为，一本书，只要它没有漏落页次就可以了，何必太讲究它的外表呢。

我听说过那些标榜自己读图书馆的书就像读自家书架上的书一样的人。这对我来说，简直是不可思议的。比如说，我对自己每一本书的气味都很熟悉，我只要把鼻子凑近这些书，它们那散发出来的书味就立刻勾起我对往事的种种回忆。就说我的那些吉朋的著作吧，那是八卷精致的梅尔曼本。我曾经连续不断地读啊，读啊，读了三十多年。我丝毫无须翻动它，只要闻闻那质地精美的纸张香味，就能回想起当年我把它作为奖品来接受时的幸福情景。还有我的那些莎士比亚著作，它们是剑桥版本，也有一种能惹起我追忆往事的香味。这套书是属于我父亲的，当我还不能够读懂它们的时候，常常有幸被允许从书架上抽出一本来看看。这时我总是怀着虔敬的心情，将它一页一页地翻弄着。那些书散发着一股古老而奇特的幽香。每当我将它们捧在手中的时候，总有那么一种莫名可状的感觉，由于这种缘故，我很少读这套莎士比亚著作。而当我捧读另一套吉朋的书时，眼里总是闪烁着兴奋的光芒，因为我买这套书时，简直就像买一件价值连城的奢华物一样，甚至还有过之而无不及，所以我对这套书格外偏爱，该知道我是付出了多大的牺牲才将它得到手的啊。

牺牲——这个字眼压根儿也不是客厅里的那种冠冕堂皇的表白语。像我的好些书，就的的确确是将那些必须用来维持生计的钱购买的。不知有多少回，我站在一家书店的前面或者一位书商的窗口，此时此刻，那种求知的欲望和活着就得吃饭的念头在我头脑里进行着激烈的争斗。每逢到了该吃午饭的时候，我的肚子就照例嘟囔着要吃东西了，可偏偏就在这个节骨眼上，我看到一本梦寐以求的书；而书的标价又是那样容易脱手。我在书店门口停了下来，心想绝不能让别人买去，可我一买它就势必得忍受挨饿的痛苦。我那套海讷编纂的狄巴拉斯诗集，就正是在这样一种情况下抢购到手的。那会儿它就摆在古德基街的一家古旧书店的书摊上，在那种书摊上，人们能够从那一摞摞的废书中寻到一些无价之宝。就是这套诗集，六便士竟是它的售价，这该是何等的廉价出售啊！当时我经常在牛津大街的一家咖啡馆进午餐（当然也就是我的主餐了），那是一家名实相副的咖啡馆，就像现在的咖啡馆一样，今天恐怕再也找不到这家馆子了。那一天，六便士是我的全部资财，确确实实是这样，就只剩下这么几个钱了。这笔小数目足可以买一份青菜炒肉。但我不敢担保这本狄巴拉斯诗集能否一直留到明天，而这种低廉的书价我又恰好能支付得起。我在人行道上踱来踱去，一会儿用手指头在口袋里搓捏着那几枚硬币，一会儿用眼睛瞟一瞟书摊，两种胃口在我腹中进行激战。终于书还是买到手了。我将它带回家中，一边吃着用粗糙的面包蘸黄油做成的午餐，一边美滋滋地掀动着书页。

在这本狄巴拉斯诗集的底页上我发现一行用铅笔写的字："1792年11月4日读毕。"一百年以前，谁是这本书的主人呢？但上面再没有任何其他标记。我很愿意把他想像成一位穷困潦倒的学者，他大概和我一样，明明穷得要命，偏偏求知欲旺盛。当初他必定也是用自己的血汗钱来买这部书的，当他买到手后，其乐不可支的情景一定不会亚于我现在这个样子。这种欢乐的心境只能意会，难以言传。慷慨仁慈的狄巴拉斯啊，你那留在诗集中的肖像比罗马文学作品中的任何一张画像都逗人喜爱。

仿佛悄悄地走进那茂密的丛林。

暗暗将每一株智慧之树来找寻。

随后，我把这本诗集插上了那挤得满满的书架。事实上只要从书架上一取下这些书，我便能回味那一番激战一番成功的情景，恰如历历在目一般。在那些岁月里，金钱对我来说，简直毫无价值，除了用它来买书之外，我对它不屑一顾。唯有书才是我的第一需要。我可以不吃饭，但不能不要书。当然我完全可以到大英博物馆去读这些书，但这比较起自己拥有这些书并能将它们摆在自己的书架上来，毕竟还不是一回事。我时不时地买上一本破烂不堪、印刷低劣的旧书，里面尽是乱七八糟的笔迹，被撕破的书页和一团团的墨迹。对这些我丝毫也不介意。我宁愿醉心于这样一本属于自己的破册子，也不大情愿去观瞻那些不属于自己的宝书。有时我也为这种纯粹的嗜好而感到不安。当一本书把我吸引住了的时候，也许它并不是一本我急需要书，尽管它是属于那种难以到手的贵重书籍一类。但经过一番深思熟虑之后，我只得恋恋不舍地离开。比如我的那本琼斯蒂林的著作，就是在霍利维尔大街看到的。对他那题为《诗歌与真理》的书名，我十分熟悉，当我的眼光掠过那书页的时候，买下它来的念头不禁油然而生。但那一天我克制住了。说老实话，我付不起十八便士的书钱，当时我的手头太拮据了。但我一连两次在书台前徘徊观望，暗暗庆幸这本书还没有买主。终于盼到手上有两个子儿的那天了。我记得自己三步并作两步朝霍利维尔大街奔去（其时我通常的步行速度是每小时五英里）。我不会忘记那位头发斑白的小老头，我常常因为买书而和他打交道。他叫什么名字来着？我相信这位经营书店的老人一定当过天主教士，因为在他身上有那么一种不同凡响的教士气质。他曾经拿起琼斯蒂林的那卷书，将它缓缓翻开，欣赏了一阵子，然后故意瞟了我一眼，好像在张口说："可不是，我多想自己也能有时候读读它啊。"

有时候，我还得饿着肚子，像搬运工一样，把买到的书送回家中。有一次，在波特兰路车站附近的一家小小书店里，我偶然看见了第一版的吉朋著作，而书的售价竟便宜得令人瞠目结舌。我记得是一先令一册。可要买下这套装潢精美的四开本，我还是得当掉自己的外套。当时我身上没有几个钱，可家里还有点余款。那会儿我住在伊斯林顿，我和书店的老板说了一声，便飞身回家取钱，再又赶回书店，然后扛着那一大摞书从离我住所安吉尔公寓很远的尤斯顿路西侧，一直走回到伊斯林顿我住的那条街上。我就这样一下子走了两个回来。这样的长途步行，我一生中仅走过这么一次。这是当我回想起吉朋著作的分量时，才体会到的。走第二趟了，走第三趟了，那一天我一趟趟地计算着因为回家取钱而往返的路程。我走下尤斯顿路又爬上鼓顿维尔大街，至于那天是在哪一个季节，是什么样的天气，我就记不太清楚了。说实在话，当时我高兴得忘乎所以，除了对书的重量有些感觉外，其他的什么就丝毫也没有留意了。那年头我的耐性很强，但体质孱弱。我记得自己走完最后一趟后，就一头栽倒在椅子上，汗流浃背、四肢无力、浑身酸痛，简直就像要断气一样。

经济宽绰的人们听完我这段经历，一定会感到惊讶，为什么我不找书店里的老板请人把这些书送上门呢？换言之，如果我等不及了的话，难道伦敦坦荡的大道上竟没有公共马车可乘吗？

我如何来向这些人解释清楚呢？那天，我为了买书，已经倾囊而出，再也没有能力来支付一个便士了。没有，绝对没有。这种节省体力的开销我是从不敢设想的。我当时最大的欣慰莫过于通过自己辛酸的劳累而终于能成为这套书的主人。在那些岁月里，我根本没尝过坐马车旅行的滋味，我可以在伦敦的大街上一连走上十二个乃至十五个小时，可还从来没有想到过要花钱雇上送书以节省自己的体力或时间。我的确是太穷困了，实在不敢有非分的奢想，而上面这件事仅仅只是其中的一个例子罢了。

若干年后，我将第一版的吉朋著作卖掉了，出售的书价比我原先买进来时要便宜得多。一起出售的还有不少颇有价值的对开本与四开本。因为我搬迁频繁，实在带不了这么多的书。书的买主曾把我这些卖掉的书称之为"墓碑"。为什么吉朋的书这样卖不起价钱呢？我常常由于卖掉了这些书而感到懊悔不迭。如果能够再读一遍那套精装的《罗马帝国的衰亡》，该是何等惬意的事啊！唯有那种装潢才能与其神圣的主题相称。人们只要瞥它一眼，就会觉得心旷神怡。我知道，自己要重新添置一套的话，实在是一件轻而易举的事。不过这样的一套书是不能与我卖掉的那一套书同日而语的。因为那套书能使我时时想起自己当年买时的那种蓬头垢面、劳累奔波的艰难情景。

（郑延国 译）

泰戈尔

罗宾德拉讷特·泰戈尔（1861—1941），印度诗圣、作家、社会活动家。
其所作歌曲《向祖国致敬》，1950年被定为印度国歌。名著有《春歌》《晨歌》
《园丁集》《飞鸟集》《新月集》；小说《沉船》《戈拉》《家庭与世界》。
1913年以其诗歌《吉檀迦利》获诺贝尔文学奖。

※ 罗摩衍那

未将《罗摩衍那》《摩诃婆罗多》与其他诗歌进行比较，确定其类别时，
它们名叫"历史"。近日，在外国文学宝库里，经过一番检定，它们被命名为
"epic"。"epic"译成孟加拉语是史诗。于是我们称《罗摩衍那》《摩诃婆罗
多》为史诗。

史诗这个名字非常响亮。这个名字是它的正确定义。现在我们不认为它是译

名也无妨。承认它是译名，却不完全符合外国修辞学中"epic"这个单词的特征，冠以史诗之美名的长诗，就得为自己辩护。我认为发表一篇辩护词是多此一举。

我们准备讨论何谓史诗。但下不了决心将它与"epic"作详细的比较。如何比较呢？《失乐园》也被认为是史诗，它是史诗的话，《罗摩衍那》《摩诃婆罗多》就不是"epic"了。两者怎能平起平坐呢！

诗大致可分为两类。有的诗是诗人个人的作品，有的则是庞大人群的杰作。

所谓个人的作品，并不意味着别人无法读懂。难以理解的诗，只能称作疯话。实际上，诗人依凭自己的才华，施展想象力，通过抒写他的悲欢和生活体验，反映人类永久的激情和人生真谛。另一类诗人，通过自己的作品，坦露情怀，阐述经验，展现一个国家或一个时代，他们的作品成为人类永恒的财富。

第二类诗人可称为大诗人。整个国家、民族的文艺女神可以依赖他们。他们的作品不应被认为是某个人的作品。它像一棵参天大树，生于国家的大地之腹，为国家提供遮阳的绿阴。读了迦梨陀娑的《沙恭达罗》《鸠摩罗出世》，我们领略了大手笔。但是，《罗摩衍那》《摩诃婆罗多》像恒河、喜马拉雅山那样，属于整个印度，广博仙人、蚁蛭仙人不过是作者群的代表。

事实上，广博仙人、蚁蛭仙人并非某人的姓名，而是为满足读者的欣赏需要而起的名字。容纳幅员辽阔的印度的两部鸿篇巨制，其实已失落了参与创作的众多诗人的名字。诗人们远远地隐藏在史诗后面无人知晓的僻静处。

印度有《罗摩衍那》《摩诃婆罗多》。古希腊、古罗马则有史诗《伊利亚特》《伊尼特》。这两部史诗生于希腊、罗马的心灵之莲，住在希腊、罗马的心房。诗人荷马、维吉尔把他们的华丽辞藻赠给了他们所在的国家和时代的喉咙。优美的诗句似清泉，汩汩流入本国幽深的心底，世代沃泽本国的土地。

现代诗歌中看不到史诗的宏丽。尽管弥尔顿的《失乐园》语言凝重，韵律典雅，感情深沉，可它不是全体国民的珍藏，而是图书馆的宠物。

所以，不把屈指可数的古代名著归入一类，冠以史诗之名，还能起什么更恰当的名字！它们和远古时代的神仙、魔鬼一样庞大，但它们的家族成员绝灭了。

古雅利安文明的一条支流流向欧洲，另一条支流流向印度。两条支流分别以两大史诗保护了各自的心志和音乐。

作为外国人，我们绝不能断言，希腊和罗马是否在两大史诗中表露了它的完整本性。但可以肯定地说，印度在《罗摩衍那》《摩诃婆罗多》中毫无遗漏地展示了它的原貌。

因此，一个个世纪荏苒地逝去，但在印度，《罗摩衍那》《摩诃婆罗多》之河，从未干涸。村村寨寨，家家户户，每天诵读史诗；从普通的杂货店到富丽堂皇的王宫，史诗受到同样的欢迎。光荣属于两位仙人；岁月的辽阔原野上，参加创作的逸名者的心声，至今以千百种方式往亿万男女的门口送来力量和安恬；携来一个个古老世纪的淤泥，至今时刻肥沃印度的心田。由此可见，光称《罗摩衍那》《摩诃婆罗多》是史诗是不全面的，它们也是历史；当然不是记叙事件的历史，因为那种历史依傍具体的年月。《罗摩衍那》《摩诃婆罗多》是印度世世代代的历史。其他历史随岁月而变动，但这部历史亘古至今不变。印度的探索、追求和信念的历史端坐在这两座宏伟诗殿的永恒御座上。

鉴于这个原因，《罗摩衍那》《摩诃婆罗多》的研究，不应低就其他诗评的标准。罗摩的品行高尚还是卑下，我喜欢不喜欢他的异母弟弟罗什曼那，单陈述个人的看法是不够的。

应该怀着敬意，冷静地分析几千年来印度是怎样接受史诗的。不管我这位批评家多么有名气，若不低眉垂首，分析漫长岁月中流淌着的一个古国的历史，那便是狂妄，无异于耻辱。

印度在《罗摩衍那》中诉说了什么，承认哪种理想是崇高的，目前，这需要我们谦卑地加以探讨。

一般人的观念里，"epic"是英雄史诗，因为在英雄威震四方的时代和国家，"epic"必然以英雄业绩为中心题材。《罗摩衍那》也有大量的战争描写，罗摩的神力也无与伦比，但《罗摩衍那》最鲜明的主题，不是英雄精神；字里行间不曾宣扬武力的光荣，战例并非史诗的主要情节。这部史诗没有描写大神的转世下凡。诗人蚁蛭仙人的眼里，罗摩不是神的化身，是普通人。

学者将提供这方面的佐证。在这篇序言中，不可能展开学术讨论；我只想说，诗人如不表现人性，而表现神性，《罗摩衍那》就难免沦为平庸之作，诗句不可能广为流传。罗摩之所以高尚，就在于他是人。

着手创作首篇，蚁蛭仙人设计了史诗的男主人公，他摆了男主人公的许多优点，问隐士那罗陀："天神可曾下凡化身为这样的男子？"那罗陀回答说："神仙中我从未见过如此高贵的男子。你听着，人间的月族人有你讲的这种品德。"《罗摩衍那》叙述的是月族而不是神仙的故事。《罗摩衍那》中天神不曾屈尊为人，是高尚的品德使人跻身于神的行列。

树立凡人的光辉榜样，是印度诗人创作史诗的动机，从古到今，印度读者以极大的兴趣诵读有关凡人为榜样的章节。

《罗摩衍那》的主要特点，是展示放大了的家庭本质。父子、兄弟和夫妻之间的宗教关系、亲情关系和相敬如宾的情状，表现得如此圣洁，使作品轻而易举地成为不朽史诗。夺取王位，诛戮仇敌，强大的对立双方之间的你死我活的斗争，通常可组成史诗的跌宕起伏、引人入胜的情节。但《罗摩衍那》的高雅旨意，并不体现于罗摩与罗婆那之间的激烈战斗，战事不过是更加辉煌罗摩和悉多的夫妻真情的手段。《罗摩衍那》昭示的是，儿子对父亲的恭顺、为兄弟作出的牺牲、夫妻之间的坚贞不渝、国王对平民所负的责任，可以达到怎样的高度。像这种凡人的家庭成员之间的关系，在别国的史诗中未被当做值得描写的内容。

史诗让人看到的，不仅有诗人也有印度的本来面目。研读这部史诗，可以懂得家庭和家庭责任对于印度有多大分量。史诗表明，在古代印度，家庭占有重要的位置，建立家庭，谋求的主要是幸福，而不是利益。家庭支撑着整个社会，培养真正的人。家庭是印度雅利安社会的基础。《罗摩衍那》是家庭的史诗，它让家庭陷入对抗，在被放逐森林的苦难中获得殊荣。尽管在王妃吉迦伊和她的贴身宫女曼塔罗的阴谋的沉重打击下，京城阿喻陀的王室破裂，但《罗摩衍那》宣告，家庭责任坚不可摧。《罗摩衍那》以辛酸的泪水为之洗礼的不是膂力，不是获胜的决心，不是治国的功业，而是充盈和睦琼浆的家庭责任，并把它置于豪迈的英雄气概之上。

不以为然的读者兴许会说，在这种情形下，性格刻画就是多余的了。哪儿画着清晰的界线，突破想象的哪条界线，诗歌艺术便成玄学，不是一句话说得清的。有一位外国诗评家说："《罗摩衍那》的性格刻画太简单了。"依我之见，作品的种类不同，一种作品的简单手法，对另一种作品来说则是恰到好处。印度在《罗摩衍那》中未见到平淡。

任何地方都实行一定的艺术标准，过分超越艺术标准，就不能被人接受。我们的听觉器官听懂多强的声波，是有限度的，超过限度，跳到第七音符之上，我们的耳朵便拒绝接收。此言也合适史诗中的性格刻画和情感表达。

这种观点大概是正确的。千百年来已经证实，《罗摩衍那》的任何篇章，在印度人心目中都不臃肿。印度的男女老少不仅从中得到教诲，也得到欢乐；不仅把它顶在头上，也藏在心里；不仅是他们的教典，也是他们的抒情诗。

我们面前，罗摩既是神又是人，《罗摩衍那》既使我们倾倒，又被我们供奉。假如这部巨著的诗美，在印度看来只是邈远的想象之国的物件，进不了我们的家园，那将是另一番情景。

即使外国评论家采用其诗评尺度，称《罗摩衍那》是通俗读物，与他们国家的作品进行比较，印度的民族特点照样显露出来。印度从《罗摩衍那》得到了想得到的东西。

我就是从这样的角度审视《罗摩衍那》和《摩诃婆罗多》的。谐和着它的"奥奴斯杜波"格律，几千年印度的心脏强劲地跳动着。

挚友迪纳斯昌德拉·桑嘱托我为他的《罗摩衍那评论》作序时，我虽然身体不适，时间又紧迫，但依然从命。他以真诚的音调反复吟哦诗句，不知不觉喜获研究的成果。我认为，他那种充满祭拜热情的分析，是真正的诗评；采用这种方法，一颗心的敬意悄然渗进另一颗心中。

换句话说，祭拜者的虔诚在读者心中也掀起虔诚之涛。

我们目前的文学批评，起着检查物价的作用，因为文学作品也是商品。为避免上当受骗，大家渴望得到商检人员的关照。这样的商检固然需要，但我仍要说，透辟的评论如同祭仪，批评家是祭司，他不过是在表达他个人与大众的真诚和惊喜。

虔诚的迪纳斯昌德拉站在庙宇的庭院里，取火点燃灯烛，突然交给我摇铃击磬的重任，我立即走到他身边履行责任。我担心鼓乐声太响淹没祷词，所以只想再说一句话——读者不会把记叙罗摩的漫游仅看成是诗人的作品，也会认为它是印度的《罗摩衍那》。这样，他们通过阅读《罗摩衍那》全面认识印度，通过阅读印度历史正确领会《罗摩衍那》。他们将记住，印度要听的是有典型意义的完人的传记，而不是精彩的历史故事，事实上它至今毫无倦意地愉快谛听着。它没有说史诗过于冗长，没有说这是纯诗。在它眼里，罗摩、罗什曼那、悉多甚至比每个家庭的人更为真切。

完美，是印度由衷的追求。印度不冷淡完美，不相信完美脱离现实。印度承认它是生动的真实，为此感到无比欣喜。《罗摩衍那》的诗人，唤起并满足了印度对完美的追求，永远赢得了其敬慕的心。

重视绵延的真实的民族，不倦地追寻客观真理。视诗为本性之镜的人，在世界上从事各项艰巨事业，令人敬佩。人类永远是他们的债务人；而另一些人，执著地探知圆满结局中一切欠缺转化成的完善，一切对抗中诞生的和平，欠他们的债也偿还不清。他们的生平假如泯灭，他们的训诫假如被忘却，人类文明在它尘土飞扬的工厂的人群中，在气息被熏臭的闭塞的空气中，将渐渐被折磨得形容枯槁，凄然死去。《罗摩衍那》的每一页记载着那些求索不朽完美的人的事迹。如果我们对《罗摩衍那》中描写的尊重父辈，手足之情，妻子对丈夫的忠贞，热爱真理，表示淳朴的敬意，并万分珍惜，大海上纯净的暖风就找得到吹进我们世事之窗的路径。

本森

亚瑟·克里斯托弗·本森（1862—1925），英国作家，
坎特伯雷大主教爱德华·怀特（1829—1896）的长子。代表作品集有《静水旁》
《学院窗》和《记忆与朋友》。

※ 随笔作家的艺术

笑话里说：一个流动的招牌匠沿着自己走惯的老路来到一个村子的小客店。他盯上这个客店门口的招牌，已经有好几个月了，眼见它一天一天变得字迹模糊、色彩暗淡，他心里的希望和高兴也就与日俱增。不料今天他大吃一惊：那招牌不知什么时候已经粉刷一新了。他把招牌看了又看，好不心烦。那位客店老板紧张地站在一边儿，想听听这位内行的称赞。他对店老板只说了一句："这，看

来似乎是哪位自己的手笔！"

这句话道破了随笔写作的全部奥秘。随笔，是某个人自己的手笔；随笔的妙处并不在于题目（任何题目都可涉笔成趣），而在于个性的魅力。随笔自然要写出某种"有意思的"（像小学生常说的）东西，某种可供嗅察、听到、看见、感知、想象、思考的东西；但是最根本一点，作者必须有自己的看法，这看法又必须在他自己的心灵中自然形成，而随笔的魅力即依靠着酝酿和记录下这看法的心灵的魅力。由此可知：随笔不必有什么固定的内容，也不必有什么知识性的、哲学性的、宗教性的或什么滑稽性的目的——然而，对这种种题目也并不一概排除。唯一不可缺少的东西却是那内容或思想必须经过活泼的理解，受到作者喜爱，对其妙味有所会心，并把它富有情趣地表达出来。这也不必遵循什么特定的规则。文学本来不外是生活中某种事物的反响，人类某种表达习惯的再现。例如，戏剧演出便是借助于视觉和听觉来模拟生活；此外，还有说书人或民间歌手的说唱，歌谣，信札，谈话——人类的一切表达形式、交流形式在文学当中无不可以找出自己的相应类别。而作者在随笔中所要表达的那种感想，那种心情，若用古歌谣中的词句来说，就是："我对我自己说道——我说。"

一般认为，蒙田是第一个以所谓随笔体裁写作的作家。他的作品兼有自传和随感录的特色，而在很大程度上还富有伦理性。但是，他这种文体的来源，在文学史上可以追溯得很远。

他的灵感一大半得之于那位采用带点儿浪漫情调的谈话方式来讨论抽象题目的西塞罗；而西塞罗的这种特色又要归功于在他的对话录中孕育着小说和随笔的萌芽的柏拉图。实际上，柏拉图与其说是哲学家的先驱，不如说是小说家的先驱。他以生活为背景，以聪颖的少年和慈祥的老者为人物（在人物的安排上所有场面都是如此），以生动活泼的意味而不是以哲学思考的方式来讨论生活中的伦理问题和个人沉思的问题。柏拉图的对话录所以不能算作随笔，仅仅因为它们带有戏剧色彩，而随笔在本质上则是独白。但是，在西塞罗的著作中，譬如说《论老年》，戏剧意味很淡薄，整个效果与其说是接近小说，不如说极其接近随笔。大概，西塞罗对于读者所起的作用是随笔作家兼传道师，他满足了那些所谓好学深思的读者的需要，采用一种可以公正地称为闲聊的方式来漫谈那些关于人的行为和性格之类日常伦理的话题。

蒙田的吸引人之处在于他那个性的魅力：他的坦率，情趣，敏锐的观察，对人和风习的亲切了解。凡是他所深感兴味的东西，他必忠实记载，无所避忌——某种审慎的临文不讳永远是随笔作家的本色，因为随笔艺术的精髓即在于道出作者欣欣然有所会心之处，而不必担心此事究竟是否值得博雅君子一顾。

我怀疑，英国人的气质是否完全有利于随笔作家的发展。首先，盎格鲁撒克逊人生来喜爱行动，而不喜欢对于行动加以思考；即使回顾往事，他也往往去想事情的进行过程，而不去想事情如此进行的原因。其次，我们天性持重，含而不露。我们常说：为人不可全抛一片心，但是随笔作者恰恰要全抛一片心。我们生怕露出自己的本相，爱把自己的私事封锁起来。

谚云："英国人之家，即其堡垒也。"然而，随笔作家千万不可堡垒森严；万一他有堡垒，那庭园和住室也要开放出来，让大家一览无余。

勃鲁厄姆勋爵是一个热衷于沽名钓誉的人。他把自己的住宅加以开放，供游人参观，命令总管：凡有游客光临，立即向他禀报。听到禀报，他总是匆匆赶回书房，手捧书籍一卷，好让那些游客们你推我、我推你地悄悄私语："看，那就是大法官阁下！"——随笔作家的心情正是这样：他非常欣赏自己的小天地，同时他也非常高兴让别人看到他在欣赏自己的小天地。

英国随笔有种种不同的形式。托马斯·勃朗爵士在《医生之宗教信仰》《瓮葬》等书中，以精致细巧之文风入随笔，他那优雅的长句娓娓叙来，犹如在幽寂的天空中，隔着一层半透明的纱幕，有花纹奇巧的烟篆在袅袅摆动。阿狄生在《旁观者报》中以蕴藉的幽默感描绘世相、谈论种种问题，这实际上开创了一种新的随笔形式，用来抒写由隆重场面和名士雅集所唤起的内心感受。查尔斯·兰姆以浪漫主义手法写身边琐事，表明了即使最简单、最平凡的生活经历也是情感丰富、趣味盎然的。日常生活中的美和庄严，是他作品中的主题思想。德·昆西所写的乃所谓热情洋溢的自叙传，他作品中的那种漫长而悠扬动人的节奏运用到了入神的地步。然后，还有佩特这样一位作家——他用随笔来表达他那精细过人的美感。以上仅仅举出在以往英国文学中运用随笔形式的几个例子。但是，随笔的基本要素只有一个，那就是由于某种陌生的、美好的、奇异的、有趣的或好笑的东西所唤起的个人印象。因此，它与抒情诗人和十四行诗的作者的手法比较起来有不少共同之处，但是它又具备散文的舒卷自如和更为广阔的视野；它还可以使用一些不那么严格却又属于诗歌的技巧，特别是幽默。幽默与诗歌技巧是格格不入的，因为诗歌需要一种圣洁、庄严的情调。诗人的感情必须虔诚：他激动不安，他心有所爱，他顶礼膜拜，他忧心忡忡——但这一切都是严肃的，因为他志在肯定生活中那些庄严、高尚的东西，而摆脱那些嘈杂的、荒谬的、怪诞的、不庄重的事物，正如在堂皇的礼拜仪式当中不容许嘻嘻哈哈、喋喋私语和轻松自在一样。当然，如果随笔作家想保持这种庄严情调，他也完全有权利，譬如说，佩特的散文就是他把一切平凡、质朴的东西悉心加以排除之后，在一种圣洁的喜悦的精神境界中精心构思的。然而，随笔作者可以拥有的领域却比这个要广阔得多。像查尔斯·兰姆这样一位作家的力量就在于他坦然运用极其平凡的生活素材，而最简单的生活经历经他的手点染，就像神仙故事中发生的事情那样，一下子就变得妙趣横生、放出异彩！就写作范围来说，与随笔作家颇有共通之处的诗人是罗伯特·勃朗宁，他在许多诗歌里（虽然并非他的上品）无所顾忌地罗列着离奇的细节，搜人而并非排斥那些浑朴的情感，流露出他那粗犷而并不怎么有风趣的幽默——这些都表明他与其说是一个抒情诗人，不如说是一个印象主义者。文学愈向前发展，诗歌与散文之间的分界线无疑也就愈难保持不变。柯勒律治有一句很有启发性的名言，他说："与诗歌相反的东西不是散文，而是科学；与散文相反的东西不是诗歌，而是韵文。"意思是说：诗歌以激发人的感情为其目的，而科学则以不动感情地陈述事实为其任务，因此，科学才是诗歌的对立物；但是，散文同样可以用来作为激发感情的媒介，因此，在其本质上也同样可以是富有诗意的；然而，若把散文当做一种文字技巧结构来看，它的对立物是韵文，即按照某种格律、节奏安排起来的语言形式。这么一说，我们可能会感到随笔作家要比史诗作者更接近于诗人，而文学的类别大概要这样划分：一方面是逻辑分明的纪实说理之作，另一方面则是意气风发的抒情造境之篇。

谈到这一切，我们还要记住，为文学命名，为文学的表现形式分门别类，实在是一件纠缠不清、令人扑朔迷离的事情，仅仅为了方便才不得已而为之。只有学究气十足的人才说什么文学必须符合某些既定的程式和范本。其实，文学乃是一股洪流，自自然然流入某一渠道，对文学的分类仅仅是对于种种渠道的分类。支配着一切艺术的根本原则是绝妙和夺人心魄。这不一定仅仅是美感而已，也指适度之感，奇妙之感，圆满之感，炉火纯青之感。一个蛮子乍到文明城市，一眼望去，心眼里只有惊奇，并不是因为他感到了美，而是因为他感到了力量，感到了神秘的财富，难以置信的产品，以及简直不可思议、似乎用魔术制造出来的种种东西。此外，还有那种对于怪诞、荒谬、滑稽、可笑的事物的本能感觉——这从儿童身上特别能够看出，尤其当他们看到鹦鹉那狡黠而庄重的眼神以及它对于人类语言的夸张模拟，当他们看到丑角那古怪的服装和动作，看到那疙里疙瘩、歪歪扭扭的树木长成了又像人、又像爬虫似的奇形怪状。然后，还有人们对于只要于己无损的事就抱着幸灾乐祸态度的那种怪脾气——正是由于这个，在哑剧舞台上，手擎一托盘陶器的侍者一个倒栽葱跌倒，才会立即惹得全场不由自主地哄堂大笑。道德家大概要对擦破皮的侍者深表同情，对陶器打破、成物被毁一事不胜痛惜之至，但在常人看来他未免生性有点儿古板，或者如俗话所说：人太正经，难活世上。

对此种种浑朴而无可名状的情感，诗人虽宜避而不提为是，随笔作者却要随时留意，因为他对广大读者的吸引力如何，就看他何等程度上体会出某种平凡的情感，观察到它在各个方面的表现，捕捉住背景的突出特点，然后用生动感人的语言将这一切记载下来。

如此说来，一个随笔作家也就理所当然要做生活的旁观者了——他要像勃朗宁的优秀诗篇《一个当代人的印象》中所写的那个人一样，到处走一走，把印象记下来；他打量一下新盖的楼房，拿手杖探一探石臼：

> 他站在那里观看鞋匠干活，
>
> 看人把柠檬切成片放进饮料，
>
> 看黄铜匠修理着咖啡烘烤器，
>
> 小孩子们主动为他把曲柄来摇；
>
> 他瞅一眼摊子上摆的书本儿，
>
> 和挂在绳子上卖的单张时调，

还有墙上黑体印刷的大幅招贴，

这些，他都放在心上、统统记牢！

有人打马——他的眼睛也不放过，

有人骂女人——他立刻拿笔来记，

对谁他都不正眼去看——大家倒都瞪着他，

瞪着他，不是为了有趣儿，只是觉得稀奇：

他好像对他们全都了解，还认为理所固宜。

这些，正是随笔作家的素材。他可以任意挑选场景，随兴之所至选择任何一种类生活来写：街头，乡间，海滨，画馆，无所不可；只是，一旦身处其境，就要对那里的一切拿出全副身心进行观察了解，并且将它牢记在心。然而，他对于生活当中的实际事务却不可过于热衷。因为，倘若他做了政治家，或做了军人，做了皇帝，做了牧童，做了偷儿，而又全神贯注于自己的事业，没命地要从中捞取什么利益、地位、势力；倘若他尽在那里憎恨对手、奖赏亲信；倘若他一味地谴责别人、鄙视别人、反对别人，那么，他同时也就失去了同情之心和博大的眼光。他对于自己所欣赏的事物之乐趣，尽可深信不疑，甚至达到了认为它值得加以记载、描述的地步；但是对于任何事物或职业的意义和必要却不可看得过分认真、过分要紧。银行大亨，社会改革家，法庭辩护士，狂热的信徒，性情怪僻者，清教徒——这些人都不是当随笔作家的材料。随笔作家可以有自己对于道德的偏好，但却不可陷进道义的激愤之中去。

基本上说，他应该胸怀宽大，详察事物之特色而不计较其本体。他所关注的乃人生的绚丽画面以其种种场景和人物交织而成的那幅活动着的帷幕，却不去理睬人生的目的和宗旨。换句话说，在他心头萦绕着的乃事物的表象，而非它们的意义和道德教训。

在我心目中毫不怀疑：随笔作家的魅力就在于他能够使得读者感到一个脾气乐天、性格宽厚、通情达理的人在那里跟自己进行一种高高兴兴的友谊交流。我们到随笔作家那里，并不是要求得到什么知识，也不指望他给我们讲清楚一个什么复杂的题目——卷随笔在手，我们心里想的并不是这个。我们盼着随笔作家用他那亲切友好之手所描写的，是那千千万万琐屑的问题和浮动着的遐想，它们来自我们这白驹过隙般的尘世生活，我们的日常工作，我们的闲暇时刻，我们的娱乐消遣，最重要的，来自我们跟别人的联系交往——所有这一切无法预料、互不联系、形形色色、平平常常的生活素材，随笔作家应该赋予某种美感，理出一个头绪；换句话说，在我们那日常思想活动中占着绝大部分的念头，亦即我们当孤独时或在人群中，由于发现某种景物、看到城市风光，由于观赏艺术或阅读书籍所留下的印象，由于人们之间不同气质和性格的相互影响，以及由于那些半清醒着的希望、欲求、恐惧、欢乐之念而引起的那一切朦胧情绪，随笔都应该加以描绘。随笔作者要能写出日常生活中容易发生的事件或问题，说出其中的道理，并要揣测出什么原因使得我们的心情有时坚定不移，有时游移不定，做事情有时始终如一，有时前后矛盾，在我们与他人交往中什么东西使我们反感，什么东西又吸引着我们，以及如此等等的隐秘念头。好的随笔作家，让人读了以后会说："哎呀，这些事情我也常常想到，可是我从前就看不出在它们之间有什么联系，更不用说把这种事情写成文章。"所以，随笔作家必须具有一种阔大而广泛的好奇心，对于人与人之间的差别和各种分歧错杂的见解不应该怫然不悦，而应该很感兴趣。他必须知道：多数人的信念并不是理性的产物，而是一大堆联想、传统观念、对事物的一知半解、格言、范例、忠心、狂想等等的总和。他要留心观察的不是人类的庄严法相，而是他们的自相矛盾之处；他要研究的不是人们应当想些什么，而是他们在实际上究竟想些什么。对于人类的种种弱点，他既不可感到羞愧，又不可感到震惊，更不可因之而感到愤慨；但在他内心却要保留着高尚理想的光芒，令人激动的景象，无忧无虑的情性，各种人物的突出特点——这些精神产物，萌发自千万人的心灵，犹如灿烂的阳光穿过阴暗愁闷的云层，促使我们想到人类既平凡，又高尚，我们自己伟大而不自知。在人生的热心研究者看来，人生的兴味就在于：我们大多数人似乎抓住了一点什么重要的东西，可又不知道拿它怎么办；或者说，我们似乎看到了一点什么，遥远而且渺茫，可望而不可即，对此我们总是记不准、也说不清。人性的最大特点在于它那两面性，它那摇摆不定的倾向，亦即在我们这不安定的头脑里进行的善恶之间的争夺战。随笔作家的明白宣告的宗旨是使得人们对于人生、对于自身、对于自己在生活中所能起的作用感到兴趣；而要达到这一目的，最好的办法就是使得人们相信人生是一场很有意思的游戏，人人都能参加；任何生活方式，哪怕再高雅、再拘谨，总是会有很多出路和通道，而且人生的乐趣也不归政治家或百万富翁所专有，而是公平分配，只要我们为它留一点时间，不要尽泡在什么具体的目标或粗俗的野心中去。

因为，真正的随笔作家在我们耳边悄悄说出的那个重大秘密是：只要我们生活得充实，生活经验本身就自有价值，不一定非要获得所谓的成功不可；成功倒往往会掩盖住生活经验，使它萎缩下来；人一旦高踞要津，可能会把人生的要点看错；而人生的意义全在于给予，而不在于接受。

诗人或许最能看出人生的伟大，因为他大部分时间是生活在美好、高尚的事物之中。不过，我想说的是：随笔作家其实是一种二流诗人，专用较为质朴、卑微的素材来写文章；他所描写的是生命的光焰，而非人生的荣耀，因此，他从不把什么东西看做是低俗而不洁净的。

与传奇作者恰恰相反，随笔作家唯一不变的宗旨是把眼光牢牢盯住日常琐事，是正视实际状况而不是从它们那里高飞远扬。如果我们一味相信人生并不存在什么光辉伟大的时刻，那就不免把人生看得过于低下；如果我们心里只想着那些光辉伟大的时刻，那么，看待人生又不免过分多情善感。随笔作家需要一种平衡的态度。如果说他常常忽略掉生活中那些光辉伟大的东西，那是因为他认为这并不影响它们的存在；一个人在一生中虽然能体会到冒险的乐趣，在空气清新的早晨登程出发时的激动心情，遇到热情旅伴时的狂喜，以及达到目标时的欢快，然而，这种时刻毕竟太稀少了，在路途上总觉得无法走近那出现在遥远地平线上的尖塔以及闪烁在西方云雾之中的高地。因此，他就只好依靠自己的想象来鼓舞自己，或者细心观察在那树篱间和灌木丛中发生的琐屑小事，而随笔作家的任务也就在于把人生道路上看来单调乏味的空间、平平无奇的地段转化为华丽、新奇的岸标。

随笔，在文学中简直找不到自己的类别。那么，难道它就像化学元素中的氩似的，我们能说得出的仅仅是它在世界上的存在吗？或者，像柏拉图《理想国》里的正义似的，谈论者本来想给它加以界说，可是把一切可以界说的特点都说完以后，事情本身还是留在那里悬而未决呢？——不，并非如此。随笔，像所谓的风琴序曲，是一种有主题的小品文，形式不那么严格，尽可任神思驱遣，由妙手调节，并可随意渲染。随笔，是从某一可以清楚说明的着眼点出发所进行的一种人生小评论。

我们可以遵循任何一条思绪，也可以从几十个角度来看待人生——但千万不可由于无知和偏见而鄙视或嘲笑别人所接受的种种影响；因为，全部人生经验的精髓即在于：我们要想了解什么事物，总要从不知道开始；而且，还要知道，我们原来从未梦想过的千变万化的生活方式，恰恰体现了人生的充实和丰满。

因此，随笔作家以其特殊的方式充当了人生的解说员，人生的评论家。他观察人生，不像历史学家，不像哲学家，不像诗人，也不像小说家，然而这些人的特点他又都有一点儿。他所关切的并非发现全部人生的哲理，或者把人生各个不同的方面凑在一起，进行装配。他工作时所采用的是所谓分析的方法，即按照事物在自己心里留下的印象，观察着，记录着，解说着，随着兴之所至去体察万事万物的美好和意义，而这一切又是为了这样一个目的：随笔作家所深切关心的乃事物的魅力和特性，并想把它呈现在最明净、最柔和的光亮之下，好使得别人更加热爱人生，并对于人生当中无穷的变化在思想上有所准备，不管那是意外的欢乐或是意外的悲伤。

加德纳

阿尔弗雷德·乔治·加德纳（1865—1946），英国新闻记者、散文家、传记作家。

主要作品有《先知、祭司、国王》《社会支柱》《军阀》及《海滩细石》《风中落叶》等。

※ 书籍与道德

　　要说到书籍，谁还有什么道德可言？我记得几年前一位著名的牧师兼文学批评家去世了，他的藏书被公开拍卖。真是琳琅满目，全是些难得的珍本。他原是研究十七世纪文学的一位权威，那些书主要也全是有关那一时期作家的作品。其中大部分书上全都印有全国各地图书馆的图章。他把那些书借去后，一直也没有个适当的机会把书还回去。它们于是便像法院的案例一样在他身边积累下来。而他可是一位神职人员，讲起道来说得头头是道，这一点我便可以作证。而且，您如果一定要逼着问我，我怕也得承认，硬要让一个人交出一本他真正心爱的书，的确也是一件难事。

说真话，关于书籍，只有我认识的一位先生所奉行的一套原则是唯一稳妥可行的。有一天有个朋友找他借一部书。

"实在抱歉，"他说，"我不能借给你。"

"你没有吗？"他的朋友问他。

"有的，我有那部书，"他说，"可是我早定下一条规矩决不把书借人。你瞧，借书的人是从不肯还书的。这一点凭我自己的经验我也完全知道。来，你跟我来瞧瞧。"

他领着他到他自己的书房去。

"你瞧，"他说，"总共有不下四千部。没有……一本……不是……借来的。可别借书给人，可别。在这个问题上即使最亲近的朋友您也别相信。这我知道，那套《吉尔·布拉斯》哪儿去了？嗯？还有那套《西尔维奥·柏利科》？还有……"

还去念叨那些书名有啥用呢……他知道。他知道。

罗兰

罗曼·罗兰（1866—1944），法国小说家、剧作家、音乐理论家。

罗曼·罗兰1916年获诺贝尔文学奖。他的作品译成多种文字。

著有《约翰·克利斯朵夫》《哥拉·布勒尼翁》《格莱昂波》《皮埃尔·吕丝》《贝多芬传》《米开朗琪罗传》《托尔斯泰传》等小说、传记、回忆录和剧本。

※ 读书杂感

我于1886年3月末为我自己发现了托尔斯泰。

我的惊喜而又兴奋的心情反映在那年春天读《战争与和平》时所写的日记中。我暗自怀抱着对作者的成见开始读第一部，开头几页并未引起我的兴趣。但我渐渐地被主人公们的感受所感染。对主人公描写之逼真令我震惊。有些人物完全占有了我；我被他们倾倒、着迷，同他们一起被卷进生活中的强大漩涡。读到

第二部时我已经辨别不清自己和他们了；他们是我的第二"自我"，我就是他们。我对他们丧失了判断能力。我从未对任何一本书佩服得如此五体投地……我被彻底征服了……

我钦佩艺术家。我在这以前所读过的那些法国优秀小说，一切都围绕着某一个行为、某一特定的纠葛转动。这本书里却有十个这种纠葛，这里写的是生活本身。我们所观察到的不仅仅是主人公们生活中发生危机、转折的关头，而是他们生活中的每时每刻，他们的各个方面；主人公是始终如一的，同时又是充满矛盾的，他们总是顺应着各自性格中所固有的禀赋，不知不觉地向好的方面或坏的方面转变（这里应当详尽地分析一下娜塔莎的性格，许多人对她的演变过程的真实写照感到扫兴，我则狂热地为之辩护。我饶有兴味地注意到对老包尔康斯基公爵逝世前的几个月的描写；他行将就木，忽而肝火越来越旺，对忠于他的女儿越来越专横暴戾，他忽而失去记忆，然而又想起自己的青年时代，回忆当时俄国人获得的胜利——这和他的国家此时所遭受的法国人侵略恰成鲜明的对比）。

读到第三部时，我已如此陶醉，禁不住把托尔斯泰剖析之细腻和涉笔之广泛同莎士比亚相比，因为托尔斯泰描绘的图画既广阔而又真实。后来我便感到茫然若失了（这是一种十分恰当的感觉！），我对某些人物的性格发展不以为然。那些哲理性插叙和频繁的重复（反复咀嚼）使我感到腻烦。我无法把握住彼埃尔·别祖霍夫的思路，甚至连安德烈公爵的思路也把握不住。末了，我总觉得小说的结尾一如它的开头，作为这座万丈高厦的出入口，显得太渺小了。或许书中所描写的一切都取自于现实生活。但是，难道托尔斯泰从现实生活中就再也找不到比开头安娜·舍列尔家那场谈话和结尾小包尔康斯基那场凌乱的梦境更富有特性的情节了吗？也许小说的尾声有着某种隐秘的含义？我当时寻找过，却未能发现。小说就像生活本身，既无开端，也无结尾。借用德语中一个高明的术语来说，它正处在"生成"过程之中，即不断演变的过程之中。令我钦佩的是，托尔斯泰在如此尊重事实、如此细腻地刻画现实的同时，竟能够使我们对区区可数的人物产生如此强烈的兴趣，他如此深刻而细腻地发掘人物性格中最隐秘的底蕴，对人物有着如此热忱的理解，从而使我们陶醉，因此，据我看在这方面没有一个人，就连莎士比亚也不能与之匹敌。莎士比亚比他唯一高明的地方是戏剧真实，因为戏剧真实的本质同细节真实是不同的。

三个月以后，即1886年7月我被巴黎高等师范学校录取。这一年的寒假期间，我第一次读了《包法利夫人》，它使我欣喜若狂。我认为这是一部极为出色的现实主义作品。我当时在日记中写道："这是一部在描写丰富多彩的生活方面唯一可与托尔斯泰的作品媲美的法国小说。读这部小说时，所有五种感觉都有助于我们对人物形象深入理解。结果小说对良知的教益超过了对情感的教益。这个或那个人物虽使我们激动，但其程度不超出一个和我们并无直接关系的路人。他归他，我们归我们，互不相干。"

我考进高等师范学校后，就和四位同学一起成立了一个购书小组。我们最初购到的是陀思妥耶夫斯基的《群魔》和托尔斯泰的《童年与少年》。我把我那部《战争与和平》借给几位朋友看。他们都一致认为这是一部出色的作品，但是各人依据的理由却不同。小说内容之丰富，使仁者见仁，智者见智。苏亚雷斯认为第一部写得最好；每读到心爱的女主人公被卷入庸俗的钩心斗角中时他都感到懊丧。乔治·米勒则相反，他认为第三部写得最好。他很喜欢小说一开头把那些男主人公写得如此浪漫而热情，而这些人后来在读者面前一一变成市侩。他读到这篇巨著结尾的童年梦境时欣喜若狂。他认为托尔斯泰的这种思想是正确的：生活的长河源源不断，永不枯竭。任何一种乍看来是不可挽回的灾难，到头来都得到了补救。一位妇女本来会被忧愁、似乎是致命的痛苦所摧毁，然而她却医好了创伤，忘却了忧愁。甚至死亡也中断不了生活，安德烈公爵在他的儿子身上得以重生。人世的一切都是美好的……

我在高等师范学校度过的第一个学期里（1886年11月至1887年5月），发现了陀思妥耶夫斯基的《群魔》《白痴》《卡拉马佐夫兄弟》等作品。我的日记本上写满了这方面的札记。我被《白痴》吸引住，而《群魔》中使我叹为观止的是，对"征服整个民族的荒诞的感觉和形象"所作的精辟剖析（"笼罩着全国各地的黑夜"，"恐怖的威力——对于现实生活的恐怖，更有甚者，对尚未到来的不可知的未来深藏在心底的恐怖"）以及对于"这陈腐、狂乱、罪恶的渊薮必将产生"和新社会相适应的"新法律、新信仰、新上帝"的信念。

但比起陀思妥耶夫斯基的病态的天才，我更为推崇托尔斯泰的健康的天才。

大师智慧书系

我最初面晤司汤达正是在这个时候。我当时并未意识到我面前是一位巨匠，并未料到我后来会感到他如此珍贵。我被托尔斯泰的光彩照得目眩，对他的偏爱使我的见解受到扭曲。但这并不妨碍我对《红与黑》发生兴趣，也不妨碍我因为读《巴马修道院》而狂喜；我对这两部作品做了详尽的笔记。在那些年代，使我感到困惑的是，司汤达在剖析人物性格时，总是留下一些令人不解的地方。

读托尔斯泰的书会有一种感觉，要想叫他所描写的事情变成另一种样子，几乎是不可能的。

司汤达却总是让门敞开着；我当时认为他所选择的处理法不过是作者的任性而已；如今却相反，我倒觉得这恰恰表明作者的思想是毫无拘束的，他用辛辣的笔触去描述事件曲折离奇的进程，既不歪曲，也不隐瞒。

1887年夏天在法兰德、比利时、荷兰和莱茵州的游览仿佛为我打开了观察世界的窗口；暑假其余的时间是在克拉姆西镇运河边上一座老房子里度过的。我到我祖父创办的克拉姆西科学艺术协会图书馆，尽情地阅读，大过书瘾。我在该馆读了一大批俄国书；这说明法国的外省对俄国文学发生了强烈的兴趣。我读过的有果戈理的《塔拉斯·布尔巴》，赫尔岑的《中篇小说集》，屠格涅夫的《猎人笔记》，陀思妥耶夫斯基的《死屋手记》和《罪与罚》，冈察洛夫的《奥勃洛莫夫》，更不要说乔治·艾略特和狄更斯的中长篇小说，法国小说，甚至还有中国的旧小说，如阿贝尔·勒缪兹翻译的《表姊妹》……（这个外省的小镇竟然为自己的读者提供了如此丰富的精神食粮，这种求知欲难道不值得赞许吗？）

《罪与罚》使我迷醉。我宁愿把它和《战争与和平》等量齐观。"我更喜欢托尔斯泰，因为他的艺术手法和艺术气质，他的思维和观察的特点都接近于我本人和我的理想。但他们两人同样伟大。《战争与和平》是广阔无际的生活，是灵魂的海洋；而你自己好像化为圣灵，降临在海面之上。《罪与罚》是在一颗灵魂中掀起的暴风雨；你就好像是一只登上巨浪峰巅的海鸥，被泡沫的漩涡卷走……"但是从这里也如同从《白痴》和《群魔》的错综复杂的情节里，我懊恼地感到了欧仁·苏的影响。

（范国恩 译）

阿兰

阿兰（1868—1951），原名埃米尔·奥古斯特·沙蒂耶，法国著名哲学家、散文家。主要作品有《海岸上的谈话》《思想》《心的冒险》《众神》《巴尔扎克》等。1951年获得首次颁发的国家文学大奖。

※ 读书之乐

　　读书与做梦的不同之处在哪里呢？有时候我们感觉做梦是愉快的，于是乎就不去读书。而当做梦的可能性被某种原因破坏时，读书便成了补救的良药。当年，我的父亲由于债务累累，心中烦闷，于是便一头钻进书堆里以寻求解脱，嗜书如命几乎到了饥不择食的地步。他的行为使我受到了感染，这"感染"如今看来使得我比那些一味苦学的书呆子们有出息得多。对我来说，如果我有意想学些什么，那一定是什么也学不进去的。即使是数学题，也只有等我像读小说一样漫不经心地去理会它的时候，才能悟出其中的名堂。

总之，读是最重要的。不过，像这样懒洋洋地读书必须有充足的时间，而且手头也得有书才行。我所谓"手头有书"是说那书的位置一定要近在咫尺，如果隔了两米远，我也就不会想起去读它了。所以也难怪图书馆对我毫无裨益，它毕竟不属于我呀！我于是拼命通读手头的书，而且做了不少笔记，尽管事后从不去翻检。

对我来说，了解荷马意味着手头得有荷马的书。眼下我手头就有几本斯宾诺莎的书。过去我一向不知世界上还有梅恩·德·比兰，直到有一天一位相识将他的全集抱来放在我的案头，我这才晓得梅恩·德·比兰是何许人。而且，说句实话，我发现读他的书真好比啜饮琼浆玉液，百读不厌。我对孔德的了解也是通过同样的途径，很久以前我就已将他的十卷代表作买来放在案头了。我读孔德似乎同读巴尔扎克一样，从不去追究书中的道理。不过，我更喜欢巴尔扎克，而且也只满足于作巴尔扎克不倦的读者而已。

什么叫读书呢？读书就是一行一行地读书上的字。当然也还要约略琢磨一下整体的、也就是一页当中的内容。这不是我个人的经验。我发现有不少读者跟我一样，读前一页的时候总要附带地偷眼看一看下一页讲的什么，甚至也顺便浏览一下后边的情节，好像饥饿的乞丐觊觎一块馅饼。我想大概可以这样断言——不过也许为时过早——读者的想像力恰似笼中之鸟，永远无法摆脱书中字词以及作品原义的束缚。

当然，熟练的读者用不着咬文嚼字，不过我还做不到这一步，我虽不至于嚼字，句子总还须哑一哑的。我读书就好像骑一匹马，时而纵马狂奔，时而拨马回头，不敢神驰遐想，惟恐偏离作者指出的道路。有趣的是，我仅以这种方式去读体面的出版物，也就是书籍。至于日记之类，我以为价值不大，不必认真去读。手稿就更不必说，它总使人觉得不可靠，因为它只不过是书的雏形而已，可以随意增删改动。一本书的分量就不同了，特别是巴尔扎克的小说就更不允许你去怀疑。甚至可以说，巴尔扎克写书的目的就是为了禁锢你的想像力。真的，读他的书谁也不用胡思乱想，为所欲为，只有规规矩矩，按他的路子走……这便是优秀叙述体小说的风格：作者预设圈套让读者去钻。巴尔扎克历来如此。这就是为什么反复阅读比只读一遍收效更大的原因。由于我对自己的经验十分自信，所以很想在这方面做些探讨。

引起读者的猜疑、好奇和惊叹，这就是巴尔扎克小说的效果吗？一点儿不假。甚至当你读上几遍之后，这种效果竟毫无衰减。比如说，我知道乡村医生必死无疑，然而也正因为我料到结局，乡村医生的死才如迅雷一般使我感到震惊。这效果就在昨天我还体验过一次。戏迷们往往也有同感吧。我还注意到，一首好诗的艺术魅力是永存的，不会使你熟而生厌，只有这样的诗才是真正的诗。可以这样说，一切时间艺术的魅力正是来源于读者的预知。当我们读一本小说时，总觉得后头的情节最牵扯我们的兴趣；不过，我们也懂得如何克制自己，大概具体的方式就是聚精会神于眼下正在进行的情节吧。而且像这样吊一吊胃口未尝不是一件有趣的事。

孩子们做游戏时不是经常要藏起来，然后吓唬对方，而对方也会真的感到害怕吗？读小说也是如此。前不久我又重读了《驴皮记》的前几页，真够烦琐的！我心里虽这么想，却仍然悉心地琢磨着拉斐尔的幻梦和那位老商贩的大段独白，甚至不放过任何细节。而那些一目十行的读者口里虽说是"我都知道"，实际上正是由于他们"不知道"，所以才那样风风火火地读。我之所以能够不紧不慢悠着性子，正是因为我了解这本书，而且我对它的了解不是零散的、只言片语的，而是全面的。我不想一下子就读到书中那不可挽回的结局，总希望这结局能够在我的第一个愿望得到满足之后再开始，因为到那时将会觉得总算完成了什么。不过最好还是由着作者的构想，让这结局在老商贩的叹息声中、在他利欲熏心、沉湎于新的梦幻的时候再开场为好。同样，无论是幸运还是灾难——如大家常说的那样——也应伴随着拉斐尔的沉浮而渐次呈现在我们眼前。

为了耽于幻想而不愿过早获得，这正是读者的心理，它促使我们随着作者一道在共同的情感领域里尽情漫步，观赏珍奇。我用了"尽情"两个字，实则我们的兴致未必能随心所欲地膨胀，我们是无权随意增补幻想的，因为作品的内容是和谐严谨的，词句是有限的，凭空幻想纯属徒劳无益。

你熟悉翻动书页时所发出的声音吗？如果你无法从中辨析出命运的颤音和

结局的征兆，这说明你还不是真正的读书人。要知道，一场音乐会、一场戏或一段朗诵是不能任意中断的，但作为读者却有这个自由。只不过读者往往不是利用这种自由去回味读过的内容，或拟测未来的情节，而是中断小说情节的发展，以腾出时间来咀嚼自己的人生经历。我就有这样的感觉，每当我重新回到作品中来的时候总是要略微复习一遍前面的内容，仿佛想要再度积蓄起自己的兴致。如果不这样做就会觉得若有所失，觉得失掉了前面的内容，的确，优秀小说是不容许随意抽取片断的，不论手段多么巧妙，即使是配以分析也总不能被人接受。不是吗，优秀小说本身就杜绝了任何形式的简化或综述。相反，劣等小说却恰恰像被阉割过似的，只剩下事件和线索的罗列，一切似乎是为了向读者解释，惟恐读者理解不了下文。

其实，我读书的目的倒并不是为了理解，而是为了追索。要想追索，光凭精神准备还是不够的。我发现侦探小说的情况总是发展得飞快，然而这类小说的迷人之处并不单单在于它的神秘性。我的理由是，倘若写得好，人们同样愿意反复阅读。《一桩无头公案》就是一本这样的书。似乎可以说，小说遵循的原则之一就是时间原则。要知道，应当发生的事不必顷刻间就发生。

"您的第一个欲望是平庸的，"那位老商人道，"我可以使它变成现实；不过，我还是先省了这道麻烦，以便为您今后生活中的事操心吧。"这位老商贩俨然像一尊隔岸观火的神，任事态平淡无奇地发展，就像拉斐尔每次遇到他的三个朋友必然同去吃夜宵一样，毫无例外，毫无变化。不过，这些琐事看似平淡，却正代表了生活中严肃的一面。巴尔扎克的思想永远是那样正确，实在令人为之折服。这也正是他的天才在创作中的体现，他善于将平凡的生活真实地反映出来。

《驴皮记》所反映的同样是真实的生活，在这一点上它与《幽谷百合》和《欧也妮·葛朗台》没有什么两样，尽管当我们叙述书中大意时免不了会引人发笑，因为谁也不会相信世上还会发生如此荒诞的奇遇，而且每个人的故事都如此离奇。不过，说到这儿，我们又不期而然地遇到了另一个十分棘手的问题，这个问题，我看放到以后再讨论吧。

（罗竞 译）

高尔基

马克西姆·高尔基（1868—1936），前苏联作家，前苏联社会主义现实主义文学奠基人。
代表作有自传体三部曲《童年》《在人间》《我的大学》；
长篇小说《阿尔达莫夫家的事业》《福玛·高尔杰耶夫》；散文诗《海燕》《鹰之歌》等。

※ 焚书毁珍

由于种种原因，书籍印刷和书籍出版业在我们这里几乎完全停顿了，同时，最有价值的图书馆一个接着一个被毁掉。不久前，霍捷利夫庄园、奥鲍连斯基庄园和其他许多庄园被农民洗劫。农民把在他们看来值钱的房子里所有一切都运走了，而图书馆则被放火烧掉，他们用斧子砍毁大钢琴，把画撕碎。

在农村，科学、艺术、文化的珍品是没有价值的。值得怀疑的是，它们在城市群众的眼里是否有价值呢?

书籍是文化最主要的传播者,为了帮助人民得到有用的好书,撰写、出版书籍的工作者可以做出某些牺牲,因为他们首先特别关心的是,在他们周围形成一个能帮助他们发展和实现其理想的意识氛围。

我们的导师拉季舍夫们,车尔尼雪夫斯基们,马克思们——书籍的精神之父,为了自己的事业甚至牺牲了自由和生命。如今,撰写和出版书籍的实际工作人员做出些什么有利于书籍事业发展的事情呢?

吉尔伯特·基斯·切斯特顿（1874—1936），英国作家、评论家和新闻记者。
切斯特顿的长篇小说和《布朗神父》系列小说情节曲折，引人入胜，许多立论精辟奇特。
他的作品多是针对英国统治集团的抨击文字。

※ 关于读书

　　阅读伟大作家的作品所得到的主要裨益同文学不相干，既与欣赏优美的文体无关，甚至也与陶冶我们的性情无关。好书之所以开卷有益，是因为好书使我们不致成为"真正的现代人"。一旦成了"现代人"，我们就会囿于时新的偏见；这就好比我们用仅有的一点钱买了顶时式帽子，反而使我们永远不能再赶时髦了。千百年历史所经历的旅途上横陈着"真正现代人"的尸体。而文学——传世的古典文学——不断地向我们提示那些并不时髦的真理，以抵消那些可能使我们为其左右的新观点。

　　世界上（尤其是处在我们这样的动荡时代）不时地涌现出奇特的思潮。在古时把这种思潮叫做异端邪说，现在则称之为思想。有的思想多少总有些益处，但有的却彻头彻尾地有害。不过，这种思想总是归结于某一个真理，更确切些说是归结于某一个不完全的真理。例如，上帝可以说是个全知，但是，像加尔文那样却因此而忘记了上帝也有仁爱之心，那就会流于异端邪说。俭朴的生活是可以向往的，但不应该因此而放弃欢乐和礼貌。异教徒（或宗教狂热病者），并不是对真理爱得过分强烈的人。对真理是不能爱得过分的。

异教徒是那种爱自己的小真理甚于大真理的人。他们宁愿要自己找到的不完全的真理，而不要别人找到的真理。他们无论如何不想懂得，他们所珍爱的异乎寻常的论点，是与许多普通常识联系着的，而且只有它们的全部才构成世界的智慧。

这种人，有的像托尔斯泰一样严峻而又朴实；有的像尼采一样贪嘴寡舌而又多愁善感；有的像萧伯纳一样聪明、机智而又勇敢。他们始终激发着人们的兴趣，并且常常拥有追随者。但是，他们的成功里总是潜藏着同样的错误。他们都以为自己发现了什么新东西。其实他们的思想本身并不新颖，只不过完全缺少与之相抗衡的其他思想而已。非常可能的是，这种思想从荷马和维吉尔到菲尔丁和狄更斯的所有伟大经典中我们都可以找到。只是在那些作品中，这种思想处在一个恰当的位置上，并由其他思想加以补充或予以驳斥。伟大作家对我们当今流行的思潮所以没有给予应有的地位，并不是因为没有想到这些思潮，他们不但想到了这些思潮，而且还想到了对它们做出怎样的反应。

如果这样还不清楚的话，且让我举两个例子来说明。这两个例子都与现在时髦的并在大胆的现代人中间流行的东西有关。众所周知，尼采自己以及他的门徒都把他所宣扬的学说当做真正的变革。他断言，关于利他主义的世俗说教，是弱者臆造出来的，其目的是为了不受强者的统治。现代人并不都同意这种说法，但是都认为这种说法很新奇，是闻所未闻的。人们谁也不怀疑，过去的伟大作家，如莎士比亚，不奉行这个信条是因为没有想到这个信条。但是，请翻到《理查三世》的最后一幕，您不仅会看到尼采的全部学说，而且还会看到尼采的用语。驼背理查向大臣们说道："良心无非是懦夫们所用的一个名词，他们害怕强有力者，借它来做搪塞。"

莎士比亚不但想到了尼采的强者法则，并且还知道它的价值和位置。它只配由一个乖戾的残废者在失败前说出。只有秉性忧郁、爱慕虚荣而又病态十足的人，如理查或尼采之辈，才会仇视弱者。不要以为那些古典作家没有看到新的思想。他们是看到了的。莎士比亚当年就看到了尼采主义，而且看得很透彻。

再举一例。萧伯纳在他那部出色的、诚实的剧作《巴巴拉少校》中，向一句尽人皆知的格言提出了最猛烈的挑战。我们说："贫穷不是恶德。"但萧伯纳却说贫穷是恶德，是一切恶德之源。如果你能够奋起反抗从而成为一个富有的人，却仍旧安于贫穷，那就是罪恶。贫穷的人不是懦夫，就是谄媚者或无耻之徒。根据某些迹象来看，不论是萧伯纳还是他的崇拜者都赋予这个论点以非常的作用。如通常的那样，使人感到新奇的是这个作用，而不是观念。还有蓓其·夏泼也说过，每年收入千镑要做好人并不难，每年收入一百镑要做好人就太难了。

像上面讲的一样，萨克雷不但知道这种观点，也知道它的价值。他知道，一个聪明而又十分坦率，却又不晓得应当为什么活着的人，必然会产生这种想法。蓓基的犬儒主义遭到吉恩夫人和都宾的反对，但这种犬儒主义自有其特有的机智和似是而非的道理。安德谢夫和萧伯纳像布道那样郑重其事地宣扬的犬儒主义，简直是荒唐。其所以荒唐，是因为他们认为极其贫困的人要比富人更卑劣或更长于谄媚。聪明伶俐的蓓基所讲的似是而非的道理，始则很新奇，继而成为一种风气，最终沦为荒谬。

无论是从前一个例子，还是从后一个例子都只能得出一个结论。那些我们称之为"新思想"的东西，往往是旧东西的残骸。不要以为伟大人物的头脑中没有产生过这种或那种思想。产生过的，只是同时还有着许多准备赶走其中的糊涂观念的优秀思想而已。

（鞠惠芬 译）

※ 神话故事的哲理

我最初和最后的哲学——这也是我以牢不可破的信念坚信不疑的事——是在

保育室里学习的。我通常是跟着保姆学习的，就是说，从命运派来的庄严的女祭司那里学习，她既教导民主，又教导传统。当时我最相信的事，现今也最相信的事，都是称为神话故事的那些东西。它们在我看来似乎是完全合情合理的事。它们并不是幻想：跟它们相比，其他的事才是幻想呢。

跟它们相比，宗教和理性主义二者皆是反常的，尽管宗教是反常地正确，而理性主义则是反常地谬误。仙境不是别的，只是普通常识的一块乐土，不是人间来审判天堂，而是天堂来审判人间；所以，当时至少对我来说，不是人间在批判小精灵世界，而是小精灵世界在批判人间。我在品尝豆子以前，就已经知道那具有魔力的豆秆；我在确知有月亮以前，就已经相信月亮里有人。这跟所有的民间传统毫无二致。

现代小诗人是自然主义者，他们谈的是树丛和溪流；可是古老史诗和寓言的歌者却是超自然主义者，他们谈的是溪流和树丛中的仙女。这就是现代人谈到古代人不"欣赏自然"时所指的意义，因为古代人说自然是神圣的。从前的保姆不向孩子们讲草地，而是讲草地上跳舞的仙女；从前的希腊人不可能因为树林中有仙女而看不见树林。

然而，这里我要谈的是，神话故事的培养产生了什么样的伦理学和哲学。假如我详细地描述那些故事，我可以指出许多高尚而健康的原则正是从其中引发出来的。

在《杀死巨人的杰克》里包含着侠义的教训：应当把巨人杀掉，因为他们身材巨大。这是为了反对骄傲自大而进行的英勇反抗。因为造反者比所有的王国要古老，而雅各宾派（Jacobin）比詹姆斯二世党人（Jacobite）具有更多的传统。

在《灰姑娘》中也有教训，它跟"圣母颂歌"的教训是一模一样的——"卑贱者被升至高位"。

在《美女与野兽》中包含着伟大的教训，这就是在一件事物显得可爱之前，必须首先爱它。

在《睡美人》中包含着可怕的讽喻，它说明人类因为得到生日礼物而如何幸福，但又因为遭受诅咒而如何死亡；死亡呢，或许又如何可以被缓解而变成睡眠。

可是我不是关注小精灵世界里的个别条文，而是关注它的法则的整个精神，这种精神我在不会说话之前就已经学会，到我不能写作的时候，仍将继续留存。我关注的是对人生的一种看法，这种看法是神话故事在我思想上引发出来的，可是迄今为止已得到了事实的毫无异议的批准。

※ 谈侦探小说

卡罗琳·韦尔斯夫人是位曾发表过很多极佳的谋杀小说和神秘故事的美国女士。自从她向杂志提出，抱怨这种书籍所遭遇的令人不能满意的批评以来，到如今已有好些年了，可是责骂之声仍未得到纠正。

她说，非常明显，评论侦探小说的任务交给了那些不喜欢侦探小说的评论家了。她说——我想不无道理——这是非常不合理的事：诗集并不送交讨厌诗歌的评论家；普通小说也不由严厉的、视一切小说为不道德的道德家来评论。假如神秘小说也有权得到评论的话，那它就有权由懂得为什么写这种小说的人来评论。这位女士还继续说，由于受到这样的忽视，这类故事所真正需要的技巧性便从未充分加以讨论过。

就个人来说，我赞同她的意见：这是一个完全值得讨论的问题。没有什么文字比伟大的批评家专门探讨这一文学问题所写的评论片断更优越、而就真正的意义来说更严肃的了。例如，艾德加·爱伦·坡在那篇优美的田园牧歌开头对杀人的人猿的分析；或安德鲁·兰对埃德温·德鲁德案件的研究；或史蒂文生在《沉船》末尾对警察小说发表的议论。

这样的讨论，如有明确的引导，就会马上证明这种艺术形式所包含的艺术规律跟任何其他艺术同样繁多；这种形式人们能欣赏，但不能评论，这说明他们并不是反对它。对任何一首优美的歌曲或任何一部合理的传奇，情况也是如此。

由于一种奇怪的糊涂思想，许多现代批评家原来有一种看法，认为杰作也许不能流行，而现在已转变为另一种看法，认为除非它不能流行，否则就不可能是杰作。这就仿佛等于说，一个聪明人因为说话时可能有语言障碍，所以除非他口吃，否则就不可能是聪明人。

凡是不流行也就是默默无闻；凡是默默无闻就像口吃的人一样是一种表达上的缺陷，无论如何，在这个问题上我是站在流行一边的；我对一切种类的耸人听闻的小说，好的、坏的、或不好不坏的，都感兴趣，而且乐于讨论它，尽管我的解释远不如那位《维姬·范》的作者。

假如有人愿意说我的趣味又庸俗、又无艺术、又无文化，那么我就只能说我感到非常满意，因为我跟坡一样庸俗，跟史蒂文生一样无艺术，跟安德鲁·兰一样无文化。

且说，更加奇怪的是这种故事的技巧没有得到讨论，因为正是在这种小说里，技巧几乎就是窍门的全部所在。更加稀奇的是写这种小说的作者没有得到批评方面的指导，因为它是少数几种这样的艺术形式之一，作者在一定程度上是可以获得指导的。而更加离奇的是没有人讨论创作规律，因为它属于少有的情况之一，某些规律是可以确定下来的。

这种写作不属于最高层次的创作，这个事实倒使人有可能把它作为一个结构问题来对待处理。可是人们一方面愿意教导诗人要有想象力，而一方面又似乎认为，在纯粹是巧妙这样的问题上要协助情节策划者倒是毫无希望的事。有教导人们写作十四行诗的教科书，仿佛这样的幻想，如光秃秃的枯枝上原先有可爱的小鸟在歌唱，或者一堆希望的枯叶在地上旋转不停，大风扇动着死亡的不可摧毁的翅膀，这些像魔术手法都是可以加以解释的。

我们有阐述短篇小说艺术的专著，仿佛《厄舍古屋》中层层加深的恐怖，或《弗朗查德的宝藏》中活泼的讽刺都是食谱中的现成做法。可是说到这种唯一的、在某种意义上能够运用严密的逻辑规律的小说，看来还没有人对这些规律的运用操心费神呢。没有人写这样一本简单的书，它也是我天天在书摊上希望见到的书，那书名就是《如何写侦探小说》。

我本人迄今为止只发现了不能如何写的方面。不过，就是从我自己的失败当中，我也瞥见了一些零零星星的苗头，可以提出这样一些简要的忠告。有一条首先的原则，我对它深信不疑。

一篇耸人听闻的故事，其全部关键就在于秘密应当简单。整个故事存在于令人惊奇的片刻之中；而且应该是片刻。它不应该是这样的故事，需花费20分钟来解释，还要花费24小时来记住，以免把它忘却。

检验的最好方法就是在心里把这样戏剧性时刻的情景想象一番。想象在黄昏时分一个黑森森的花园，远处有个可怕的声音在呼叫，而且沿着蜿蜒的花园小径愈来愈近；直到可怕的说话声听得很清楚；喊叫声出自故事中某个不吉祥但又熟悉的人物口中，一个陌生人或仆人，从他口中我们下意识地预期着这样一种激动人心的大暴露。那么，很明显，他发出的那声呼叫必定是很短促而内容很简单的话，如"管家是他的父亲"，或"副主教是杀人的比尔"，或"皇帝割断了喉咙"，如此等等。可是太多的、在其他方面有独创性的传奇作者似乎认为，他们的责任是发现一系列最复杂和最不可能的事件，并且能把它们结合起来以便产生出某种效果。

效果可能合乎逻辑，但并不能耸人听闻。仆人不可能用这样的尖声喊叫来打破黄昏时花园的寂静，皇帝的喉咙被割断是在这种情况下发生的：皇帝陛下正在亲自刮脸，刮到一半便睡着了，他因操持国家大事实在是疲惫不堪；副主教起先原想本着基督教精神替酣睡中的皇上完成刮脸的动作，这时突然萌发了谋杀的念头，因为他记起了那个政教分离法案，可是刚划了一刀又后悔不已，马上把剃刀甩在地板上；忠实的管家听见了声响，一下子冲进来，把武器抓在手里，但由于一时慌乱误把皇帝的喉咙当作副主教的喉咙割断了；对此谋杀案青年人和姑娘不再相互猜疑，于是他俩结为伉俪。

要知道，这个解释，不论多么合理和完整，并不能很方便地作为惊叹表达出来，也不能像最后审判日的号角那样突然在黄昏笼罩下的花园里吹响起来。谁愿意实验一下，在黄昏时分跑到自己家的花园里去把上面那段话高声喊出来，他就会明白这里所指的困难所在了。这恰恰是这本小教科书要多多列举，并用图解方式加以说明的那些技巧方面的小实验之一。

另一条真理，这本小教科书至少暂时会采纳，那就是"警察小说"应以短篇，而不应以长篇小说作为范本。有一些名著是例外：《月亮宝石》和加博里约的一两本著作是这种类型的伟大作品，正如我们当代本特利先生的《特伦特的最后案件》和米尔恩先生的《红屋秘事》一样。可是我认为长篇侦探小说的困难倒是真正的困难，尽管极聪明的作者能用各种办法加以克服。主要的困难在于，侦探小说毕竟是假面具的，而不是真面目的戏剧，它取决于人物的假性格，而不是真性格。不到最后一章，作者不可能把那些最有趣的人物的任何最有趣的事情告诉我们。这是一场蒙面舞会，其中每个人都佯装成另一个人，而且不到时钟敲响12点，他们本人是不会引起真正的兴趣的。

这就是说，如我刚才所讲的，不读到最后一章，我们就不可能真正明白人物的心理和哲学、道德和宗教。因此，我认为最好是让第一章同时也是最后一章，短篇小说的长度大约是这样一个合理的长度，正好让这幕充满事实被误解的特别戏演完为止。无论如何，至今还没有比那些老的歇洛克·福尔摩斯连续故事更好的侦探小说；虽然这位魔术大师的名声已传遍世界各地，而且成为现代社会所创造的一个家喻户晓的伟大传奇人物，但我认为亚瑟·柯南·道尔爵士却并未因此而获得足够的感谢。作为千百万读者之一，我要向他表示我的微小的敬意。

※ 为侦探小说辩护

要试图找到侦探小说所以流行的真正的心理原因，就必须把许多空话抛弃。例如，有一种说法：广大读者喜欢坏文学而不喜欢好文学，他们接受侦探小说是因为那种小说是坏文学，这就不是真的。一本书只要缺少艺术的精巧，它就不可能流行。

布拉德肖的《铁路指南》包含的心理喜剧不多，但不能在冬天晚上高声朗读，使人哄堂大笑。假如侦探小说读起来比《铁路指南》更丰富多彩，那肯定是因为它们有更多的艺术性。许多好书很走运，一直在流行；许多坏书则更加走运，始终流行不起来。好的侦探小说很可能比坏的侦探小说更流行得多。

这个问题的麻烦在于：许多人并未意识到有好的侦探小说这件事；对他们来说，这就恰像在谈论好的魔鬼一样。在他们眼里，写一篇有关破门贼的故事就是在某种精神方式上犯下这种罪行。对感情有点脆弱的人来说，这是再自然不过的事；但必须承认，许多侦探小说中耸人听闻的罪恶就跟莎士比亚的一个剧本同样多。

然而，好的侦探小说和坏的侦探小说之间的区别，跟好的史诗和坏的史诗之间的区别是一模一样的，或者还要多些。侦探小说不但是一种完全合法的艺术形式，而且作为社会福利的代表还具有某些确定的和真正的好处。

侦探小说首先的根本价值在于这一点：它是通俗文学中最早的和唯一的形式，它能表现现代生活中的某种诗意。人们曾经在崇山峻岭及万古长青的森林中生活了许多世纪，后来才意识到它们富有诗意；有理由可以推断，我们的后代中有些人可能把烟囱管帽看做富丽的紫袍，犹如大山的峰顶一样，而且发现路灯杆子古老而自然，如同树木一样。侦探小说把大城市这样体现为一种狂野而明显的事物，因此它肯定便是《伊利亚特》。

没有人会看不出，在这些小说里，英雄或侦探经过伦敦时也带有几分神话故事里王子的那种孤独和自由；在那不可估量的旅途上，偶尔来的公共汽车就好比是神仙船上最早的旗帜。城市里灯火开始发亮，好似不可胜数的妖怪的眼睛，因为它们守卫着某个秘密，不管它还不成熟，而那秘密只有作者知道而读者则一无所知。道路的每一曲折都像手指头在指点着那个秘密；烟囱管帽的每个稀奇的轮廓似乎都在狂野地、嘲笑地发出信号，对秘密的意义加以指示。

这种对伦敦诗意的体会，可不是一件小事。严格地讲，城市比乡村更富于诗意，因为大自然是一团不自觉力量的混乱状态，而城市则是一团自觉力量的混乱状态。花朵的冠毛或地衣的样式可能是意味深长的象征，也可能不是。可是街道上的每块石头，墙上的每块砖其实莫不是别有用意的象征——某人发来的信息，仿佛相当于电报或明信片。那最窄的街道在每个弯弯曲曲的意图中都有这条街的建筑师的灵魂，那人也许早已进入坟墓。每块砖都有像人一样的象形文字，仿佛那是巴比伦的带有雕刻的砖头；屋顶上每张石板都是富有教育意义的文件，仿佛那是写满加减数字的石板。任何一桩事，甚至在歇洛克·福尔摩斯所采用的稀奇古怪、细致入微的形式下，都倾向于肯定文明社会的这种精细的传奇故事，强调这种深不可测的人物性格隐藏在燧石洞和砖瓦房里——这是一件好事。普通人也居然习惯于用充满想象的目光注视着街上的十个人，哪怕只希望第十一个人可能是那臭名昭著的大盗——这也是一件好事。

我们也许会梦想，可能会产生一种另外的、更高的伦敦传奇故事；人们心灵的冒险比他们肉体的冒险更离奇；搜寻他们的美德比搜寻他们的罪恶更困难、更令人兴奋。可是，既然我们的大作家（可钦佩的史蒂文生是例外）拒绝描写大城市的眼睛像猫的眼睛一般在黑暗中开始燃烧时的那种惊险的心情和时刻，我们便必须完全相信通俗文学，它尽管处于卖弄学问和装腔作势的胡言乱语声中，但它不愿把此时此刻看做平淡无奇，或把普通事物看做一般东西。一切时代的通俗艺术一向关注着同时代的风俗习惯；它把观看耶稣钉死在十字架上的周围群众穿上佛罗伦萨绅士的服装或佛兰芒自由民的装束。在上一世纪，著名演员在扮演麦克白时习惯于让他戴上敷着白粉的假发和轮状皱领。

在当代，我们自己离开这种有关我们生活和习俗的诗意有多远，可以很容易地被任何人想象出来，只要他乐意设想一幅阿尔弗烈德大帝身穿旅游者的灯笼裤在烤烧饼的画像，或者演出《哈姆莱特》时王子身着燕尾服上场，帽上还围着一圈黑纱。可是时代往后看的这种本能，像罗德的妻子那样，不可能永远继续下去。

一种描写现代城市各种可能的传奇故事的粗糙的通俗文学必然应运而生。这样就产生了流行的侦探小说，它们跟罗宾汉的传说一样粗犷和令人耳目一新。

不过，还有另外一件好事也是侦探小说完成的。老亚当的一贯倾向总是起来反抗像文明这样包罗万象的、自动化的东西，而且宣传叛变和造反，然而关于警察行动的传奇，在某种意义上却提醒人们时刻记住这个事实：文明本身就是最耸人听闻的叛变，最富传奇色彩的造反。

描写那些守卫着社会前哨站的通宵不眠的哨兵，这就很容易提醒我们，我们是生活在一个全副武装的营地里，正在跟一个混乱世界作战，而罪犯们则是混乱的子女，他们不过是我们内部的叛徒。侦探单枪匹马出现在警察传奇里，他在盗贼厨房里，在刀子和拳头的进攻下有点愚昧地毫不畏惧，这肯定足以使我们记得，正是这位社会正义的代表才是原始的、诗意般的人物，而破门贼和拦路匪不过是些平静的、古老的、宇宙间的保守分子，他们自古以来由于受到猿猴和狐狸的尊敬，所以自鸣得意。因此，警察队伍的传奇故事就是人类全部的传奇故事。

它是建立在这个事实的基础上的：即道德是最黑暗和最大胆的密谋。它提醒我们，我们受统治和保护的那整个不声不响、不为人所注意的警力部署不过是成功的游侠骑士行为而已。

杰克·伦敦（1876—1916），美国作家。
伦敦的思想受到社会达尔文主义及尼采超人哲学的影响，善于表现人与动物的生存斗争。
著名的有短篇小说集《狼的儿子》《深渊里的人们》《荒野的呼唤》《海狼》和《白牙》。
他的自传性小说《马丁·伊登》是他的代表作。

※ 论作家的人生哲学

　　终生只想制作粗制滥造的作品的文学匠，不要读这篇文章，因为他只是白白地浪费了时间，又破坏了自己的情绪。这篇文章不包括怎样编排手稿，怎样加工素材这样的建议；也不包括对编辑的大笔的任意所为，对副词与形容词变化的评价加以分析。不可救药"多产作家们"，此文不是为你们写的！文章是给有理想的作家（即使他目前只写出了很平庸的作品），是给追求真正的艺术，并幻想着他不必再向农业报纸，或《家庭》杂志登门求告的时刻的作家用的。

　　亲爱的先生、太太、小姐，在您选中的部门里，您取得了什么成就？是天才吗？原来您并不是天才。如果您是天才，便不要读此文。天才把一切桎梏和偏见抛到一边，不能控制他，不能令其顺从。天才，rara avis，像我和您一样，不在每一片树丛中飞来飞去。也许您是有才华的人？当然，这也可能。当赫拉克勒斯还在襁褓时，他的二头肌也细得可怜。您也是这样：您的才华还没有得到发展。假如它得到适当的营养，它就会像样地成长起来，您便不会因读此文而浪费了时间。如果您真的相信，您的才华已经成熟，那时便放下它，不要再读下去！如果您认为它还没有达到这一水平，那么，在您看来，要通过怎样的方法才能达到呢？

要做一个有独创性的人，您不假思索地回答道，尔后又添加道：逐渐地发展自己的独创性。好极了。但是问题并不在于做一个有独创性的人——这连黄口小儿也懂得，——而在于怎样成为一个有独创性的人。怎样唤起读者对您的作品的强烈兴趣，而使出版商极想得到它？

亦步亦趋地跟在别人——哪怕是最有才华的人的后边，反射着别人独创性的光芒，也不能成为有独创性的人。要知道，任何人也没有为瓦尔特·司各特和狄更斯、为埃德加·坡和朗费罗、为乔治·艾略特和亨弗利·华尔德夫人、为斯蒂文森和吉卜林、安东尼·贺普、玛丽·高瑞利、斯蒂文·克莱恩以及许多其他作家——名单可以无限延长——铺平道路。出版商和读者直到如今还闹嚷嚷地要他们的书。他们达到了独创性。为什么？就是因为他们不像随风转动的无思无虑的顺风旗。他们的起点也就是那些和他们一起而终为败北者的起点，他们所得到的遗产也是那个世界，以及那些平淡无奇的传统。但是他们同败北者的区别只有一个，就是：他们抛弃了别人使用过的材料，而直接从源泉汲取。他们不相信别人的结论、别人权威性的意见。他们认为，必须在自己经手的事业上打上自己个人的烙印——标志要比作者的权力重要得多。他们从世界及其传统（换言之——从人类的文化和知识）汲取为建立自己的人生哲学所必需的材料，就像从直接源泉汲取一样。

至于"人生哲学"这一用语，还没有准确的定义。首先人生哲学不解决个别问题。它不特别集中注意这样的问题，诸如：过去和将来灵魂之受苦、不同的或共同的两性道德的规范、妇女的经济独立、性能遗传的可能性、招魂术、变异、对酒精饮料的看法等等，等等。不过它还是要研究这些问题，以及在生活道路上经常遇到的一切其他障碍，——这不是抽象的、脱离现实的，而是日常的、工作的人生哲学。

每一个获得持续成就的作家都有这样的哲学。这样的作家有特殊的、他个人独特的对事物的看法。他用一个尺度或一组尺度来衡量落入他的视野里的一切。根据这个哲学，他创造性格并出某些概括。由于它，他的创作看来是健康的、真实的、新鲜的，显露出世界期待听取的新东西。这是他个人的，而不是被重新安排好的、老早就被咀嚼过的、全世界都已知晓的真理。

但是请谨防误会。掌握这种哲学完全不意味着从属于教学论。根据任何理由表达个人观点的才能，并不能成为用教训小说烦扰读者的依据；可是，也不禁止这样做。应当看到，作家的这个哲学很少表现为想让读者这样或那样地解决某个问题。只有不多的几个大作家才是公开进行教育的，同时，某些作家，如大胆而优美的罗伯特·路易斯·斯蒂文森，几乎完全把自己表现在创作中，甚至回避对教训的暗示。许多人把自己的哲学当做秘密的工具。他们借助哲学形成了思想、情节、性格，在完美的作品里，它渗透在各个方面，却不显露出来。

必须懂得，这种工作的哲学，使作家不仅可以把自己，而且也可以把他审查过的和评定过的、通过他的"我"而反映出来的东西，写进自己的著作里去。以上谈到的，可以通过智力的巨人、著名的三巨头——莎士比亚、歌德、巴尔扎克的例证，特别鲜明地予以说明。他们各人是各人，以致不能把他们相互比较。每一个人从自己个人的仓库里、从自己的工作哲学中挖掘。又按照自己个人的理想创造自己的作品。非常可能，在刚一出生时，他们和一般的孩子没有什么两样，然而，他们从世界及其传统中学会了某种他们的同龄人没有学会的东西。而正是那个，是应当告诉给世界的。

而您呢，青年作家，您有什么要说的？如果有，又是什么使您不能说出来呢？如果您能够发表世界愿意听到的那些思想，您就像您所想的那样表现出来吧。如果您想得清楚，您也会写得清楚；如果您的思想有价值，您的文章也会有价值。但是如果您的叙述淡然无味，那是因为您的思想淡然无味；如果您的叙述很狭隘，那是因为您本身狭隘。如果您的思想不清楚和自相矛盾，难道可以期待表现得清楚吗？如果您的知识是贫乏和杂乱无章的，难道您的叙述会是流畅和合乎逻辑的吗？没有巩固的基础，没有工作的哲学，难道可以从混乱中造出秩序来？难道能够正确地理解和预见吗？难道可以确定您所拥有的那一点点知识的大小和相对价值吗？而没有这一切，难道您能够是您自己吗？难道您能给被操劳过度弄得疲惫不堪的世界带来什么新东西吗？

只有一个方法能够赢得这样的哲学——这就是探求的方法，从知识宝库、从世界文化中汲取材料，从而形成这一哲学的方法。当您还不理解作用于锅底的力时，您知道蒸汽的气泡是什么吗？当一个艺术家还没有形成关于欧洲历史和神话学的概念，还不懂得总地形成犹太人性格的不同特点——他的信仰和理想、他的热情和眷恋、他的希望和恐惧，难道能够画出《你们看这个人》来吗？如果作曲家对伟大的古日尔曼史诗一无所知，他能创作出《瓦尔基利亚女神》来吗？这一切都和您有关——您必须学习。您应当学会带着观点观察生活。为了理解某个运动的性质和发展阶段，您应当知道那些促使个人和群众行动起来的动机，那些产生了伟大的思想并使之发挥作用，把约翰·布朗送上了绞刑架，把基督送到峨尔峨的动机。作家应当掌握生活的脉搏，而生活便给他个人的工作哲学，借助于这种哲学，他本身便开始评价、衡量、对比并向世界说明生活。正是这个个人的烙印、个人对事物的观点，被称之为个性。

从历史学、生物学，从学习进化论、伦理学，以及从一千零一种知识部门，您知道了些什么？您表示异议说："可是，我看不到，这一切怎么会帮助我写小说或长诗。"它毕竟会帮助您的。不是直接的，而是间接的影响。知识给您的思想以广阔天地，扩大您的视野，开拓您的活动范围。知识用自己的哲学武装您，这种哲学和其他任何一种哲学一样，将唤醒您独创性的思想。

"可是这项任务太庞大了，"您抗议说，"我没有时间。"然而它的规模并没有吓住别人。

您可以生活很多很多年。当然，不能期望着您会懂得一切。然而正是根据您将掌握知识的程度，您的写作技巧和您对他人的影响才会不断地增长。时间，当谈到时间不够时，指的是不能有效地利用时间。您学会了正确地读书吗？在一年里您在多少本平庸的短篇和长篇小说上消耗了时间，或者企图研究短篇小说的写作艺术，或者锻炼自己的批评才能？您从头到尾读完了几本杂志？这就是您的时间，而您糊里糊涂地把它浪费掉了，而它不再回来。要学会精心地选择阅读材料，学会快速阅读，抓住主要的东西。您讥笑老年人昏聩糊涂，他们通读每天的报纸，包括广告。难道您逆着当代文学的洪流而拼命挣扎，就不那么可怜了吗？还是不要避开这一洪流。要读好一些的，只是好一些的书。不要怕放下已经开始还没读完的短篇小说。要记住，只有读别人的作品，您才能重新安排作品，否则，您本人就没有什么好写的。

时间，如果您不去寻找时间，我向您担保，世界不会寻来时间听您使唤。

（刘保端 译）

伍尔芙

维吉尼亚·伍尔芙（1882—1941年），英国女作家。她的主要成就是小说，代表作有《黛洛维夫人》《到灯塔去》《海浪》和《幕与幕之间》等。此外，伍尔芙又是富有特色的评论家，主要文章收在名为《普通读者》的集子中。

※ 我们应该怎样读书？

首先，我要特别提醒读者注意本标题后面问号的提示。即便我能回答这个问题，答案也只适合我自己，未必能适合于别人。实际上，我们给予别人怎样去读书的指点，就是不要听从什么指点。你要做的就是遵循自己的直觉，运用自己的判断，得出自己的结论。有了这一共识，我就可以无拘无束地提出一些看法和建议，因为我们不能让这些看法和建议去禁锢一个读者所能拥有的最重要的独立见解。那么人们对于书籍是否制定了什么规则呢？不妨说，滑铁卢之战是在某一特定时间发生的一场战役，然而人们能否说《哈姆雷特》就比《李尔王》更为杰出吗？想必很难回答。不同的读者会有不同的见解。让权威之说占据我们的图书领域，无论它们多么堂皇、严实，让它们指点我们怎样读书，读什么书，对所读之书的价值怎样评判，这无疑是抵消了书的圣殿所包含的自由和开放精神。在社会的方方面面我们无不为规则和习俗所规范，但在读书方面我们却没有任何规定。

然而要做到真正享受自由，（请恕我使用老生常谈的话语），我们就必须约束自己。我们无须无助地、盲目地滥用我们的精力和才智，就像为了浇一株玫瑰而喷洒了半个花棚一样。我们应当适宜地、扎扎实实地善待自己的精力和才智，就从现在，此时此地开始。这也许正是我们在图书馆里首先面临的困难之一。何为"此时此地"？可能除了云里雾里似的纷繁复杂之外我们什么也不清楚。说到书，除了诗歌、小说，就是历史传记和回忆录，以及词典工具书和蓝皮书。都是书，由不同气质，不同种族，不同年代的男人和女人用世界上不同语言写出的书，它们一本本紧靠着排列在书架上。驴子在咴咴地嘶叫，女人在水井边唧唧喳喳地闲谈，小马驹蹦蹦跳跳地穿行在田野上。我们从何入手呢？我们如何才能在这一片纷繁杂乱中理出头绪，进而从我们的阅读中获得最深刻、最广泛的欢愉呢？

显而易见，书是分门别类的——小说，传记，诗歌等——我们应该有所区别，从每一类别中选取该类别能够给予我们的好东西。然而很少有人问书到底能为我们提供些什么。通常情况下，我们总是以一种模糊和零散的心绪拿起一本书进行阅读，想到的是小说的描写是否逼真，诗歌的情感是否真实，传记的内容是否一味摆好，历史记载是否强化了我们的偏见，等等。如果我们在阅读时能够摆脱这些先入为主的成见，那么就有了一个良好的开端。

不要去指使作者，而要进入作者的世界；尽量成为作者的伙伴和参谋。如果你一开始就退缩一旁，你是你，我是我；或者品头论足，说三道四，你肯定无法从阅读中获得尽可能多的价值。相反，如果你能尽量地敞开心扉，从最初部分开始，那些词语及其隐含之意就会把你带入人类的另一个奇异洞天。深入这个洞天，了解这个洞天，接下来你就会发现作者正在给予或试图给予你的东西是非常明确、非常实在的。

如果让我们首先来谈一下如何阅读小说的话，那么一部三十章的小说就像一座建筑物一样要进行建构和安排。当然词语要比砖头微妙得多。阅读比之观看是一个耗时更长，也更复杂的过程。也许能最快最直接了解一个小说家创作因素的方式不是去阅读，而是去自己动手写作，去亲自体验一下用词语来表情达意的艰险、困难。请回想一下，有什么事情曾给你留下清晰的印象，比如在街上的某个角落，你从两个正在交谈的人的身边走过，此时路旁树叶摇曳，路灯阑珊似舞，而那两人的谈话不是幽默风趣就是悲悲戚戚，此时此刻，你仿佛已获得一个全景画面，有了完整的感受和构思。

然而当你试图用文字来重构这一画面时，你发现它竟然裂变为无数相互矛盾的印象片段。有些片段要舍去，有些则要强化，在这一过程中你很可能要失去对最初感受的把握。这时把你写出的模糊而零乱的稿子放在一旁，翻开那些杰出小说家的作品，比如笛福、简·奥斯丁、哈代的作品。如此这般你便能够更好地欣赏他们语言表达的功力。这并非只是由于我们得以认识另一个人，抑或笛福、简·奥斯丁，或者哈代，而是因为我们进入了一个不同的世界。

在阅读《鲁滨孙漂流记》时，读者似乎被带上了一条宽阔的大道，书中一个事件接一个事件地发生，层次分明，有条不紊。然而对笛福故事至关重要的海阔天空和紧张历险对于简·奥斯丁的故事却毫无意义。后者的世界出现在客厅之中，呈现在人物的交谈之中，这些交谈就像一面面镜子映照出人物的个性。即或我们熟悉了简·奥斯丁笔下的客厅以及客厅中人物的交谈所呈现的东西，一旦当我们转向哈代的世界，我们马上置身于荒原沼泽之中，头上繁星点点。在这里我们心灵的另一面呈现出来：在孤独寂寞中出现的阴暗一面，而不是在相依相伴中呈现的轻快一面。在哈代的世界里我们的联系不在于人与人之间，而是面对大自然和命运。

尽管这些作家笔下的世界千差万别，但每一个世界都是完整的，首尾连贯的。每一个世界的创造者都认真地遵循了自己的视野所决定的规则，不管他们会给我们带来多么大的紧张感，他们绝不会像某些二流作家那样，使一本书里出现两种不协调的东西。所以从一个杰出小说家的作品转向另一个杰出小说家的作品——从简·奥斯丁转到哈代，从皮科克转到特罗洛普，从司各特转到梅瑞狄斯——就是要发生猛烈的撞击和激烈的转换，一会在这里起伏，一会在那里跌宕。阅读小说实在是一种困难而复杂的艺术。如果你想获得一个作为伟大艺术家的小说作者向你提供的所有东西，你不仅要具有细微的知觉能力，而且要具备深远的想象力。

不过只要打量一下书架上形形色色的书籍，你就会发现作家们并非个个都是杰出的艺术家。

通常一本书并不宣称自己为艺术品。例如，那些有关伟人的，有关早已谢世的和被人遗忘的前人的传记和自传，尽管与小说和诗歌紧紧地靠在一起，但是否因为它们不是"艺术品"而拒绝阅读它们？或者说对它们我们应当用不同的方式去读，带着不同的目的去读？我们是否首先在于满足那种好奇心：傍晚时分，当我们在一座房子前流连、徘徊，屋里亮着灯火，窗帘还未放下，房子里每层楼都向我们展示了一种不同的人生状态，于是我们在好奇心的推动下渴望了解这些人的生活：人们在闲聊，绅士们在用餐，姑娘正在为参加舞会而梳妆打扮，老妇人坐在窗前编织衣物，他们是谁，在干什么，叫什么名字，有何所思，有何所事，有何惊险事迹？

传记作品和回忆录之类为我们回答这些问题，为我们敞开无数这样的房门，走进去就可以了解这些人的日常生活、奋斗历程、失败与成功以及他们的衣食住行，情仇爱恨，直到生命的终结。就在我们的视线之中，这座房子又渐渐隐去，外面的铁栅栏也消失了，我们被带到茫茫的大海。我们一会在山冈狩猎，一会在大海航行，一会又在战场厮杀；我们一会与蛮夷交友，一会与士兵为伍，我们投身于伟大的战役之中。即或是你愿意呆在英国，呆在伦敦，你看到的场景也会变动：街道变得狭窄，房子也变小了，十分拥挤，还发出臭味。我们看见诗人多恩由于无法忍受而逃了出来，那是因为房子的四壁太薄，小孩子们一哭叫，声音便破壁而入。我们跟随多恩穿越书中字里行间描述的道路来到特维肯汉姆，来到贝德福德夫人的公园——一个名流达贵和诗人作家聚会的著名场地；然后我们又走向威尔顿，走向一座建在丘陵草地上的华宅，在那里聆听锡德尼为他妹妹朗读《阿卡迪亚》；于是我们漫游在沼泽地里，目送那些出现在那著名的浪漫爱情中的白鹭；我们又随着皮姆布洛克夫人、安·克利福德往北而行，来到那茫茫荒野之中；或许我们又转而冲进城市之中，看到加布里埃尔·哈维身着黑色鹅绒外套正与斯宾塞就诗歌问题论争不已，我们难免忍俊不禁。伊丽莎白时代的伦敦既有阴沉的一面，也有辉煌的一面，若在两者之间探索和漫步，难道还有什么比这更令人神往的吗？当然你也不必滞留其中。

名人名家如邓波尔之流和斯威夫特之流，哈维之流和圣·约翰之流，他们都在召唤我们；我们可以一个钟头又一个钟头地梳理他们的争辩，解读他们的个性；一旦你不再钟情于此，你可以继续前行，路过一位珠光宝气的黑服女士，走向塞缪尔·约翰逊、戈尔德斯密思和加里克；要是你愿意的话，你不妨穿越英吉利海峡去认识伏尔泰、狄德罗和德芳侯爵夫人；然后再返回英格兰，返回特维肯汉姆——故地重现，故人再见，壮哉！这里先有贝德福德夫人的公园，后有诗人蒲伯的住宅；再到位于草莓山庄沃尔浦尔的家中，通过主人我们广交新朋；这里房舍比比邻接，若要登门拜访，需得门铃频按，不由得你好一番犹豫，例如来到贝莉丝小姐家的门外，正待按铃时却看见萨克雷走了过来；萨克雷先生的挚友正是沃尔浦尔所爱恋的女人；于是乎只要通过朋友认识朋友，从一个花园走向另一个花园，从这一家走到另一家，我们就已经从英国文学的一端遨游到另一端，猛然一醒才发现又回到现实之中，不过你得区分此时此刻恍然异于过去的时光。

凡此种种，正是我们去解读这些生活和文字的方式之一；通过它们来照亮过去年代的许多窗口，让我们透过这些窗口从惯常的起居、行动中认识那些已经故去的著名人物，甚至在遐想之中走近他们，成为朋友，获悉他们的秘密，使他们大吃一惊；或者挑拣出他们创作的一个剧本或一首诗歌，就如同当着作者的面加以吟诵，看是否效果各异。

不过这又引出了新的问题，我们还需要问自己，一本书的写作究竟在多大程度上受到作者生活经历的影响——在多大程度上能够让作为个体的本人来演绎作为作家的作者？我们要在多大程度上去拒绝或接受一个作者在我们心中唤起的恻隐之心或反感和厌恶之情——词语是多么微妙、敏感，作者的性格又是多么鲜明、感人？这些问题直接针对我们，当我们读到他们的生平传记、他们的文字时，我们必须自己回答这些问题，因为没有什么比在一个非常个人化的事情中受到偏爱的引导更为糟糕的了。

不过我们还可以带着另一种目的去读这些书，既非关注文学本身，也非结交名人名流；相反，我们要磨砺和运用我们自己的创造性能力。在书橱的右手边不是有一个敞开的窗户吗？放下书本，凭窗远望，多么惬意！不知不觉当中看到的景物令人振奋，那里的一切各行其是，发生着不停的运动——马驹在田野里奔跑，妇人在井边用水桶打水，驴子摇摆着脑袋，发出拖长的、尖利的鸣叫。在一个图书馆的大部分书籍中除了对这些出现在男人、妇女甚至驴子们生活中的已经逝去的行为的记载外，别的什么都没有。

世界上每一种文学在历史的积累中总会产生许多不入流的无足轻重的东西，它们就是对于那已消逝时光的记载，那些被遗忘的生活的记录，其中有些生活就是通过一些已经消失的地方语言来讲述的。然而如若你能从中自得其乐，你仍然会感到惊奇，仍然会被那些似乎变得依稀模糊的人类代代相传的遗留之物所吸引。可能就一两个字母，然而谁知道里面包含着什么梦幻！也可能就两三个句子，然而谁知道它们构建了什么样的景象！有时一个故事蕴含着动人的幽默、令人心酸的凄楚，还有丰富的意味，仿佛出自一个小说大师之手，不过登场的只是一个老演员——塔特·威尔金森，给我们回忆琼斯船长的奇异故事；一个青年中尉在亚瑟·韦尔斯利的麾下效力，他在里斯本爱上了一位漂亮女郎；或者玛丽亚·阿伦呆在空荡的客厅里，手中的编织物落在地上，她心中懊悔不已，多么希望那时听从了伯尼医生的良言忠告，没有同她的瑞希一道私奔。这些故事究竟有何价值？说得极端点，完全是微不足道；然而今天我们重新打量这些陈年旧账，发现它们还是那样引人入胜——就像发现很久很久以前埋在地里的戒指、剪刀以及断裂的壶嘴，要把它们拼接起来：马驹在田野里奔跑，妇人在井边用水桶打水，驴子在咴咴地嘶叫。

毕竟还是如此这般的套路。我们已生倦意，不愿再费神去补全那些半隐半现的意义，而这正是威尔金森们、本贝利们和玛丽亚·阿伦们所能向我们提供的。他们还缺少艺术功力来把握语言，惜墨如金；他们还不能揭示所有意义，哪怕是关于他们自己的生活经历；他们在故事里没有打造出应有的美丽匀称；他们提供的都是事实，而事实却是虚构小说中不甚高明的部分。于是我们希望离开这些半虚半实的陈述和相像，不再探究人类性格的细微之处，而去欣赏更高超的抽象表达，走向虚构艺术的更纯真的真义。于是我们需要找到一种情绪表达，它是强烈的、泛化的和不拘泥于细节的，而且还要由一些有规律的、反复出现的节奏加以强化，这种情绪的自然吐露就是诗歌。一旦我们可以提笔写诗，我们就完全可以读诗了。

> 西风啊，你何时吹响？
> 细雨霏霏已飘洒。
> 基督啊，但愿你的怀抱装着我的爱，
> 让我再回床榻去安眠！

诗歌的力量忽然间会显得这样粗犷和直接，除了诗本身以外再没有别的感觉可言。我们可以触及多么深广的情感，我们可以多么突然、多么完全地沉浸其中！没有什么放不下，没有什么阻止我们心仪翱翔。小说产生的幻象是逐渐出现的，读者对它的效果有所准备。然而当我们读到上面的四行诗句时，谁会停下来打听它们的作者，或者鬼使神差般地想到多恩的住宅或者锡德尼的秘书？谁会纠缠于过去的神秘复杂和代代相传？诗人永远是我们的同时代人。犹如任何强烈的个人情感的冲击一样，此时惟有此情在。紧接着，此情此感要在我们心中像涟漪一样荡开、扩散，触发更多的情思，产生共鸣和联想。诗歌的弹性张力能涵盖形形色色的情感。我们不妨对比一下这种力量和突显：

> 我倒下时像一棵树，一看见我的墓，
> 才想起来苦恨多多。
> 试看下面诗中的语调抑扬：
> 沙漏滴沙一粒粒，分分秒秒有定数。
> 时光转动催人老，回顾一生堪长叹；
> 欢乐此生等闲度，离家终要把家归。

痛苦之中了此生，如此这般谁评说。

恩怨纷纷使人倦，不如来把沙漏数。

哭号叹息沙漏尽，长眠之中论是非。

再看下面诗中的静谧沉思：

无论在幼年还是老年，

我们的命运，我们躯体的心灵和家园，

总与无穷无尽的永恒相连。只有那里，

才有人类的希望，永不熄灭的希望。

才有努力，期待，愿望，

才有不懈的努力，努力，再努力。

再看看完全的不枯竭的爱：

月亮缓缓升上天空，

没有停顿止步的地方：

轻轻移步爬上高处，

两三星点伴在左右。

再看下面诗中的奇丽想象：

莽莽林海一猎手，

脚步不停走啊走；

一片空地驻足时，

左顾右盼细打量，

此时谁染林木红？

一团光华冉冉升，

绿荫之中藏红花。

我们感叹诗人多样化的艺术表现，使我们既做演员又当观众；诗人的妙手就像他的一只手套一样可以化身千万，无论是福斯塔夫，还是李尔王，从古到今，诗人能够浓缩提炼，能够放眼大千世界，能够叙事状物。

"我们只要比较一下"，事情就很清楚了，阅读的奥秘就在于此。以充分的理解去获取印象和感受，这只是阅读过程的前一半，如果我们想得到一本书中的全部愉悦，我们还要完成下一个过程。我们还要对那些形形色色的印象和感受进行梳理和鉴别；我们要使那些变幻不定的东西成为明确和坚实的东西。不过不必操之过急，可以静观待变，等待阅读过程中的"尘埃落定"，让你的冲突和疑问得到解决；到外面散散步，和朋友聊聊天，把玫瑰花叶上的枯败花瓣拣出来，或者上床睡上一觉。就这样，在不经意间，造化之神会完成这些转变，于是这本书在我们蓦然回首间又带着新的意义回到我们这里。它带着完整的意义浮现在我们心际。这是一本完整的书，已经不同于过去常常通过只言片语去理会的那本书。书中的细节已经各得其所，我们从头到尾看到它的脉络，有条不紊，就像一个谷仓，一个猪圈，一座教堂。

此时我们可以把书和书进行比较，就像把建筑与建筑进行比较一样。进行这种比较意味着我们的态度发生了变化。我们不再是作者的朋友，而是他的审判者；作为朋友我们不得不充满友情，而作为审判者我们不得不非常严厉。难道不能把作者看作罪犯吗？书籍耗费了我们的时间和情感。那些腐化者，堕落者，写假书者，抄袭他人者，用腐朽和痛疮败坏空气的书，难道不是社会最阴险的敌人吗？让我们做出严厉的裁判；让我们把每本书与同类中最杰出的作品进行比较，这类作品的特点我们已经了解，我们对它们的裁决更加深了这种了解，比如《鲁滨孙漂流记》《爱玛》与《还乡》等。把你读到的小说与它们相比较——甚至那些最新和最次的小说都应当与那些最杰出的小说进行比较评判。

对于诗歌同样如此。当令人陶醉的韵律被淡忘，当诗中词语的美妙意象消逝以后，一种视觉轮廓就会形成，不妨把它与《李尔王》《费德尔》和《序曲》进行比较，即使不与它们相比，也要与别的最好的，或者我们认为最好的同类作品相比较。可以肯定的是，新创作诗歌和小说的新颖之处就是它们最不深厚的根基，我们无须完全改变那些评判过去作品的标准，只需要把它们稍做变动。

如果认为阅读过程中的第二个阶段，即评判和比较（对迅速汇聚的众多印象敞开心扉），同第一个阶段一样简单，那是不明智的。把手中的书放置一旁，在心中对种种意象进行比较，同时还要求读者博览群书，具有相当的领悟能力以确保这种比较生动而富有意义，这无疑是困难的。如果再这样要求那就难上加难了：不仅是这类书如此，这是一种普遍的价值。"这里处理不当，这里非常成功；这是个败笔，这是神来之笔"，等等。

要想胜任读者的这一职责，你必须有想象力，有洞察力，还有学识，因此绝非易事，连最自信的人也无法在自己身上找到这种潜能。那么免去阅读过程中的这一部分，让批评家们，让衣冠楚楚的图书馆权威来为我们决定这本书的最终价值，难道不是非常明智的吗？然而绝非如此！我们可以强调移情的价值；我们可以在阅读中忘掉自己。然而我们十分清楚，我们不可能做到完全移情或者全身心地沉溺其中。我们的内心深处总会发出一种无法平息的、魔鬼般的低声细语："我恨！我爱！"正是由于这种爱恨之情，我们与诗人和小说家的关系变得如此密切，使我们无法容忍另一人的出现。

即使结果是令人不快的，即使我们的评判是不对的，我们的情趣、口味以及那些使我们产生震颤的感动仍然是我们主要的照明灯。我们正是通过感受进行学习；我们不能压抑自己的个性，否则就会使之弱化，枯竭。然而随着时间的进程，我们可以培养自己的情趣，可以使之得到某种调控。当这种情趣忘情地、充分地培育于各种各样的书籍的阅读之中——诗歌、小说、历史、传记，等等。当一旦停止阅读它们而试图寻求更多更广的领域，面向大千世界的各种矛盾时，我们会发现这种情趣有所变化，它不再是那么焦渴难耐，而是更加深思熟虑。它不仅为我们做出对具体书籍的评判，而且会告诉我们哪些书籍有哪些共同特点。

"注意"，它会这样对我们说，"你们把这叫做什么？"它兴许会引导我们阅读《李尔王》，然后再读《阿伽门农》，从而发现这一共同特点。有情趣作为向导，我们可以超越具体作品，去寻找那些把这些书籍归于一类的特点；我们为这些特点命名，由此构成某条规则，使我们的感知和见解变得有序起来。我们将从这种分辨和归纳中获得更多、也更难得的愉悦。然而一个规则只有它在与书籍本身的碰撞过程中被不断地打破时才有生命力，所以没有什么比凭空制定规则更容易、也更笨拙的了。

为了使我们在进行这一困难的任务时得到支持，我们不妨转向那些更独特的作家，他们能够让我们认识作为艺术的文学。柯尔律治、德莱顿和约翰逊在他们严谨的批评中，诗人和小说家在他们自己的无拘束的表达中，通常都有令人惊奇的相关性。他们照亮并使那些在我们内心混沌深处翻滚折腾的模糊的思想变得清晰起来。然而只有当我们在自己的阅读过程中获得真切的问题和设想之后，他们才能够帮助我们。如果只是顺从于他们的权威，或者像羊群一样躺在灌木荫处，我们就别指望获得任何帮助。只有当他们的规则与我们的规则发生碰撞并征服了我们的规则时，我们才能理解他们的特点。

如果这就是读书之道，如果它意味着读者需要不可多得的，诸如想象力、洞察力和评判力这样的能力的话，你可能会得出这样的结论：文学实在是一门很难的艺术，我们即使读一辈子的书，似乎也不可能对读书评论做出任何有价值的贡献。

我们始终都是读者，我们不需要获得属于那些稀有人才的批评家的荣耀。然而我们有自己的作为读者的责任，我们也有自己的重要地位。我们提出的标准和做出的评判会潜移默化地成为作家进行创作的社会气氛的一部分。即使没有出版印行，这些东西也会对他们产生影响。这种影响如果表达得好，充满激情，针对性强而且诚挚真切，会有很大价值，尤其当批评界正处于一种必需的休眠和悬置状态时更是如此。评论家评论书籍时就像面临射击场里移动的动物靶子行列一样，他只有短短一秒钟时间装弹、瞄准和射击，所以如果他把兔子看成老虎，把老鹰看成百姓的家禽，或者完全脱靶，或者误中了正在附近田野里安详吃草的牧牛，他都理应受到谅解。如果作者能在评论界的变幻莫测的炮火之外感受到另一种批评，感受到那些因为喜爱读书而读书的人们的看法。这些人的评论尽管不是高效的，也不是专业化的，但却是极富同情心的，是非常认真的，这难道不足以促使他提高作品的质量？如果通过我们的努力让图书世界变得更精彩、更丰富、更多样化，这难道不是值得我们追寻的目标吗？

当然话又说回来，谁会在阅读时老想着要实现一个目标呢，不管它多么令人向往？生活中我们从事某些追求是因为它们值得如此，因为我们乐在其中，而获得某些快乐才是最重要的。读书之乐不正是其中之一吗？我有时这样遐想：当世界审判日最终来临，那些伟大的征服者、律师、政治家此刻前来领取他们的奖赏：王冠以及永久地镂刻在不会磨灭的大理石上的名字。而当万能的主看见我们夹着书向他走来时，他会转向圣·彼得，不无妒意地说："看啊，这些人不需要任何奖赏。我们这里也没有可以给他们奖赏的。他们热爱读书。"

※ 现代散文

    正如里斯先生所说，深究散文的历史和源头是不必要的，无论它源自苏格拉底还是波斯的西兰尼，因为像所有生物一样，它的现在比过去更重要。而且，这个家族分布很广，有些成员飞黄腾达，戴上了桂冠，有些则在舰队街附近的贫民区过着朝不保夕的生活。散文的形式也容许多样性。它可长可短，可以严肃也可以轻松，关于上帝和斯宾诺莎，或关于海龟和切普赛街。但当我们翻阅这五卷由一八七〇年到一九二〇年之间的散文组成的小书时，看到混乱中似乎有一些原则起着控制作用，我们在这不长的时期内发现了某种类似历史进程的东西。

    然而在所有文学形式中，散文是最不需要使用长单词的。它的原则只是应当给人愉悦；我们把它从架上取下的动机只是为了获得愉悦。散文中的一切都必须服从于这个目的。它必须第一个词就把我们迷住，到最后一个词才让我们醒来，感到精神振作。在其间我们也许会经历最多样的欢乐、惊奇、兴趣、愤怒；我们可能跟兰姆飞到幻想的高空，或随培根潜入智慧的深海，但不可把我们唤醒。散文必须包围我们，用它的帷幔把世界挡在外面。

    如此伟大的技艺很少有人做到，虽然问题或许不仅在作者，也在读者的一边。习惯和懒惰削弱了他的鉴赏能力。小说有情节，诗歌有韵律，可是散文作家在这些短篇中用什么技巧来使我们保持敏感，使我们处于一种出神的状态，它不是睡眠，而是一种增强的生命体验——每个感官都保持活跃，沐浴在愉悦的阳光中，他必须懂得怎样写作——这是第一要素。他的知识也许像马克·帕蒂森那样渊博，但在散文中它们必须被写作的魔力熔合在一起，没有一件事实突出出来，没有一个教条破坏表面的质地。

    麦考利以一种方式，弗劳德以另一种方式多次精彩地做到了这一点。他们在一篇散文中传播给我们的知识比一百本教科书还多。但是当马克·帕蒂森必须在三十五页纸中对我们讲述蒙田时，我们感到他事先没有消化M.格伦。M.格伦先生写过一本糟糕的书。M.格伦和他的书应当被封存在琥珀里，供我们永久欣赏。但这个过程是很累人的，它也许需要超过帕蒂森所能付出的时间和性情。他把M.格伦未经加工地端了上来，成为熟肉中的一颗生果子，永远地硌着我们的牙齿。马修·阿诺德和斯宾诺莎的某位翻译者也有这样的问题。直话直说和对犯人治病救人的批判在散文中是不合适的，散文中一切都应当是为我们，是为了永恒，而不是为《两周评论》的三月刊。但如果在这些狭小的篇幅中永远听不到这种指责，还有一个像蝗灾一样的声音——那是一个人昏昏欲睡地在松散的词句间蹒跚，无目的地抓着模糊的思想，例如下文中赫顿先生的声音。

　　而且，他的婚姻生活非常短暂，只有七年半，被意外地截断了。他对他妻子的记性和天才如此热烈崇拜，用他自己的话来说是"一种宗教"。他一定也很清楚，他无法使它在外人看来不感到过分，且不说是幻觉。然而他却受不可抑制的欲望支配要把它表达出来，看到一位以"冷静之光"而出名的先生竟善于运用这些温柔热情的夸张，令人感到可怜。不能不认为米尔先生的人生故事是非常悲哀的。

　　一本书可以承受住这个打击，但一篇散文就被砸沉了。两卷的传记是它最合适的存放处；那里比较宽，外部事物的暗示和影子构成了享受的一部分（我们指的是维多利亚时代作品的旧形式），所以这些打哈欠伸懒腰的片段没有影响，甚至还有一些积极的价值。它是由读者（也许是不合法地）提供的，因为想从各种可能的渠道读透这本书。但这种价值在散文中不能存在。

　　散文中容不下文学的杂质。无论以何种方式，通过努力还是天分，散文必须是纯净的——纯得像水或纯得像酒，但没有沉闷、死板、无关的内容。在第一卷的所有作者中，沃尔特·佩特最出色地完成了这件艰巨的工作，因为在写他的文章（"列奥纳多·达·芬奇"）之前，他把所有素材熔化了。他是个博学的人，但我们记住的不仅是列奥纳多的知识，而且是一幅画面，

　　就像在一部好小说中，所有内容都有助于使作者的整体构思呈现在我们眼前。只是在散文中，界限如此严格，事实必须赤裸，像沃尔特·佩特这样的真正的作家使这些限制产生自己的特质。真实将赋予它权威；从它狭窄的限制中他将获得形态和强度；而且没有更合适的地方可以加入老作家们喜欢的那些装饰（我

们既然称之为装饰，想来是有些鄙视的）。如今没有人敢效仿关于蒙娜丽莎的那段曾经很著名的描写：

她了解坟墓的秘密；她曾是深海中的潜水者，保留着它们坠落的日子；她与东方的商人交换奇异的网；她就像勒达，是特洛伊·海伦的母亲，又像圣安妮，是玛利亚的母亲……

这一段太突出，不能自然地融入上下文中。但当我们意外地读到"女人的微笑和大海的起伏"或"充满死者的优雅，穿着悲哀的土黑色衣裳，周围是苍白的石头"时，我们突然记起自己有耳朵，有眼睛，记起英国文学在一大批厚实的书籍中写满了无数的单词，其中许多不止一个音节。当然，读过这些书籍的唯一一位健在的英国人是位波兰血统的绅士。但我们的放弃无疑为我们省去了许多滔滔不绝、许多华丽文辞、云里雾里，为了现在普遍的清醒和冷静，我们应愿意舍弃托马斯·布朗爵士的文采和斯威夫特的气势。

可是，如果散文比传记或小说更允许突然的大胆和比喻，并可被擦拭到表面的每个原子都闪闪发光，那么也有一些危险。我们很快就会看到装饰。那文学的生命血液流得慢了下来，词语不再光芒闪耀，或较为安静但含有更深的兴奋，而是像冻结的雾珠般凝固起来，像圣诞树上的葡萄闪烁了一夜，第二天就灰蒙蒙的俗不可耐了。主题细琐的时候装饰的诱惑最为强烈。你愉快地散了散步，或在切普赛街上闲逛，看了看斯维廷先生橱窗里的海龟，有什么能让别人感兴趣的呢？斯蒂文森和塞缪尔·巴特勒选择了非常不同的方法来引起我们对这些平凡主题的兴趣。斯蒂文森当然是按十八世纪的传统形式修剪、润饰和布置他的材料。技艺精湛，但我们读的时候不禁有点担心，怕材料在工匠的手中坏掉。锭块太小，加工太多。也许正是因此，结束语——静坐沉思——不带欲望地回忆女人的面庞，不带嫉妒地欣赏他人的丰功伟绩，在同情中成为一切事物，置身于一切地方，而又满足于保持自己，留在原处。

有一种不实在性，表明当他在写到结尾的时候已经没什么坚实的东西可加工了。巴特勒采用了截然不同的做法。他似乎说，你自己去思考，并尽可能明白地讲出来。橱窗里这些似乎在头脚处从壳里漏出来的海龟，暗示了对固定思想的致命的忠诚。就这样，漫不经心地从一个思想跨到另一个思想，我们穿越了大片土地，观察到律师的伤口非常严重；苏格兰的玛丽·奎恩穿畸形矫正靴并可能在托顿汉姆宫路附近发病；认定没有人真正关心埃斯库罗斯；就这样，在许多趣事和一些深刻的思索之后，到达了结尾：因为人家叫他在切普塞街观察的东西不要超出十二页《普通评论》的篇幅，所以最好还是打住吧。可是巴特勒显然至少和斯蒂文森一样注意我们的愉悦；写得像自己而自称不是写作，较之写得像艾迪生而自称写得好，是更难做到的风格。

但是无论个人之间怎样不同，维多利亚时代的散文作家都有一个共同点。他们写的篇幅比现在通常的长，他们的读者不仅有时间坐下来认真地阅读杂志，而且还有很高的文化水平（尽管是维多利亚时代的）来判断它。所以在散文中谈论严肃的内容是值得做的；把文章写得像是一两个月之后，从杂志上读过它的人们会在一本书中仔细重读它那么好，也没有什么可笑。可是读者渐渐从一小批中有修养的人变成了一大批中不那么有修养的人。这变化并不完全是坏的。在第三卷中，我们看到比勒尔先生和比尔博姆先生。甚至可以说有点回归到古典，散文减少了篇幅和铿锵后，更加接近了艾迪生和兰姆的风格。无论如何，比勒尔先生论卡莱尔的文章，与卡莱尔可能写的论比勒尔先生的文章隔了一道鸿沟。

马克斯·比尔博姆的《围裙之云》与莱斯利·斯蒂温的《玩世不恭者的道歉》很少有相同之处。但散文是活的，没有理由绝望。随着环境的变化，在所有植物中对公众舆论最为敏感的散文作家会做出相应调整。如果是好作家，其结果就会很好，如果他是蹩脚的作家，结果就会很糟。比勒尔先生当然是好作家，所以我们发现，他虽然掉了不少体重，但攻击更加直接，动作更加灵巧。可是比尔博姆给散文提供了什么，又取走了什么呢？这是一个复杂得多的问题。因为在这里我们看到一位散文作家，他潜心写作，并且无疑是这一行中的王子。

比尔博姆先生向我们提供的当然是他自己。这个从蒙田的时代起断续出现在散文中的自我，从查尔斯·兰姆去世后就遭到流放。马修·阿诺德从未被他的读者呼作Matt，沃尔特·佩特也没有在千百个家庭里被亲昵地简称为Wat。他们给了我们很多，但是没有这个。

因此，在九十年代，听惯了劝告、消息和指责的读者突然听到一个似乎不比他们高大的人的亲切声音，一定感到很惊讶。这个人有私人的喜悦和忧伤，没有教义要宣传，没有知识要传授。他就是他自己，简单而直接，并且保持了他自己。我们又有一位散文作家能够运用散文最适当但又最危险微妙的手段。他把个性带进了文学，不是不自觉、不纯净地，而是如此自觉和纯净，以至于我们不知道散文作家马克斯和生活中的比尔博姆先生是否有关。我们只知道个性渗透在他写的每个词中。其成功是风格的成功。因为只有懂得怎样写作，才能在文学中利用自我；这个自我虽是文学的要素，却也是它最危险的敌手。永远不是你自己而又永远是你自己——问题就在这里。坦率地说，里斯先生这套散文集中的一些作家没有完全处理好它。我们厌恶地看到一些渺小的人格在印刷的永恒中腐朽。作为谈话它们无疑很有趣，作者一定是个喝啤酒聊天的好对象。但文学是严格的，有趣、高尚甚至博学和聪明都没有用，除非，她似乎重申说，你满足她的首要条件——懂得怎样写作。

比尔博姆先生完美地掌握了这一艺术。但他并未翻字典找长单词，他没有堆砌庄严的句子，或用复杂的节奏和奇异的旋律来诱惑我们的耳朵。他的一些同伴——亨利和斯蒂文森一时更引人注目。但《围裙之云》中有一种无法描述的不平、扰动和最终的表现力，是属于生活，并且只属于生活的。你并不是读完就完了，就像友谊不因为分离而结束一样。生活涌上来，修改，添加。只要是活的，即使是书架上的东西也会变化。所以我们回顾比尔博姆先生的一篇篇散文，知道在九月或五月，我们会坐下来与它们交谈。然而散文作家是所有作家中对公众舆论最敏感的。如今许多阅读在客厅里进行。比尔博姆先生的散文便是躺在客厅桌子上，并充分意识到这个位置要求的一切。没有杜松子酒，没有浓烈的烟草，没有双关语、醉话或狂言。女士和先生们在一起交谈，当然，有些东西是不说的。

但如果将比尔博姆先生局限在一间屋子里是愚蠢的，不幸的是，把他（这位艺术家，这位只给我们他最好的东西的人）当成我们时代的代表，却更加愚蠢。在这套文集的第四或第五卷中没有比尔博姆先生的文章。他的时代似乎已经有一点遥远了，客厅的桌子在退去的时候，开始显得像一个祭坛，过去人们曾在上面摆放供品——自家果园里的水果、自己雕刻的礼物。现在环境又变了。公众对散文的需求和以前一样多，甚至也许更多。对一千五百字以下，或特殊情况七百五十字以下的小品文的需求大大超过供给。如果兰姆写一篇，马克斯或许能写两篇，而据粗略估计贝洛克先生能生产三百六十五篇。

当然，它们很短。可是那熟练的散文作家是多么善于利用他的篇幅啊——开头尽可能靠近页面顶端，精确地判断写多长，在哪里转弯，如何不浪费一丝纸张，掉过头来准确地落在编辑允许的最后一个字上！作为一种技巧这是值得观看的。可是在这过程中，对贝洛克先生和对比尔博姆先生一样重要的个性受到了损害。它不是自然丰富的讲话声调，而是又高又尖，夸张做作，像一个人在大风天从麦克风里对群众喊话："小朋友们，我的读者们"，他在"未知的国度"一文中说道，接着告诉我们：那天芬顿集市上有一个牧人，他赶着羊从东边来，经过刘易斯，他眼睛里有一种对地平线的回忆，这种回忆使牧人和山地人的眼睛与其他人的不同……我跟他走，听他有什么要说，因为牧人说话和其他人很不一样。

幸好这位牧人关于未知的国度要说的很少，即使是在一杯免不了的啤酒的刺激下。他唯一的话语证明他要么是一位二流的诗人，不适合看管羊群，要么就是贝洛克先生本人用钢笔伪装的。这就是散文老手现在必须面对的惩罚。他必须伪装。他没有时间扮演他自己或其他人。

他必须撇取思想的表面，稀释个性的力量。他必须每周给我们破旧的半便士铜币，而不是每年一枚沉甸甸的金币。

但不只是贝洛克先生一人受到流行环境的影响。将文集带入一九二〇年的散文也许不是作者最好的文章，但如果我们除去偶尔写点散文的康拉德先生和哈得逊先生，而专看那些惯写散文者，就会发现他们受环境变化影响很大。每周写，每天写，写得简短，为早上赶火车的忙碌的人或晚上回到家的疲惫的人写作，这对能鉴别好坏文章的人来说是一件痛苦的事。他们虽然做了，却本能地抽出了任何接触公众可能会损坏的珍贵东西，或任何可能刺激公众皮肤的东西。因此，读多了卢卡斯先生、林德先生或斯考尔先生的文章，我们会感到它们都镀上了一种共同的灰色。他们既远离沃尔特·佩特的那种奢华的美，也远离莱斯利·史蒂芬的那种放纵的直率。美和勇气是危险的液体，不能装在一栏半的瓶子里；而思想像背心口袋里的牛皮纸包，能够破坏一篇文章的匀称。他们为之写作的是一个善良、疲倦、漠然的世界，奇迹是他们从未停止（至少是）努力把文章写好。

但没有必要为散文写作环境的这种变化而怜悯克拉顿·布罗克先生。他显然从中取得了好的结果，而不是糟糕的结果。我们甚至不敢说他做了任何有意识的努力，他如此自然地完成了个人到群体，从客厅到艾伯特厅的转变。奇怪的是，篇幅的缩小带来了个人的相应扩大。我们不再看到马克斯和兰姆的"我"，而看到公众和其他显赫人物的"我们"。"我们"去听《魔笛》；"我们"应该从中获益；"我们"用某种神秘的方式，以集体的身份，在从前写了它。因为音乐和文学艺术必须经过同样的概括化，否则便不能传到艾伯特厅里最远的角落。克拉顿·布罗克的声音，如此真诚，如此客观，传得这么远，让这么多人听到，而又不迎合大众的弱点，是理应使我们大家感到满意的。可"我们"虽然满意了，"我"——人类团体中那个不规矩的成员却陷入了失望。"我"永远必须自己思考，自己感觉。与大多数有教养的、善意的人们共享稀释的思想和感觉，对他来说纯粹是折磨。当我们其他人专心聆听，深深受益时，"我"却溜到树林和田野中，为一片草叶或一颗土豆而感到喜悦。

在现代散文的第五卷，我们似乎离愉悦和写作艺术远了一些。但为对一九二〇年的散文作家公正起见，我们必须保证，我们赞扬有名者，不是因为他们被赞扬过，我们赞扬死者，也不是因为永远不会在皮卡迪利大街上遇见他们套着鞋罩。我们在说他们会写作和给我们愉悦时，要知道自己说的是什么。我们必须加以比较，必须揭示质量。我们必须指着这个说写得好，因为它准确、真实、有想象力。

不，人们想退休的时候不能退；而在理应退休的时候又不肯退。他们耐不住寂寞，即使在年老多病，需要荫蔽的时候，还像镇上的老人一样，坐在家门口，尽管在那里他们只是把年纪供人嘲笑。

指着这个说写得不好，因为它松散、似是而非、普通平常。

他嘴上挂着礼貌而明确的玩世不恭，想到宁静的处女的寝室，想到月光下潺潺的河水，想到夜间露台上纯洁的乐曲如泣如诉，想到母亲般的爱人那保护的臂膀和守望的眼睛，想到阳光下沉睡的田野，想到万顷海水在温暖、颤动的天幕下起伏荡漾，想到炎热的港口，美丽宜人，弥漫着芳香……

还没有完，但我们已经被声音弄迷糊了，失去了感觉和听觉。这个比较使我们猜想写作艺术的关键是与思想的紧密联系。正是乘着思想——某种深深信仰或是准确看到的东西，迫使语言服从它的形状包括兰姆和培根、比尔博姆先生和哈得逊、弗农·李和康拉德先生、莱斯利·斯蒂温、巴特勒和沃尔特·佩特在内的不同作家才到达了彼岸。各种殊异的天赋帮助或阻碍了思想转化成语言的过程。有的痛苦地勉强通过；有的则一帆风顺。可是贝罗克先生、卢卡斯先生和斯考尔先生就没有从本质上紧紧抓住任何东西。他们具有当代的通病——缺乏一种坚定的信念，使短暂的声音从众人语言的模糊区域升到那永恒联姻、永恒结合的境地。尽管一切定义都是含糊的，但好的散文必须带有这种永恒的性质；它必须为我们拉上帷幔，但这帷幔必须把我们关在里面，而不是关在外面。

※ 现代小说

在对现代小说做任何概述时，哪怕是最自由宽松的概述，都很难不想当然地认为现代的艺术实践较之过去是一种进步。可以说，以他们那些简单的手段和原始的材料，菲尔丁做得很出色，简·奥斯丁做得更好。但是把过去这些作家的机会与我们的比较一下，他们的杰作无疑有一种奇怪的简单气。然而，把文学等同于制造汽车之类的过程，这种类比法在第一眼之后很难成立。

这么多世纪以来，尽管我们在制造机器方面学到了许多，但在文学创作方面学到了什么却很难说。我们并没有写得更好；只能说我们一直在走，时而朝这个方向，时而朝那个方向。但是若从足够高的地方看，整个轨迹会呈现出环形的趋势。不用说，我们没有自认为有权利站在那样的高度，哪怕只是片刻。在平地上，在人群中，被灰尘眯着眼睛，我们羡慕地回望那些幸运的勇士，他们的战役已经取胜，他们的成就带着如此安详的色彩，我们不禁嘀咕这战役对他们不像对我们这样残酷。这要由文学史专家来判断；由他来宣布我们是处于小说的伟大时期的开端、末期还是中间。因为在平原上是看不清楚的。我们只知道一些感激和敌意激励着我们；一些道路似乎通向富饶的土地，另一些通向尘土和沙漠；对于这些也许值得描述一番。

如此说来，我们挑剔的不是名著。如果说到挑剔威尔斯先生、本涅特先生和高尔斯华绥先生，部分原因是仅仅由于他们的在世，就使他们的作品具有一种活生生的、日常的不完美，让我们去随意对待它们。另一方面，尽管我们感谢他们的许多馈赠，但我们把无条件的感激留给哈代、康拉德以及在小得多的程度上，留给《紫土地》《绿夏》和《遥远的地方和很久以前》的作者哈得逊先生。威尔斯先生、本涅特先生和高尔斯华绥先生唤起了这么多的希望，又屡屡使它们落空，以至于我们的感谢主要是由于他们展示了他们也许能做而没有做到的事情，展示了我们肯定做不了但也许同样肯定不想去做的事情。这些作品数量庞大，包含多种性质，有些值得赞美而有些相反，用一句话无法概括我们对它们的批评或不满。如果试图用一个词来表达，我们会说这三位作家都是物质主义者。他们不是关心精神，而是关心肉体，所以他们令我们失望，让我们感到英国小说越早（尽可能礼貌地）抛弃他们前进（哪怕是走向沙漠），对它的灵魂越有利。

自然，没有一个词能击中三个靶子的中心。对威尔斯先生来说它就偏得很远。但即使是对他，它也向我们指出他天才中那致命的杂质，那混在他的灵感中的大块的泥土。而本涅特先生也许是这三人中问题最严重的，因为他绝对是最好的艺匠。他可以把一本书写得在结构和技巧上如此完善，连最苛刻的批评家也很难看出有什么缝隙可使腐败钻入。窗框上没有透风的地方，木板上没有裂缝。

然而，如果生命拒绝活在那里呢？《老夫人的故事》、乔治·坎农、埃德温·克雷汉尔和其他许多人物的创作者很有理由说他已经克服了这个危险。他的人物大量地、甚至出人意料地活着。但问题是他们怎样活着，为什么活着？在我们看来，他们似乎越来越多地放弃哪怕是五大城中的精美别墅，而住在某个舒适的头等车厢里，安着数不清的铃铛和按钮；他们如此豪华的旅行的目的无疑是在布赖顿最好的宾馆里享受永世之福。在过分陶醉于结构的坚实这个意义上，很难说威尔斯先生是物质主义者。他博大的同情心不允许他花许多时间去把东西做得结实漂亮。他之所以是物质主义者，纯粹是由于好心，把应该由政府官员去做的工作揽到自己身上，被过多的观点和事实所占据，无暇认识到，或是忽视了他的人物的粗糙与简陋。可是，对他的人间和天堂来说，还有什么批评比他们现在和将来都将由他的琼和彼得居住更加严重呢？他们性格的卑劣不是会玷污创作者慷慨为他们提供的任何机构和理想吗？尽管我们深深敬仰高尔斯华绥先生的正直与博爱，在他的作品中也同样找不到我们寻求的东西。

所以，如果我们给所有这些书贴上一个写着"物质主义"的标签，我们是指它们描写了不重要的东西；它们花了大量的技巧和功夫来使琐碎和短暂的东西看上去像是真实和永久的。

我们必须承认自己很苛刻，还必须承认我们很难通过说明自己要求什么来证明自己的不满是合理的。我们的问题在不同的时候有不同的形式。但当我们长叹一声丢下读完的小说时，它最顽固地重现出来，这一切值得吗？有什么意义呢？会不会由于人类精神有时会出现的一些误差，本涅特先生用他那精美的仪器来捕捉生活时，扣偏了一两英寸。生活逃掉了；没有生活，也许其他一切都是不值得的。不得不使用这种比喻是承认我们思想的模糊，但如果使用批评家常说的"现实"一词，情况也好不到哪里去。承认一切小说批评共有的模糊性之后，让我们大胆说一句，在我们看来，当前最流行的小说的形式经常缺少而不是抓住了我们寻求的东西。

无论我们称之为生活还是精神，真理还是现实，这个本质的东西，已经走开或前行，拒绝再被套在我们提供的这种不合身的衣服里。然而我们却坚持不懈、兢兢业业地按照一个越来越不符合我们心中的理想的结构，经营着我们的三十二章小说。为证明故事的可靠、逼真而下的大量功夫不仅是浪费，而且是用错了地方，以至掩盖了构思的光芒。作者似乎不是受他的自由意志支配，而是受某个强大专横的暴君役使，被迫提供一个情节，提供喜剧、悲剧、爱情、利益，以及整个故事中弥漫的无可挑剔的可信性，以至于如果他的人物活过来，会发现自己的穿着连每颗纽扣都符合此刻的时尚。暴君的意志得到遵守，小说写得恰到好处。但是有时，读着那以习惯的方式填满的书页，我们会感到片刻的怀疑，一阵反叛的冲动，这感觉随着时间的推移越来越频繁。生活是这样的吗？小说必须是这样的吗？

观察一下内心，生活似乎与"这样"相差很远。看看一个普通的心灵在一个普通日子里的经验。心灵接受无数的印象——琐碎的、奇妙的、易逝的或是刻骨铭心的。它们来自各个方面，像无数原子不断地洒落；当它们降落下来，形成星期一或星期二的生活时，重点与过去有所不同；重要时刻来自这里而不是那里；因此如果一个作家是自由人而不是奴隶，如果他能写自己选择的东西，而不是他必须写的东西，如果他能依据自己的感觉而不是常规来写作，那就会没有情节、没有喜剧、没有悲剧、没有常规形式的爱情、利益或灾难，也许没有一颗纽扣是照邦德街的裁缝的习惯缝上的。生活不是一系列对称的车灯，而是一圈光晕，一个半透明的罩子，它包围着我们，从意识开始直到意识终结。表达这种变化多端的、未知的、不受限制的精神（无论它表现出何种反常或复杂性），尽可能少混杂外部的东西，这难道不是小说家的任务吗？我们不只是呼唤勇气和真诚，而想指出小说的适当材料与习俗要求我们相信的不大一样。

至少，我们试图用这样的方式，来说明以詹姆斯·乔伊斯为首的几位年轻作家的作品与其前辈作品的不同之处。他们试图更接近生活，更加真诚准确地保存使他们感兴趣和感动的东西，哪怕必须抛弃当今小说家们普遍遵守的大部分惯例。让我们按原子落到心灵中的顺序来记录它们，让我们如实描绘一个个景物或事件在意识中刻下的图案，无论它表面上怎样零散和不连贯。让我们不要想当然地以为，生命在普遍认为的大事中比在普遍认为的小事中体现得更充分。

读过《青年艺术家画像》，或是目前刊载在《小评论》上，看来会是一部更有趣得多的作品的《尤利西斯》之后，任何人都会对乔伊斯先生的意图做出这样的大胆推测。从我们来说，由于只看到了一小部分，这是大胆推测而不是断言。但无论全书的意图是什么，它无疑是极其真诚的，其效果或许会让我们觉得难懂或是不舒服，但具有不可否认的重要性。与被我们称为"物质主义者"的作家相反，乔伊斯先生是精神性的；他试图不惜一切代价地揭示那在最深处闪烁，将它的信息向大脑中传递的火焰。为了保存它，他勇敢地无视一切他认为是外来的东西，无论是可信性、连贯性，还是历代用来帮助读者想象他摸不着看不到的东西的其他指示牌。例如墓地那一段，它的光彩、它的阴暗、它的不连贯、它突然闪现的意义，无疑是如此接近心灵的本质，至少在第一次读时，很难不称之为杰作。

如果我们想要生活本身，我们确实看到了。如果试图说明我们还想要其他的什么，说明这样有独创性的一部作品为何仍不能与《青春》或《卡斯特桥市长》相比，我们会感到很难表达。我们可能会简单地说，它的不足在于作者的思想相对贫乏一些，如此而已。但还可以再推进一些，想想我们这种关在一间明亮而狭小的屋子里，拘束封闭而不是开阔自由的感觉，是不是可归于方法上的某种局限，而不仅是思想上的局限；是不是方法抑制了创造力；是不是由于方法而使我们不感到快乐和豁达，而感到被困在一个从不拥抱或创造外部的事物的自我之中；是不是也许有启发性地强调了猥亵，而使人感到某种生硬孤僻的东西；或者只是因为，在评价如此有独创性的努力时，尤其对同时代人来说，感觉它的缺陷总是比说出它的贡献要容易得多。无论如何，站在外面研究"方法"是错误的。

任何方法，只要表达了我们想要表达的东西（如果我们是作者），或使我们更加接近小说家的意图（如果我们是读者），它就是正确的。而这一种方法使我们更加接近我们愿称之为生活的东西本身；阅读《尤利西斯》不是让我们想到有多少生活被排除或忽略了吗？翻开《项狄传》甚至《彭德尼斯》，我们不是会大吃一惊，从中看到生活不仅有其他方面，而且是更重要的方面吗？

不管怎样，如今摆在小说家面前的问题，我们猜想和过去一样，是要发明能自由记录他所选择的内容的方法。他必须有勇气说他所感兴趣的不再是"这个"而是"那个"：他必须只用"那个"来构筑他的作品。对现代人来说，"那个"，即兴趣的所在，很可能是在心理的幽暗之处。因而重点立刻就有些不同了；所强调的是某种以前被忽视的东西；一种不同的轮廓立刻变得必要，它对我们来说难以把握，对我们的前辈来说则无法理解。

除了现代人，也许除了俄国人之外，没有一个人会对契诃夫在他名为《古雪夫》的短篇小说中描述的情景感兴趣。一些俄国士兵病倒在一艘把他们送回俄国的船上。我们看到他们谈话的片断和一些思想活动；然后其中一人死了，被抬走；谈话在其他人中继续，直到古雪夫本人死去，像"一根萝卜或胡萝卜"那样被扔进大海。重点放在如此出乎意料的地方，以至于起初似乎根本看不出重点；然后，当眼睛适应了微弱的光线，开始分辨出屋里东西的形状，我们看出这个故事是多么完整，多么深刻，契诃夫多么忠实地按照他的想法选择这样、那样，以及其他，将它们合起来组成某种新的东西。但是我们不可能说"这是喜剧"或

"那是悲剧"，也无法确定这个模糊而无结局的故事能不能称为短篇小说，因为我们习惯觉得短篇小说应当是简明而有结局的。

对现代英国小说最基本的评论几乎无法避免提及俄国的影响，而如果提及俄国作家，则可能令人感到除了他们的小说之外，写任何小说都是浪费时间。如果我们希望理解灵魂和内心，在哪里能找到同样深刻的描述呢？如果我们厌倦了自己的物质主义，他们中最不重要的作家对人类精神也有一种天生的崇敬。

"学会使自己跟人接近……但不要用头脑去同情，因为用头脑是容易的，要用心灵去同情，带着对他们的爱。"

在每个伟大的俄国作家身上我们似乎都能发现圣人的特征，如果同情他人的苦难、热爱他人、努力达到某个配得上最严格的精神要求的目标，这些特点构成了圣人品质的话。他们身上的圣人气质使我们为自己的世俗卑琐而羞愧，使我们那么多著名的小说变成了虚饰和儿戏。俄国人的心灵如此博大，悲天悯人，它得出的结论也许不可避免地会是极度的悲哀。更准确地讲，我们应该说是它没有得出结论。没有答案，只看到如果诚实地考察，生活提出一个又一个问题，它们只能留到故事结束，一遍遍地回响，无望地追问，这种感觉让我们感到一种深深的绝望，最终也许还夹杂着一丝怨恨。他们也许是正确的，他们无疑比我们看得更深远，没有我们这种严重的视力障碍。

但也许我们也看到了一些他们未能看到的东西，否则我们的沮丧中为何会混杂着一些抗议之声呢？这抗议声是另一个古老文明的声音，它似乎在我们身上培养出了享受和斗争而不是忍受和理解的本能。从斯特恩到梅瑞狄斯的英国小说都证明我们对幽默和戏剧、尘世之美、智力活动，以及身体之美妙的天生爱好。但从如此大相径庭的两类小说的比较中做出任何推论都是无益的，只能说这种比较让我们充分感受到小说艺术的无限可能性，它的视野不受限制，除了虚伪和做作外，不禁止任何东西——任何"方法"、试验，哪怕是最异想天开的尝试。"小说的合适素材"是不存在的；一切都是小说的合适素材，一切感情，一切思想；头脑和心灵的一切特质都可以汲取；没有一种感觉是不对的。如果我们能想象小说艺术现形站在我们中间，她肯定会不仅要我们尊敬热爱她，还要我们去打破她，侵犯她，因为这样她才能恢复青春，确保她的崇高地位。

※ 伊丽莎白时代剧本读后感

必须承认，在英国文学中有一些极其令人生畏的地带，其中首先是伊丽莎白时代戏剧那一片丛林和荒野。由于多种原因，莎士比亚出类拔萃，从他的时代直到今天一直受人瞩目。从他同时代人的高度看，莎士比亚如鹤立鸡群。但是伊丽莎白时代名气较小的作家——格林、德克、皮尔、查普曼、博蒙特、弗莱彻走进那片丛林对普通读者来说是一种痛苦的考验，不断受到问题的纠缠、怀疑的折磨，愉悦和苦恼相交替，令人心烦意乱。我们往往只阅读过去时代最杰出的著作，所以容易忘记文学作品有多么大的强迫力：它不肯让人被动地阅读，而是抓住我们，阅读我们；嘲笑我们的成见；质疑我们已经习以为常的原则；并事实上把我们分成两半，使我们在享受的同时放弃或捍卫自己的立场。

阅读一部伊丽莎白时代的剧本时，我们一开始深深感到那个时代对现实的看法与我们的看法之间的巨大差异。大致地讲，我们所习惯的现实是基于某个名叫史密斯的爵士的生活经历，他继承了父亲那些坑木进口商、木材商和煤炭出口商的生意，在政界、戒酒团体和宗教界很有名望，为利物浦的穷人做了很多事情，上星期三在穆斯韦尔山看儿子时死于肺炎。这就是我们知道的世界。这就是我们的诗人和小说家必须阐释和说明的现实。打开手头拿到的第一部伊丽莎白时代的剧本，读道：

> 我年轻时在亚美尼亚旅行，
> 曾看到一头愤怒的独角兽
> 风驰电掣冲向一个珠宝商，
> 那人看中了它额上的宝物，
> 可怜他还没能躲到大树后
> 已被粗壮的大角钉在地上。

大师谈读书

　　史密斯在哪儿？利物浦在哪儿？我们想问。伊丽莎白时代戏剧的丛林中回响着"在哪儿？"的声音。能够放松一下，到独角兽和珠宝商的土地上游荡，周围是公爵和大公、贡萨罗和贝琳佩里亚，他们一生在诡计和谋杀中度过，女扮男装或是男扮女装，看到鬼魂，发疯，因最小的刺激而最隆重地死去，倒下的时候口里发出强烈的诅咒或是绝望的哀歌。这种旅行一开始是非常愉快，非常轻松的。但不久我们便听到一个低沉的、无情的声音，如果加以识别的话，我们一定觉得这很像现代英国、法国和俄国文学的读者的声音。它问道，为什么有这么多刺激和诱惑的东西，这些旧剧本大段的时间还是这样枯燥，让人难以忍受？是不是要使我们精神振作地读完五幕或三十二章，文学必须或多或少以史密斯为基础，一只脚尖踩着利物浦，再飞向离现实随便有多远的空中？

　　我们没有愚蠢到认为只要一个人名叫史密斯，住在利物浦，他就是"真实的"。我们知道这真实具有变色龙的性质，幻想的东西在我们习惯了之后，往往最接近真实，而清醒的东西离真实最远；能用在他碰过之前看上去只是云雾和蛛丝的东西来巩固他的场景，还有什么比这更能证明一个作家的伟大呢？

　　我们想说的只是，在空中应该有一个位置，能把史密斯和利物浦看得最清楚；伟大的艺术家知道怎样把自己升临在变幻的景物之上，他的视线永远能看到利物浦，而又永远不会把它看走样。伊丽莎白时代的剧作家令我们感到乏味，是因为他们的史密斯都变成了公爵，他们的利物浦变成了神话中的岛屿和热那亚的宫殿。他们不是停在生活上空的一个适当的位置，而是一直升到九天之上，在那里长时间里只能看到云彩聚会。只有云彩的风景最终是不能让人满足的，伊丽莎白时代的剧作家令我们感到乏味，因为他们窒息了我们的想象，而不是刺激了想象。

　　不过，尽管伊丽莎白时代的剧本相当乏味，这种乏味的性质与十九世纪的剧本（如丁尼生或亨利·泰勒的剧本）完全不同。缤纷杂乱的形象、滔滔不绝的语言，伊丽莎白时代剧本中那些令人厌腻的东西，均像是微弱的火苗被一张报纸引燃那样呼地腾起。即使在最糟糕的剧本里，也间或有一种喧闹的生气，让我们在安静的扶手椅中感觉到马夫和卖橘子的少女抓住那些戏文，把它们抛回去，嘘声哄笑或是跺脚喝彩。但是维多利亚时代那些深思熟虑的剧本则显然是在书斋中写出的。观众是滴答的挂钟和一排排半摩洛哥皮面装订的名著，没有跺脚，没有喝彩，它们不能用火焰使作品发酵。伊丽莎白时代的观众虽然有种种过错，却起到了这个作用。华丽夸张的戏文被匆匆抛出，达到即兴发挥的精彩、口语的丰富和出人意料，这种效果在演说中有时能够达到，而我们今天孤独的笔却不能。事实上，伊丽莎白时代的戏剧作品让人觉得有一半是由观众创作的。

然而应当看到，观众的影响在许多方面是讨厌的。他们造成了伊丽莎白时代戏剧中最大的负担——情节；那无休止的、不可信的、几乎是不可理解的错综曲折，它也许能使剧院里那些容易激动的、不识字的观众得到精神上的满足，但是从书中读来却只能令人困惑和疲倦。当然，必须要发生一些事情，什么事也不发生的戏剧无疑是不可能的。但我们有权利要求发生的事情要有目的（因为希腊人已经证明这是完全可能的）。它要激发强烈的情感，产生令人难忘的场面，促使演员们说出没有这种刺激就不可能说出的话。

谁也不会忘记《阿伽门农》的情节，因为发生的事情与演员的感情结合得如此紧密，我们把人物和情节同时记住了。但是，除非是脱离感情而单独去记剧情，有谁能告诉我《白魔》或《少女的悲剧》中发生了什么？至于伊丽莎白时代的次要作家，如格林和基德，他们的剧情如此复杂，要求的暴力如此激烈，使得演员都被遗忘了，而（至少按我们的习惯）应当得到最细致的研究、最精微的分析的感情，则被抹得一干二净。其结果是必然的，除了莎士比亚，或许还有本·琼森之外，伊丽莎白时代的戏剧中没有人物，只有暴力角色，我们对他们了解得那么少，几乎无法关心他们的遭遇。拿这些早期戏剧中任何男女主人公来说，例如《西班牙悲剧》中的贝琳佩里亚，我们能诚实地说我们对这位遭受了人类的全部痛苦，最后自杀身亡的不幸女子有一点关心吗？大概不会比对一把会动的扫帚更关心些。在一部写人的作品中有这么多扫帚是一个缺陷。

不过，《西班牙悲剧》被公认为是一个先驱，其主要价值在于揭示了伟大的剧作家可以修改，但必须使用的复杂框架。有人说，福特是司汤达和福楼拜一派的；福特是心理学家、精神分析学家。"这个男人描写女人的方式不像戏剧家，也不像情人，而像是一个做过密切研究，对她们的内心世界感到本能的同情的人。"哈夫洛克·埃利斯先生说。

这个评语主要依据的剧本《可惜她是妓女》向我们展示了安娜贝拉经历的

一系列巨大沧桑。先是她哥哥向她表示爱情，然后她承认她也爱他，然后她发现自己怀上了他的孩子，然后强迫自己嫁给索兰佐，然后被发现，忏悔，最后被杀死，杀她的是她的情人和哥哥。要描写这些危机和灾难可能使一个具有普通感受力的女子产生的情感，可以写好几本书。一个剧作家当然不能写那么长，他被迫浓缩。然而他可以照亮，可以揭示一部分，让我们能够猜测其余的东西。

可是，如果不用显微镜和细到毫发的分析，我们对安娜贝拉的性格了解多少呢？从她受到丈夫虐待时的反抗，她哼唱的意大利歌曲，她的机智，她简单愉快的示爱方式，我们摸索到她是一个生气勃勃的姑娘。但是我们所理解的意义上的性格却没有一丝痕迹。我们不知道她是怎样得出结论的，只知道她得出了那些结论。没有人描述她。她总是在感情的最高点，从来没有在感情产生的过程中。

拿她与安娜·卡列尼娜相比，那位俄国女性有血有肉、有胆量有个性、有感情、有思想，有肉体，有灵魂；而英国姑娘却像印在纸牌上的面孔那样平板粗糙，没有深度，没有广度，没有复杂性。但在这样说的时候，我们知道自己忽略了某种东西。我们让戏剧的意义从指缝间溜走了。我们忽略了已经积累的感情，因为它在我们没想到的地方积累。我们是在把戏剧与散文相比较，而戏剧毕竟是属于诗歌。

我们说戏剧属于诗歌，小说属于散文。让我们抹去细节，把这二者放在一起，尽可能地感觉二者的角度和轮廓，尽可能地从整体上来回忆。主要的区别立刻显现出来：小说从容积累，戏剧短小浓缩；小说中感情全部分解消散，然后再编织起来，慢慢地形成一个整体，戏剧中感情被集中、概括和强化。戏剧向我们展示多么紧张的时刻、美得惊人的语句！

哦，我的先生们，

我只是用滑稽的动作欺骗了你们的眼睛，

当一个紧接一个的消息报告着

死亡！死亡！死亡！我依然在翩翩起舞。

或：

你经常为这两片嘴唇

> 忽略了肉桂或春天紫罗兰的芳香：
> 它们还没有十分枯萎。
> 而以安娜·卡列尼娜的真实，她永远也不会说：
> 你经常为这两片嘴唇
> 忽略了肉桂

因此人类一些最深刻的感情是她无法触及的。小说家不能表现极端的感情，不能达到感觉与声音的完美结合，他必须把他的快捷控制成缓慢，眼睛盯着地下而不是天上：通过描写来暗示，而不是照亮启发。他不能唱出：

> 在我灵车上放一只凄凉的紫杉花环；
> 少女们手持柳枝，说我已魂归黄泉。

他必须列举菊花在坟上凋零，送葬的人坐在四轮马车里抽着鼻子。我们怎么能把这种笨重缓慢的文体与诗歌相比呢？尽管小说家有那么多小的技巧让我们了解个体、认识现实，戏剧家却超越个别，不是让我们看到安娜贝拉的恋爱，而是让我们看到爱情本身；不是安娜·卡列尼娜卧轨自杀，而是毁灭和死亡。

……灵魂，像黑暗风暴中一只小船，

……不知要被吹向何方。

我们合上伊丽莎白时代的剧本时，也许会带着一些可以原谅的不耐烦。但合上《战争与和平》时我们是什么样的感觉呢？不是失望，它没有使我们责怪小说艺术的肤浅和平凡，而是使我们更加体会到人类感受的丰富无穷。在戏剧中我们认识了一般，在小说中我们认识了个别。在戏剧中我们将所有力量用于一跃；在小说中我们舒展延伸，让细致的印象、累积的信息从各方面慢慢渗入。人的头脑中充满了这么多的感受，相比之下语言是如此不足，我们不是把一种文体剔除或宣布它比其他文体拙劣，而是抱怨所有这些文体仍然不能与丰富的材料相称，并急切地等待着创造出新的形式，来帮我们摆脱未曾表达的经验的重负。

因此，尽管感到枯燥、浮夸、华丽，我们还是要阅读伊丽莎白时代那些次要作家的剧本，还是要到珠宝商和独角兽的土地上去漫游。熟悉的利物浦的工厂消失得无影无踪，猫头鹰在常春藤中号叫，公爵夫人在女人的哭泣声中生下一个死婴，公爵像罗马人一样拔剑自尽，我们认不出这位公爵与那位进口木材、在穆斯韦尔山死于肺炎的爵士之间有什么相似之处。为了把这些土地连接起来，透过不同的伪装认出同一个人，我们必须做一些调整。对我们的观念做必要的改变，收回现代人如此发达的感觉纤维，使用现代人如此忽略的听觉和视觉，听到带着笑声和喊声的语言，而不是印在纸上的黑色字母，看到男男女女的面孔和活生生的身体。总之，把你自己放进阅读发展中一个不同的，但不是更初级的阶段，这样，伊丽莎白时代戏剧的真正价值就会显示出来。

整体的力量是不可否认的。它们也有创造词语的天才，仿佛思想跳进了词语的海洋，湿淋淋地钻出来。它们也有那种光着身子的粗俗的幽默，现代社会的人无论怎样努力也无法企及，因为身体已经穿上了衣服。在这些背后，是我们可以简单地称为"上帝"的感觉，它没有造成统一而是造成了某种稳定性。要是有谁企图把一种教派强加到伊丽莎白时代那一大群性格各异的戏剧家头上，此人一定是个鲁莽的批评家。但是如果我们认为整个一批具有相同特征的文学作品只是兴奋情绪的蒸发，是赚钱的活动，是偶然侥幸的结果，那也未免有些胆怯。即便在丛林和荒野中指南针依然存在。

主啊，主啊，让我死吧！

他们总是悲呼。

哦，温和自然的死亡，

你与酣眠是孪生兄弟——

世界的繁华令人惊叹，但世界的繁华是空虚的。

人类伟大的光荣

只是愉快的梦境和转瞬即逝的幻影：

在人生的舞台上我的青春

演出了几场虚荣的戏剧——

死亡和解脱是他们的愿望；在剧中自始至终都响着死亡和醒悟的钟声。

生命只是寻找家园的流浪，

等我们死去，我们就找到了。

毁灭、厌倦、死亡，永恒的死亡，严峻地站在伊丽莎白时代戏剧的另一主
题——生命的对面：快帆船、冷杉、象牙、海豚、七月鲜花的汁液、独角兽的
奶、黑豹的气息、一串串的珍珠、孔雀脑和克里特岛的葡萄酒，对于这些最奢华
最丰富的生命表现，它们回答：

人是一棵树，

舒适没有根，

烦恼没有头，

一生之目的

只为感悲愁。

从戏剧另一面一遍遍抛回来的是这种声音，它尽管没用上帝之名，但却有同
样的效果。

我们在伊丽莎白时代戏剧的丛林和荒野中漫步，结识皇帝和小丑、珠宝商和
独角兽，为它们的华丽、幽默和幻想而欢笑、兴奋和惊奇。当大幕落下时我们感
到一种高贵的愤怒；我们还感到无聊，对那些乏味的老把戏和花哨的词藻感到厌
恶。十个成年男女的死还没有托尔斯泰笔下一只苍蝇的痛苦更加打动我们。在冗
长而不可信的故事的迷宫中徘徊时，突然一些强烈的激情抓住了我们；一些崇高
的东西让我们升华，一些优美的歌曲令我们陶醉。这个世界里充满枯燥和兴奋、
愉悦和好奇、诗歌和灿烂光辉。但渐渐地一种感觉袭上心头，我们感到缺少什
么？是什么让我们如此渴望，若不能马上得到它，我们就必须到别处去寻找？是
孤独。这儿没有隐私，总是有人开门进来。一切都被分享，让人看见、听见，变
成戏剧。同时，头脑仿佛厌倦了同伴，悄悄躲进孤独中去沉思；去评论，而不是
分享；去探索它自己的黑暗，而不是别人光明的表面。它转向多恩、蒙田、托马
斯·布朗爵士——掌握孤独之钥匙的人。

※ 托马斯·哈代的小说

哈代的逝世使英国小说失去了首领，我们这样说的意思是，惟有他才享有举世公认的崇高地位，惟有他才适合人们由衷地表示崇敬。当然，谁也不会认为这样说过分，而恰好是这位与世无争、生性淡泊的老人自己，面对此时人们的交口赞誉，也许会十分尴尬不安。同样毫无疑问，可以说他活着的时候是使小说这门艺术成为受人尊敬行当的唯一小说家；他活着的时候，谁也没有理由轻视他所从事的小说创作。然而，这也不全是他具有独特天才的结果，还有别的原因，有的源自他谦逊和诚实的品性；有的则源自他恬淡的生活，偏居多塞特郡一隅，不求闻达。正是由于具有天赋和品格这两方面的原因，他独特的天资才得以施展，人们才把他当作艺术家来崇敬，当作一位伟人来爱戴。但是，我们要评论的是他的作品，他许多年前创作的小说，这些小说与当今小说已经大有隔膜，就像哈代自己曾远离当时的躁动与狭隘一样。

如果要追溯哈代作为小说家的历程，我们必须回溯一代人以上。一八七一年他三十一岁，创作了一部小说《计出无奈》，这时他远远不是一位具有自信的成熟的作家，用他自己的话来说，还"处于摸索技巧的阶段"。他似乎明白自己拥有各种天赋，只是不清楚它们的属性，该如何有利地加以运用。阅读这部处女作，便会感受到作者有过的困惑。他的想象力十分丰富，而且语带讥讽。他成材靠的是自身勤奋，博览群书。他能塑造笔下的人物，但无法驾驭他们。显然，这是他的技艺尚不娴熟所致。尤其与众不同的是，他认为人类皆受到身外力量的操纵和摆布，这使他大量运用巧合，甚至到了极为离奇的程度。这时，他已深信不疑，写小说不是玩木偶，也不是在说理，而是要真实地表现男女主人公生活中的严峻与狂暴的现实。

可是，这本小说最令人瞩目的是书中回荡着瀑布的轰鸣。首次崭露的这种才能还将在其后几部小说里大量显示。他已经证明自己擅长观察大自然，且精细入微。他明白雨滴打在根茎上与落到耕地里的差异；他知道风掠过不同树木的枝桠会发生不同的声响。但在更大意义上，他体会到大自然是一种力量，意识到大自然蕴含着某种精神，会对人类命运产生同情、嘲讽或无动于衷。此时，他已经完全拥有这种意识。书中奥尔德克利夫小姐和西塞雷亚的故事本来很粗糙，但有了大自然的参与和诸神的目光的关注，却令人难以忘怀。

他在本质上是一位诗人，这应当是显而易见的；而他是不是堪称小说家，迄今仍难以断定。

第二年，小说《绿荫树下》问世，先前那种"摸索技巧"的努力显然已大体消失，前一部小说里刻意追求新奇的劲头也没了踪影。第二部小说显得成熟了，与前一部相比，富有魅力和田园牧歌式的气息。这位作家似乎已经成了英格兰风景画家，他那些画面里随处可见农舍田庄，到处活跃着年老的农妇，她们留恋古老的生活方式，对行将废弃不用的词语尽心竭力地去加以汇集和保存。而且，这位作家，他有一副多么热切的心肠，无比向往古代文明；他是一位多么孜孜不倦的博物学家，口袋里总装着显微镜；他是一位多么精心考究的学者，密切关注语言的变化行迹；他的身心如此投入大自然，他能听见附近树林中一头秃鹰杀死一只小鸟的哀鸣。这声哀叫"穿透寂静，但并没有融入寂静"。我们又会听到一声枪响越过海面，仿佛是回声从遥远的地方传来；在夏日宁静的早晨，这听起来既陌生又带有不祥的征兆。但是，我们阅读这些早期作品，会有一种景象凄凉之感，感到哈代的天才是固执任性、桀骜不驯的。在他身上先露出一种才能，然后又显示出另一种，但这种种才能很难轻易融和在一起。

实际上，这恰好是哈代这位作家难免的命运：他既是诗人，又是现实主义者；既是英格兰南部山丘的忠实儿子，又由于好读书、易生疑惑和失意而饱受折磨；既热爱传统习俗和古朴村民，又注定得亲眼目睹先辈的信仰和精神逐渐衰微以至荡然无存。

在这种矛盾之上，增加了另一个可能平衡发展的因素。有些作家生性熟谙事物，而另一些作家则对许多事物熟视无睹。有的作家，如亨利·詹姆士和福楼拜，不仅能充分运用他们的天赋带来的优势，而且能在创作过程中有节制地发挥其天才；他们明白每个情境都具有多种可能性，从来没有惊慌失措的时候。而那些对事物不敏锐的作家，如狄更斯和司各特，似乎来不及做出反应就被突然推上浪尖，随波逐流，等风平浪静，却说不清刚才发生了什么，甚至全然莫名其妙。我们只好把哈代归入第二类作家，那既是他的力量所在，也是虚弱之处。

"瞬间幻象"，用他自己的话来说，恰好准确地描述了他那些具有令人震惊的美感与力量的段落的情形——这样的段落在他写的每部小说里都可以找到。随着一种我们无法预见的突如其来的力量的激发——连作家自己也似乎难以控制，一个独特的场景从其他场景中突显了出来，仿佛是单独存在，而且一直存在着。我们看见装载着范妮尸体的马车沿着两旁是水滴滴的树木的道路行进；看见肥硕的羊群在三叶草丛中笨拙地移动；看见特洛伊在芭丝谢芭身边挥舞利剑，她站在那儿一动不动，特洛伊将她额头前的一绺头发削去，忽地又把毛虫似的毛发掷到她胸前。这一切栩栩如生，历历在目，而且不仅诉诸眼睛，还吸引了所有感官；这种种景象令我们大开眼界，其光彩长久印在我们脑际。不过，这种力量来得突然，也去得疾速。瞬间的景象之后便是长段长段的平常白天，我们也不相信会有任何技巧可以捕捉到那种难驯的力量，更好地加以利用。因此，他的小说里到处可见不平衡之处，单调乏味，缺乏表现力，但是绝不枯燥呆板。他的小说总带有一点淡淡的模糊意识，那新颖别致的光环，意犹未尽的空白，常常给人难以穷尽的享受。哈代自己似乎并未意识到他做了什么，仿佛未充分传达出他的意识，于是给读者留下了诠释的空间并以其各自的经历去填补。

因此，哈代的天才究竟发挥得如何难以断定，他的造诣是不均衡的，可是当他的成熟时刻到来，他的成就是辉煌的。他的小说《远离尘嚣》全面而又充分地表明了这一时刻。选材得当，技巧适宜，诗人的气质加上村民的朴实，精力旺盛，冷静深思，博闻强识，这一切因素全都调动了起来，写出一部足以名列英国伟大小说之间的作品，经得起时尚的任何变化。首先，哈代比别的任何小说家更擅长呈现自然世界，使人感到人类生存的有限空间被自然景观所环绕，尽管可以分开来看，却赋予他的作品以厚重而又庄严的美。苍翠的英格兰南部的广袤原野上点缀着牧民的茅舍和逝去的坟冢，映衬着无垠的天空，像是波涛不兴的宽阔海面，却又显得稳固而亘古常青，起伏延绵伸向无尽的远方；而在山峦之间，散落着静谧的村庄，白天可见处处炊烟袅袅升起，夜晚可见一片黑暗之中闪烁着星星点点的油灯。加里布埃尔·奥克在山坳里照看他的羊群，他仿佛是永恒的牧羊人，繁星是永不熄灭的灯塔，他守在羊群边，老是望着它们。

但是，山谷里的大地总是洋溢着激情和生机。农场上一片繁忙，谷仓里在贮存食粮，田野里交织着牛群羊群哞哞咩咩的大声叫唤。大自然丰富多产，灿烂辉煌，蓬勃生气，没有任何恶意，一直是劳动大众的"伟大母亲"。此时，哈代首次充分展示了他的幽默，通过村民之口他无比自由地发挥，显得多姿多彩。一天的活干完了，简·科根、亨利·弗雷和约瑟夫·普尔格拉斯聚在麦芽作坊里，一边喝着自制的啤酒，一边恣意卖弄他们半带狡黠、半具诗意的幽默，这是那些朝圣者一路戏谑嘲弄以来一直酝酿于心而终于锤炼而成的妙言隽语，连莎士比亚、司各特和乔治·爱略特都喜欢能有机会听闻。然而，喜欢的程度和理解的深透，谁也比不上哈代。在以威塞克斯郡为背景的几部小说里，众多庄稼汉人物并不是作为单独的个人突显出来。他们共同形成了一个普遍适用的智慧库，一个大众喜闻乐见的幽默集锦，一份具有永恒价值的生活遗产。他们在一起评论男女主人公的所作所为，但无论是特洛伊、奥克、范妮或芭丝谢芭，都只是行色匆匆的过客，惟有简·科根、亨利·弗雷和约瑟夫·普尔格拉斯这些人物才会长久存在。他们白天耕耘，晚上饮酒，成为永恒的人物。我们在哈代的小说里一再遇到他们，这类人物总是具有某种典型性，典型的意义更多在于表明人类的本质而非属于个人的特征。农民是精神健全的最可靠庇护，乡村是幸福生活的最后堡垒，一旦消亡，人类便不再有任何希望。

在奥克、特洛伊、芭丝谢芭和范妮·拉宾身上，我们鲜明地看见了小说中男男女女的形象。

每一部小说都有三四位主导人物，像避雷针那样竖立着吸引各种宇宙元素的能量。《远离尘嚣》中的特洛伊和芭丝谢芭；《还乡》中的尤苔莎、韦狄和维恩；《卡斯特桥市长》中的亨查德、卢塞塔和法弗瑞；《无名的裘德》中的裘德、淑·布赖赫德和菲洛孙。这几组人物之间甚至还有某些相似性：他们作为个体而生存，同时又是互不相同的个体；他们也可作为几种类型人物，类型之间还存在相似之处。芭丝谢芭是芭丝谢芭个人，但她相对于尤苔莎、卢塞塔和淑，既是女人又是大姐；加里布埃尔·奥克是奥克个人，但他相对于亨查德、维恩和裘德，既是男人又是兄长。但无论芭丝谢芭多么可爱而又迷人，她仍然是个弱者；无论亨查德多么顽固而又误入歧途，他仍然是个强汉。这便是哈代想象力的最根本部分，是他许多小说的精粹所在。

女人总是柔弱些，缺乏骨气，需要依附强者，却又会模糊他的视野。然而，在他更成功的作品里，生命活力却自由地泼撒，几乎到了无可更改的地步。当芭丝谢芭的马车停在作物田间路道，她微笑地对着小镜欣赏自己的芳颜，我们也许知道——知道才明白哈代的魅力——到头来她会遭遇多么无情的苦难，并且牵连他人受苦。可是，这一瞬间映射出了生命的全部光辉和绚丽。而且，这种情形一再地出现在他的小说里。

他笔下的人物，无论男女，都对他具有无限吸引力。他对女性比对男性表现出更多温柔与关怀，但他对男性也许抱有更强烈的兴趣。女人的美貌也许转瞬即逝，她们的命运也许十分悲惨，但当生命的光辉闪耀在她们身上的时候，她们的步履轻盈自在，她们的笑声爽朗甜蜜。她们拥有融入自然怀抱的本领，成为大自然静穆与庄严的组成部分——或者升上天空，同云彩一样游动，或者降至原野，成为花簇锦绣的林地。男人会遭受苦难，但不像女人那样依赖别人，而是与命运搏斗抗争，因而会赢得人们坚定的同情。对于像加里布埃尔·奥克这样的男人，我们不需要有一时半刻的畏惧。当然，我们必须尊敬他，尽管不可能轻易地喜欢上他。他巍然站立，能狠狠地打击别的男人，也能招架任何回击。他有一种预见力，知道什么会发生，但这种预见来自他的本性而非得益于他受的教育。他的性情稳定，感情专一，具有直面人生、毫不畏缩的韧性。但他也绝非一具木偶尔已。在平常的场合，他是一个普普通通、不起眼的人，走在大街上不会招人转身回顾。

总而言之，谁也无法否认哈代的魅力——小说家的真正魅力。他使我们深信不疑，他笔下的人物是受他们自己的激情和癖好所驱使的普通人，但他们具有某种与我们所有人相通的象征性。这便是诗人的天赋。

恰好在考虑哈代塑造男女人物形象的能力的时候，我们才强烈地意识到哈代与同代作家之间的根本差异。我们回顾那一群人物，问自己究竟是什么令我们难以忘怀。我们重温他们的种种激情，记起他们多么深沉地相爱，又常常造成悲剧性的后果。我们忘不了奥克对芭丝谢芭忠贞不渝的爱情,忘不了韦狄、特洛伊和费茨皮尔那一类男人冲动狂乱却又转瞬即逝的性欲,忘不了克莱蒙对母亲的孝心,忘不了亨查德对女儿伊丽莎白·简的妒忌父爱。

可是,我们却不记得他们是如何相爱的,不记得他们在一起如何交谈,产生了什么变化,彼此之间的关系如何一步步地、一阶段又一阶段地进展,最后达到相互了解。他们之间的关系,并不包含那些看似微不足道实则意义重大的细致观察和心灵的触动。爱情是他在所有小说铸造的人类生活的重大内容之一,却演成了灾难。爱总是来得突然,而且有排山倒海之势,还有什么可说的。情人之间的谈话,倘不在热情洋溢之时,要么是平淡无味,要么是充满哲理,仿佛干完了一天的事儿之后无心去深入了解彼此的感受,而倒更有意愿去扣向人生及其意义。就算他们有能力去分析相互的感情,人生变化无常,不可能为他们提供时间;他们需要集中力量去对付实实在在的打击,奇奇怪怪的圈套,越来越险恶的命运。因此,他们完全没有精力花在人间喜剧的种种细枝末节上。

这样一来,就可以肯定地说,我们无法从哈代小说里发现别的一些小说家所能给予我们最大享受的那些特征。他缺少简·奥斯丁的精致完美、梅瑞狄斯的聪慧风趣、萨克雷的广阔视野、托尔斯泰惊人的理性力量。在伟大作家的经典作品里,存在一种独立于故事之外的终极效应,使其中某些场景万古长青。我们用不着去问这些场景与故事有什么关联,也不必利用这些场景去阐释处于场景边沿的种种问题。大声一笑,脸面一红,对话中的只言片语,就足以让我们陶醉,成为我们永不枯竭的欢乐之源。

可是,哈代的作品不具这种浓烈完美的效果,他没有把光芒直接投射到人的心坎上,而是越过人心照到了石南荒原的阴暗处,照到了摇曳在暴风雨中的树上。当我们回首再看客厅、炉边的一群人已经散离。无论是男人或女人,都孤身只影地与暴风雨拼搏,在别人最不关注的时候,才最充分地显露出自己的真相。我们对他们的了解,远不如对皮埃尔、娜塔莎或贝基·夏普。我们不知道他们在里在外或更全面的情形,只知道他们偶尔接待来客,会见政府官员、贵妇人或战场上的将军。至于他们思想的复杂性、纠葛与骚动,我们更不知道。就地域而论,他们总是固守在同一片英国乡村。

哈代难得让他笔下的平民或农民去谈论比他们社会阶层更高的人，即使偶然这样做了，效果总是不佳。而当受过教育的有闲阶级的人士聚在客厅、俱乐部或者舞场，这本是喜剧发生、人物百态尽露的地方，哈代却局促不安。但是，反过来的情形也同样真实。如果我们不了解他笔下的男女人物之间的关系，却知道他们是如何对待时间、死亡和命运的。如果我们看不出他们对城市的熙攘人群和五光十色景象有迅速反应，却能看见他们对大地、暴风雨和四季有敏锐感受。我们知道他们对待威胁人类的重大问题的态度，这些问题在他们脑海里有如庞然大物，被放大了，庄重化了，我们却无法见到任何具体实在的部分。

我们看见苔丝穿着睡袍，"带着近乎威严庄重的神情"诵读浸礼教会的祷告词。我们看见玛蒂·索思"像一个为了追求更高尚的抽象人道精神而冷漠地拒绝了人性爱欲的人"，把一束鲜花奉献到温特博思的坟头。这些人物的谈吐俨然有圣经般的庄重和诗歌的气息，他们身上有一种无法界定的力量，爱或恨的力量，表现在男人身上便构成了对抗人生的原因，在女人身上则意味着忍受无限苦难的能力。正是这种力量主宰着人物个性，使我们不再有必要去探寻隐藏背后的更优良的品质。这是一种构成悲剧的力量。如果我们要把哈代放在他的同辈作家中间，我们只好称他为英国小说家中最伟大的悲剧作家。

但是，我们得谨慎一些，当我们接近哈代哲学中的危险地带，阅读一位具有想象力的作家，必须与他的作品保持一段适当的距离，没有比这更有必要了。对一位作家，尤其具有鲜明个性的作家，没有什么比固执某些观点、确信地奉行某种信条、硬说他始终采用某种视角更为容易了。最敏于接受印象的大脑，得出结论却通常最迟钝——这是一条规律，哈代也不例外。读者正是通过沉浸于那些印象而能提出评论。分清什么时候该把作家有意识的想法放置一旁，而去发掘也许作家并未意识到的深层次动机，这本是读者该做的事。哈代对此是明白的：小说给人以"印象"而非说理。他一再告诫人们：未经整理的印象有其自身价值，通向真正的人生哲理的路径似乎在于谦恭地照实录下人生中偶然与自然遭受的各种各样的际遇的感受。

当然，他也是这样做的。他的成功的小说里给我们以"印象"，在最差劲的小说里给我们以"说理"。在《林地居民》《还乡》《远离尘嚣》中，尤其在

《卡斯特桥市长》，我们有哈代得到的未经有意整理的人生印象。他一旦开始摆弄天然的直觉，他的魅力便消失殆尽。"苔丝，你是说天上的星星是一个个世界吗？"小亚伯拉罕问道，他们正驾着载有蜂箱的车去赶集。苔丝回答说，它们像"咱家粗矮树上的苹果，绝大多数光洁完好，也有几个凋残的"。

"我们居住在哪一个上，光洁的还是凋残的？"

"凋残的"，她回答道，倒不如说是那个戴上她面具的哀伤的思想家在替她回答。

这几句话既冷淡又粗糙，横插进来像是机器的弹簧一般，代替了先前有血有肉的话语。我们原有的同情心绪被粗暴地挤掉了，要等会儿小车被撞坏才会重新恢复，得知一项统治我们星球的具有讽刺意味的方法的具体例证。

《无名的裘德》成了哈代小说中最令人悲痛的一部，原因就在于此，也是我们可以公正地斥之为悲观主义的唯一小说。在《无名的裘德》里，占主导地位的不是"印象"而是让给了"说理"；这样做的结果，尽管小说十分悲惨却不带有悲剧性。我们看见一个灾难紧接另一个灾难，却感到对社会的指控未得到公允的论证，对诸多因素也缺乏深刻的理解。在这里，我们看不见托尔斯泰批判社会时的那种深度、广度和对人类的了解，以致他的谴责简直无可争辩。在这里，让我们看到的是人类常有的残忍性，而不是诸神固有的大不公。

只要把《无名的裘德》与《卡斯特桥市长》作个比较就可以发现哈代真正的魅力所在。裘德是在与同学院的院长和复杂社会的种种习俗抗争，而亨查德不是在与别人争斗，他与之争斗的是身外的力量，这种力量总跟他一类的怀有野心和权欲的人过不去。没有任何人咒他倒霉：就连受过他虐待的法弗瑞、纽森和伊丽莎白·简都同情他，甚至称赞他的人格力量。他抗拒命运，而哈代支持那位该对自己的垮台负主要责任的老市长，我们觉得在这场实力不等的对抗中站到了人性的一边。我们从小说开始到结尾一直意识到这是个崇高的问题，而且它以最具体的形式呈现在我们面前。从小说开场时亨查德在集市上把妻子卖给水手起，到他死在埃格登荒原的一幕，小说情节的活力可谓出类拔萃，其幽默纷呈而又辛辣，其进展爽快而又自如。一路顺利的漂流，法弗瑞在阁楼上同亨查德的打斗，卡克塞姆太太在亨查德夫人临死时的一席讲话，以及那伙暴徒在彼得芬格的议论——

这些以大自然为背景或由大自然神秘地主宰着前景的场景，都无愧于英国小说中的名篇华章。尽管每个场景能给予的美感享受是短暂而又有限的，但只要其中的抗争跟亨查德的一样，是与命运的法则而非人间的法律较量，只要抗争是在户外进行，需要的是体力而非智力，这场抗争便有伟大之处，便会令人从中领略到骄傲和快乐；破产的谷物商人在埃格登荒原茅棚之死，便可与萨拉米斯的领主埃贾克斯之死相提并论。真正的悲剧情感必然发自我们自己心里。

面对这样的才能，我们只好认为，通常用来检验小说的标准是无能为力的。难道我们必须坚持伟大的小说家非得是优美的散文大师吗？哈代绝对不是。他写作靠的是自己的聪慧和对所要采用的词语的执著真情，因而常常给人留下难以磨灭的印象。如果寻不到想用的词语，他会凑合着使用普通的、蹩脚的甚至已经过时的词语，有时显得很生硬牵强，有时显得雕琢带有书卷气。

这样的文体风格简直没法分析，在文学史上除了司各特的风格以外，可能再也找不到。表面上看去，显得十分糟糕，然而它却准确无误地达到了目的；这好像一个要竭力去说明一条乡间泥泞小道具有魅力，一块普通的满是根茬的冬季田地富有诗意。而且，同多塞特郡的原野一样，他的散文从自身的僵硬与刻板之中透露出博大精深，可以和拉丁文的洪亮音调并驾齐驱，可以铸造出浑厚雄伟的对称风格，如同他的家乡苍劲的高地景象。再说，我们能要求作家遵守概率、尽量与现实保持一致吗？要从哈代的小说情节中找到接近于暴力和错综复杂的任何东西，必须回溯到伊丽莎白时代的戏剧。

不过，我们完全能接受读到的故事；不仅如此，当他笔下的暴力和错综情节显然不是出于满足好奇的农夫式的怪诞嗜好时，便构成了他那狂野诗性的一部分；这表明无论以多么强烈的反讽与冷酷，对人生的任何解读都不可能抹去人生本来的怪诞；无论以多么怪异和非理性的象征，都无法表示我们令人震惊的生存状态。

但是，当我们整体地看待威塞克斯系列小说的宏伟结构时，拘泥于某些细枝末节——这个人物，那个场景，这个那个深刻而又具有诗意美的语句，都似乎不着边际。哈代留给我们的是更宏大的东西。威塞克斯系列小说不是一部而是多部小说，其涵盖面非常宽广，不可避免地充斥着许多缺陷——有些是失败之作，另一些则恰好显示了作家天才的谬误一面。然而，毫无疑问，当我们完全投身其中，认真地掂量我们获得的整体印象，其艺术效果是震撼人心的，令人心满意足的。我们从人生强加于我们的琐碎与束缚解放了出来，我们的种种想象伸展而又得到了升华，我们真正感到了幽默，不禁开怀大笑，我们深深地吸吮了大地的美色。

同时，我们也被领进了一个悲伤而忧思的精神深处，即使处在最凄苦的时候，也能严正地自持，即使当大多数人都变得愤怒的时候，也绝不会丧失对遭受痛苦的男人和女人的深切同情心。因此，哈代给予我们的远远不止一时一地的生活纪录，而是整体世界和人类命运的景象，当它们呈现给一位具有强大想象力的人，一个拥有深刻思想和诗性的天才，一个充满温情与仁爱的灵魂。

（蓝仁哲 译）

※ 乔治·梅瑞狄斯的小说

二十年前，乔治·梅瑞狄斯的声誉处在巅峰。他的小说克服了各种各样的困难，最后步入了名著行列。正是由于受过排挤，这些小说的名声越来越响，更加独树一帜。接着，大家发现这些光辉作品的作者本人，也是一位值得高度赞赏的老人。去过博克斯山的访问者报告说，当他们沿着道路走近那幢郊区小住宅时，屋里传出的洪亮讲话声及其回响让他们十分激动。

那位小说家端坐在客厅的小摆设中间，看上去俨然像一尊欧里庇得斯的半身像。他的面孔经岁月侵蚀而凸显出纤细的五官，但鼻梁依旧挺拔，一双蓝眼睛依然炯炯有神，充满讥诮。尽管他颓然地坐在扶椅里一动不动，神情却照样活泼敏锐。不过，他耳聋得几乎什么也听不见，但对于一个显然跟不上自己疾速思维的人来说，这算不了什么折磨；既然他听不见别人在讲什么，便可以随心所欲地享受独白的愉快。他的听众，文雅也好粗俗也罢，都没有关系；一番足以讨好伯爵夫人的恭维话，也可以一本正经地说给孩童听。但无论对伯爵夫人还是孩童，他都不会以日常生活语言来表述。自始至终，他都高谈阔论，使用具体精当的成语和层出不穷的比喻，伴随着欢笑滔滔不绝地讲个没完。他的笑声穿插在语句之中，仿佛对自己话语中的幽默和夸张十分得意。这位语言大师恣意挥洒，沉溺于自己的语言天地。于是此种传闻愈传愈奇，乔治·梅瑞狄斯肩上长着一颗希腊诗人的头颅，每日端坐在博克斯山脚下的郊区别墅里，以差不多远在大路上都能听见的声音，滔滔不绝地倾吐富有诗意、讥嘲和智慧的话语。这样一来，他的声名日盛，他那些辉煌迷人的小说更加辉煌，更令人着迷。

可是，那是二十年以前的事了。今天，他很健谈的声誉不用说是暗淡了，他作为小说家的名声也似乎罩上了一层阴云。他的追随者中间没人明显地带有他的影响，其中一位以自己的作品获得别人尊重的作家，偶然谈到这个话题的时候，并无恭维之意：梅瑞狄斯（福斯特先生在《小说面面观》中这样写道）已不再是二十年前的鼎鼎大名了……他的哲学未能经受住时间的考验。他对感伤主义的猛烈抨击，今天这代人听来觉得厌烦……当他板起面孔，摆出高贵神气，说话便带有一种炫耀的口吻，一种盛气凌人的姿态，一方面由于装模作样，一方面由于训诫说教，总是不受欢迎，现在听来更可以说是空洞无物；加之，他把自己家乡视为整个宇宙，梅瑞狄斯现在受到冷落就更不奇怪了。

当然，以上批评原本无意盖棺定论，但其真诚的语气倒是非常准确地概括了当今人们提到梅瑞狄斯时的感受。是的，总的结论似乎应当是：梅瑞狄斯未能很好地经受住时间的考验。可是，百年诞辰的价值就在于为我们提供一个机会将空虚的感受具体化。演讲与半已抹掉的记忆交织在一起，逐渐形成一片迷雾，使我们几乎没法看得分明；而重新翻开他的作品，仿佛是第一次阅读，完全抛开名誉和掌故之类的多余干扰，这也许才是我们在一位作家百年诞辰之际所能奉献的最得体的礼物。

第一部小说通常是很容易受到打击的，作家往往露尽才华，却不明白应该如何崭露才恰到好处。我们不妨先翻开《理查德·弗维莱尔》吧。不需要什么聪明才智，就可以看出作者是个新手。小说的风格极不协调，他一会儿扭来扭去，挽成个铁疙瘩，一会儿又平推开去，犹如一块薄饼。他的意图似乎有两个：嘲讽的评论和冗长的叙述，两者交替出现。他的态度也摇摆不定，忽东忽西。事实上，小说的整体架构都似乎有些晃动不稳。那位身披大氅的准男爵，那个乡间大户，那幢古色古香的住宅，那些坐在饭厅里满口妙语的叔伯，那些四处招摇走动的贵妇，那些拍打巴掌、乐呵呵的庄稼汉，所有这一切都一阵阵地被来自一个称为《朝圣锦囊》的干巴巴的格言警句所笼罩。这是一团多么怪里怪气的大杂烩！但是，这古怪还不在表面，不止于那些蓄络腮胡子的男人，那些头戴过时女帽的女性；而在于深层，在于梅瑞狄斯的创作意图，究竟想表达什么。很明显，他一直在竭力摧毁传统的小说形式。他无意保存特罗洛普和简·奥斯丁小说中的清醒现实，他已捣毁了我们学会攀沿的通常阶梯，而这是他深思熟虑的举动，带有明确的目的。故意违背常规，表现种种气派和风度，使用"阁下，夫人"称谓的拘谨对话，这些都旨在营造一种不同于日常生活的气氛，为展示一种新颖独创的人生景象铺平道路。

梅瑞狄斯刻意效仿的皮科克同样很自以为是，但他要求我们假设种种场景的有效性却得到了证实，我们欣然由衷地接受他笔下的施金纳先生和别的人物。而梅瑞狄斯的《理查德·弗维莱尔》里的人物却与他们所处的环境格格不入，我们立即断定他们完全是不真实的，人为铸造的，不可能存在的。准男爵和大管家，男主人公和女主人公，好女人和坏女人，都不过是些类型人物而已。由于这个缘故，他是不是牺牲了通常的现实描写——阶梯和灰墙的实实在在的优势呢？因为我们越是读下去越是明白，他在一心一意表现场景的恢弘，而忽略了展示人物性格的复杂性。他在第一部小说里创造了一个又一个我们可以赋予抽象名目的场景：青春，爱情的萌芽，大自然的威力。我们读着他那难驯的文字像是骑着野马跨过一道道障碍：铲除现行各种制度！抛弃当今腐败的世界！让咱们呼吸神奇岛上的空气吧！看金色铺满草地，金色洒满溪流，红彤彤的金光照射到松枝上。

我们忘记了理查德就是理查德，露西就是露西，他们都成了青春的化身，世界到处淌着溶化了的金流。这时，作家俨然成了诗人，狂热的诗人。但是，我们还未竭尽第一部小说里的奥妙。我们必须站在作家的立场想想，他脑子装满各种想法，渴望着争辩。他笔下的青年男女也许逗留在草地上采摘雏菊，但他们都不自觉地充满了思辨的问题和争论。在很多情形下，这些不协调的因素都紧张得快要破裂似的。这部小说从头到尾都是裂痕，裂缝产生之际正是作者仿佛同时有许许多多想法的时候。然而，小说最终还是奇迹般地维系在一起，当然不是由于其人物描写的深刻和独到，而是由于其热衷于思辨的活力和执著于强烈的抒情意味。

尽管我们产生了好奇心，还是就此打住吧。让他再写一两部小说，就会走上正轨，学会控制自己的粗陋。现在我们来打开《哈里·里奇蒙历险记》，看看又是怎样的情形。在所有可能再现的情形之中，最奇特之处莫过于不成熟的痕迹通通消失殆尽。而且一同消失的还有那颗不安分的心四处探索的迹印。故事情节沿着狄更斯已走过的自传式叙述途径展开，以一个小孩的口吻讲话，以小孩的头脑思考，以小孩的方式历险。因此，作家无疑克制住了冗长的叙述，剔除了生硬的词语。风格明快，行文自然流畅，没有任何别扭。人们会觉得，斯蒂文森必定从这种流畅的叙述风格中获益匪浅；遣词造句精巧准确，捕捉外界事物敏捷到位：夜晚，置身绿叶稠密的幽暗树林之中，嗅着木柴堆燃起的烟味。清晨醒来，周围世界沐浴在阳光里。于是，你登高远望，暗暗记下次日清晨，又一个清晨，你将登临的山顶。过了一个又一个清晨之后，你会发现有一天清晨，在你醒来之前，你世上最亲爱的人突然出现在你身边。我想，这该是天堂般的乐趣吧。

风格就是如此潇洒，但还是有一点儿忸怩，他仿佛在听自己讲话。于是，疑问开始升起、环绕，终于落在（像在《理查德·弗维莱尔》里那样）小说的人物形象上。这些男孩子不再显得真实，如同摆在一篮子苹果表面的样品不再具有真实性一样。他们太单纯，太豪爽，太爱冒险，不能跟——比如：大卫·科波菲尔那样的人物等同。他们是些程式化的范例，小说家的样本。我们从他们身上又惊讶地发现，梅瑞狄斯先前的思维又极端顽固地再现了。尽管他很大胆（只要有可能，什么险他都敢冒），但在很多时候，一个还算成立的人物就会令他心满意足。但是，正当我们认为那些年轻绅士过于熟悉，他们经历的奇遇过于老一套，我们的头脑却被罩进了淡淡的幻觉之中，同里奇蒙·罗伊和奥蒂丽娅公主一道沉入了幻想的传奇世界；在那儿，一切都千篇一律，我们可以毫无保留地听任作者摆布我们的想象。而且，这样做首先是让人愉快的，升高了我们的地位，驱除了我们冷淡的怀疑，让世界在我们眼前显得光亮明澈。这一切无需解释，用不着分析。梅瑞狄斯能带给读者这样的瞬间，足以证明他具有非凡的才华。不过这种才华捉摸不定而又极具间断性。有时，一连几页都看见作者在挣扎受罪，一词一句地斟酌推敲，却不见一丝儿文采。这时，我们正想放下书本，突然只见火箭升空一般，整个场景霎时照得透亮。许多年以后，这部小说还会因为这突如其来的辉煌景象而被人记起。

如果这种间断突发的辉煌景象是梅瑞狄斯特有的杰出本领，那就很值得我们仔细研究玩味。

也许我们首先会发现，那些吸引我们目光并在记忆里留下印象的场景都是静态的，它们是照明的图解而非惊人的发现，无助于增进我们对人物的了解。把理查德和露西、哈里和奥蒂丽娅、克拉拉和弗农、比彻姆和勒内这些人物放进仔细设计的适当环境———一艘游艇内，一颗樱花似锦的树下，一道河岸上，自然是很重要的，因为这种种场景总会成为产生感情的部分。大海，天空或树林都可以用来象征场景中人物的感觉与见闻：

天空呈青铜色，像一个巨大炉子的拱顶。光与影辉映，一叠叠地延伸，有如锦缎绸面般柔和亮丽……那天下午，蜜蜂嗡声似雷，听觉大为振奋。

这是对心情状态的描写。

冬日的早晨显得圣洁。时光静静地流淌，大地静寂得像在等待什么。一只鸫鹟婉转啼唱着，在细长湿润的树枝间飞来飞去。山坡开阔，一片碧绿；山随处飘游，到处都可能有新奇出现。

这是在描绘女性的面容。但是只有某些心态描写和面部描绘才能用意象来表现。因此惟有那些十分刻意、一目了然的呈现，才无需分析。这也是一种局限。尽管我们也许能够看清楚那些人物，在辉映的瞬间甚至光彩四射，他们却并没有改变，没有发展；光辉消退之后，我们便处于一片黑暗。对梅瑞狄斯笔下的人物，我们缺乏直觉的了解；不像斯丹达尔、契诃夫或简·奥斯丁笔下的人物，我们简直达到亲密的程度，即使完全没有"宏大场景"也无所谓。

其实，小说中某些最令人动情的场景是极为安静的。九百九十九处细微的点染之后，第一千处虽然同样细微，但它到来之际，在我们身上产生的效果却是不可估量的。但是，梅瑞狄斯没有这种细微的手笔，只有大刀阔斧的渲染。因此，我们对他笔下人物的了解总是局部的、猛烈而短暂的，时断时续的。

另外，梅瑞狄斯也不属于那些伟大的心理学家之列——他们耐心地毫不显露地深入心灵，在心境中摸索路子，使一个人物无论在细微之处或在整体上都与另一个人物不同。他属于诗人一类，喜欢采用象征和抽象手法，常以激情或理念来等同人物。也许，他遇到的难题就在于此，他不像艾米莉·勃朗特那样，是个完全彻底的诗人小说家。他从不让自己的世界情绪化，在他的心思里个人意识太强，思辨的问题太复杂，无法让诗意的东西久留。他不止于吟诵，还要刨根究底。即使在他最具有诗意的场景里，讥讽的意味也浸淫字里行间，大声嘲笑此情此景过于浪漫。我们继续读下去，还会发现作者持有一种喜剧态度，要是让它主宰场景，周围的一切都会被弄得面目全非。

幸好，另一部小说《利己主义者》会立即修正我们的理论，梅瑞狄斯主要是营造宏大场景的大师。在这部小说里，不再有那种驱使人们跨过一道又一道障碍，直抵一个又一个情感高潮的急迫催促感。这里的情形是需要说理，而说理得有逻辑。威洛比爵士——"我们这位身材魁梧、见解独到的男人"——被推到一团挑剔与审视的烈焰面前，他得在威力不减的火焰四周缓缓转动，无路可逃。而且，这位受苦者是一尊蜡像而非一个有血有肉的活人，这样说也许正是实话。与此同时，梅瑞狄斯大大地恭维了我们一番，我们作为小说读者简直很不习惯。他似乎在说，我们都是文明人，正聚在一起观看人际间的喜剧。而人与人之间的关系趣味无穷，男人女人可不是猫与猴之类，而是数量更多、级别更高的生物。在他的想象里，我们能对自己同类的行为产生好奇而不抱偏见。一位小说家对自己的读者说这种恭维话实属稀罕，我们开始颇为困惑，继而一想倒也有趣。

说实话，他的小说里喜剧精神比起抒情性来远更深刻。这种喜剧精神仿佛他的创作女神，正是她为他荆棘丛生的创作风格中开辟出一条通道，正是她以其入木三分地观察一再令我们惊讶，正是她在梅瑞狄斯的文学天地里创造了高贵、庄严和活力。人们不禁会想：假若梅瑞狄斯生活在一个喜剧占据主导地位的时代或国家，他也许永远不会沾染上那些智力优越论的习气；正如他自己指出的，正是运用了喜剧精神他才得以匡正他写作风格的晦涩与刻板。

但是，在许多方面，这个时代——如果我们能判断全无定形的事物——对梅瑞狄斯是不友善的，说得确切一点，到了我们今天所处的一九二八年，不再认为他是成功的。他所理解的东西，在今天看来，似乎令人感到不快，显得太乐观，太肤浅，而且，大有强加于人的意味。

当哲学思想不是融和于小说之中，我们能够用铅笔在某个词语下面画线，能够用把剪刀将那些劝诫的言词剪下来贴成一个内容完整的体系，我们就可以有把握地说，要么是哲学出了问题，要么是小说有了毛病，或者两者兼有。更有甚者，他太固执于自己的教诲了。即使在听人物吐露心中埋藏得最深的秘密的时候，他也禁不住要发表自己的见解，而这是小说中人物最深恶痛绝的。他们仿佛在争辩说：如果我们被塑造出来仅仅是为了让梅瑞狄斯表述他对宇宙间万物的看法，还不如干脆没有我们存在的好。因此，他们便名存实亡了；而如果小说中尽是些名存实亡的人物，即使充满深刻的智慧和崇高的教导，还是算不上真正意义的小说。

然而，我们由此触及到另外一点。在这点上，当今时代也许对梅瑞狄斯更加表示同情。他是在上个世纪的七八十年代写作，那时小说处在一个必须向前迈步才能生存的阶段。人们可以争辩说，在《傲慢与偏见》和《阿林顿小屋》这两部完美的小说问世之后，英国小说不得不回避那种完美境地而另辟蹊径，就像英国诗歌不得不面对丁尼生的完美诗篇而别出心裁一样。

乔治·爱略特、梅瑞狄斯和哈代之所以是不完美的小说家，大部分原因是他们坚持把思想和诗歌的特征引入小说，而这些特征同完美的小说是水火不相容的。话又说回来，如果小说停留在简·奥斯丁和特罗洛普的阶段，也许到不了今天就消亡了。因此，梅瑞狄斯作为一位了不起的革新家，激发了我们对小说的兴趣，值得我们感激。我们对他存着许多疑点，难以对他的小说得出任何定见，实际上是因为他的创作带有试验性，包含了不少无法和谐地融为一体的特征。这种种特征凑在一起格格不入，而唯一能使它们集聚并融合一起的特征反被忽略了。这样一来，我们阅读梅瑞狄斯时要想有最大收获的话，必须有所包容，放宽某些标准。

我们既不要指望会有传统风格带给的静穆，也不要指望平静的缺乏想象的揣测会占上风。另一方面，他声称"我的创作手法历来是先让读者做好准备再面对人物接受严峻考验时的场景，然后将此场景放入一个充满紧迫压力的境地，以最动人心弦的方式渲染出来"。他的这个说法的确屡验不爽，一个又一个场景火暴激烈地在读者的内心呈现。他舞蹈大师般矫揉造作的文风使他宁肯用"让他的胸腔充分活动"而不用"笑"，宁肯用"领会飞针走线的灵巧"而不用"缝纫"；如果这样遣词造句并不惹你恼怒，你必须记住这种词句是在为"动人心弦的境地"做准备，梅瑞狄斯是在为我们自然进入一种情绪激昂的状态营造气氛。像特罗洛普那样的现实主义小说作家，往往陷于平淡乏味，而梅瑞狄斯一类的抒情小说家则又常常流于俗丽与虚假。当然，这种虚假性不仅仅比平淡更引人注目，而且严重违背了散文体小说从容不迫的本性。要是梅瑞狄斯完全放弃小说创作而潜心于诗歌，也许对他更有益处。不过，我们必须提醒自己，这多半是我们自己的错。长期以来，我们老是离不开俄国小说——尽管译文平庸乏味，加上又喜欢沉浸于法国作家冗长曲折的心理描写——久而久之，我们竟忘了英语本质上是生气勃勃的语言，英国人既富于幽默又拥有各种怪癖。梅瑞狄斯那浮华文风背后自有其久远的传承，这不免使我们想起莎士比亚。

我们在阅读中会有种种问题和判断涌上心头，这可以表明我们与他之间的距离不远不近，近不足以感受他的魅力，远不足以模糊自己的视线。因此，要想对他做个定评远比在通常情况下更不实际。但是，现在我们就可以证实，阅读梅瑞狄斯的小说如同在审视一个丰富坚实的大脑，倾听一个洪亮震荡的声音，尽管隔在彼此之间的墙太厚，无法听清他在说些什么，他那独特的声调却绝不会弄错的。时至今日，我们阅读他还会如同面对一尊希腊神像，尽管他出现在城郊会客室里，周围有数不清的小摆设、他独自高谈阔论，耳聋得听不见人们发出的更低的声音、他肢体不灵无法动弹，却显出令人惊讶的生气与警觉。他是一位卓越而又不安宁的人物，最好把他放进伟大的怪人中间而不必摆入小说大师之列。可以预料，他的作品还会有人断断续续地去阅读，他本人则会像多恩、皮科克和杰拉德·霍普金斯等作家一样，被世人忘记之后又被发现，发现之后又再次被人忘记。然而，只要有人继续阅读英国小说，他的小说必定会不时地进入视野，他的作品必定会引起争议和讨论。

（蓝仁哲 译）

※ 乔治·吉辛

　　"你知道伦敦城有人走街串巷兜售煤油吗？"乔治·吉辛在一八八〇年写道，而且这句话因为出自吉辛的笔下，它呼唤出一个雾的世界，一个四轮出租马车的世界，一个邋遢的女房东的世界，一个苦苦挣扎的文人世界，一个家境辛酸的悲惨世界，一个街道肮脏阴暗的世界，一个寒碜的黄色小教堂的世界。但是，除了这种悲惨景况，我们倒是也看到了树冠巍峨的高地，帕台农庙的立柱，以及罗马的山头。吉辛是一个算不上十全十美的小说家，通过他的书，你能根据书中虚构人物的生活，看见作家本人模糊地渴望的生活。我们与这样的作家建立了一种个人化而非艺术家的关系。我们通过他们的生活以及写作接近他们，而当我们阅读吉辛的信件，看出了它们的不同一般却又知道因为巧智不够才华不足而无法让其特色鲜亮夺目，这时我们会觉得我们正在填充一种设计，而这种设计却是我们阅读《得莫斯》《新寒士街》和《下层社会》时就开始描摹了。

　　然而，在这方面也存在着大量差距，许多阴暗的地方也没写到，依然故我。许多信息是滞后的，许多事实没有必要地略去了。吉辛们出身贫寒，他们的父亲在他们很小的时候便去世了；他们为数众多，不得不一块儿一点一滴地积攒他们本可以从教育中得到的东西。吉辛的妹妹说过，吉辛求知欲很强。他喉咙鲱鱼骨还没有下去，他便会匆匆赶往学校，生怕误了上课。他会从一本名叫《原来是这样》的一本小书里描摹无以数计的欧洲鲤卵、板鱼卵和鲤鱼卵，"因为我认为这是值得注意的事实"。他的妹妹记得他对于才智所表现出来的"无以复加的尊敬"，那个高个子男孩，苍白的高脑门儿，眼睛近视，安安静静坐在她身边，帮她学习拉丁文，"一遍又一遍诲人不倦地对同一解释耐心传授"。

部分因为他实事求是，尊重事实，却对表达事实看样子缺乏才能（他的语言枯燥，不善形象比拟），所以他选择了一个小说家的生涯是否过得幸福，是值得怀疑的。整个世界，有其历史与文学，吸引着他将之硬塞进脑子里；他分秒必争；他十分理智；但是他必须坐在租用的房间编造小说，描述"一丝不苟的年轻人好像在我们的文明的新阶段的黎明之中，孜孜以求地追寻改良"。

但是，小说的艺术是决不会把人拒之门外的，而且在一八八〇年左右小说艺术也呈万事俱备之状，对一心想成为"先进的激进党派的代言人"的作者随时会接纳到它的队列之中，对作家决意在他的小说中展现穷人的可怕生存状态与社会丑陋的不公正现象表示欢迎。小说艺术是现成的，也就是说完全认同这样的书就是小说。然而值得怀疑的是这样的小说是否会有人愿意阅读。斯密思·埃尔德的读者言简意赅地归纳了当时的阅读形势。埃尔德写道：吉辛先生"有倾诉不尽的苦水，很难取阅一般小说的胃口，书中的各种场景品位也再难吸引穆迪先生图书馆的捐献者掏钱购买"。于是，吃着小扁豆，听着人们在伊斯宁顿街头兜售煤油，吉辛自己掏腰包自费出版作品。

就是在这一时期，他养成了大清早五点钟起床的习惯，走过大半个伦敦城，赶在早饭前去辅导某某先生。常有的情况是，某某先生会传下话来，说他已经有约在先，随后又一页描述写进了现代《新寒士街》，揭示其中令人惊愕的生活纪事——我们面对着文学中汗牛充栋的问题又多了一个。作者依靠食用小扁豆生存；他五点钟就起床了；他走过了大半个伦敦城；他发现某某先生还躺在被窝里，于是乎他站出来充当生活本来样子的斗士，宣布说丑陋是真实的，真实的丑陋，这便是我们知道的全部，也是我们需要知道的全部。但是种种迹象表明小说对这样的处理手法并不领情。使用一种对自己的苦难的燃烧的意识，使用对自己伤害肢体的桎梏的意识，刺激自己对生活总体的感受，如同狄更斯一样，把自己童年的不幸塑造成像麦考珀或加姆普太太一类的生动形象，这样的手法是值得赞美的；但是利用个人的痛苦争取读者的同情以及对你私人生活情况的好奇心，这种做法却是灾难性的。想象力被发挥到极致时它是最自由的。想像力被限制来考虑特别个例唤起同情时，它便失去某些稍纵即逝的力量，变得琐碎而个人化了。

同时，这种把作者与其笔下主人公视为一体的同情，是一种高强度的激情；它会让书页飞快地翻过去；它会让也许艺术上无善可陈的东西发生另一种情况，也许瞬间产生更强烈的刃口。

比芬和里尔登，我们心下说，晚餐都吃面包、黄油和沙丁鱼；吉辛也用这样的晚餐；里尔登在星期天不能写作；吉辛也不能写作。我们忘了是里尔登喜欢猫还是吉辛喜欢手摇风琴。可以肯定的是里尔登和吉辛都在二手书架上买了吉本的作品，在回家的路上身置浓雾一页接一页地读了下去。于是，我们在这些相似之处张冠李戴，每一次都无一例外，一会沉浸在小说中，一会儿又埋头于信件，一阵满意的喜悦掠过我们的心头，仿佛阅读小说是一场技巧游戏，其中的迷惑之处让我们去寻找作家的面孔。

我们对吉辛有这样的了解，但对哈代或者乔治·爱略特却无法得到这样的了解。伟大的小说家在他们的人物身上出入自如并且让他们沐浴在一种我们大家看来习以为常的成分里，吉辛在这方面是独一无二、以自己为中心的。吉辛是束刺目的光，是那些光缘地带变得模糊而怪异的作家望尘莫及的。但是与这束刺目的光混合在一起的是一道独具穿透力的光。尽管吉辛的世界观狭窄，感受性不够，但仍不愧为凤毛麟角那类小说家，相信心智的力量，促使他的读者进行思考。他们因此与大多数虚构的男人女人大不相同。感情的可怕等级被稍稍错置了。

社会的势利行为不复存在；金钱因为购买面包和黄油简直到了迫在眉睫的地步；爱本身降到了次要地位。然而头脑在工作，不过只要脑子工作就足以让我们享有一种自由感了。因为思考这下变得复杂了；思考这下溢出了各种界线，不仅仅停留在思考一个"人物"，使个人私生活消失在政治生活或者艺术生活或者理念生活中，让种种关系部分建立在它们之上，而不仅仅建立于性欲之上。非个人的生活面在计划中占据了应有的地位。

"人们为什么不写写生活中真正重要的事情呢？"吉辛让他笔下的一个人物这样质问，而且有了这声出其不意的惊问，小说的可怕负担开始从肩上滑落了。谈情说爱很重要，可是陷入恋情时我们去谈别的什么事情可能吗？与女公爵进餐令人着迷，可是要与她们进餐可能吗？吉辛在这方面闪现出对达尔文曾生活过这一事实的认可，承认这门科学过去发展了，人们在看书，看图画，曾几何时有一个希腊的地方存在过。正是意识到了这些事情，才让他的书读起来充满痛苦；也正是因为这点，使它们不可能"吸引捐赠者卖来送给穆迪先生图书馆"。它们具有自己特别的严厉，说明遭受痛苦最多的人有能力把他们受苦受难的部分转变成一种对生活的具有理智的看法。这种思想在感情消失时还在持续。他们的不幸代表某种东西，比个人的具体不幸更加持久；它变成了一部分生活观。因此，我们读完吉辛的一本小说，我们带走的不是一个人物，不是一个事件，而是一个爱思考的人对生活之于他的评说。

不过，由于吉辛总是在思考，便总是在变化了。在这方面，他让我们看得到的东西很多。在他年轻的时候，他曾想自己会写出许多书，让世人看看"我们社会的整个制度的不堪入目的不公正现象"。后来，他的观念发生了变化；或许这个任务难以完成，或许别的兴趣把他引向了不同的方向。如同他最后信仰的，他认识到"对我们来说唯一有绝对价值的事情就是艺术上的完美……艺术家的作品……保留着这个世界健在的各种资源"。因此，如果有人立志让这个世界变得更好，那么相当悖论的是他必须隐退起来，在独处中花更多更多的时间琢磨自己笔下的句子，追求完美。吉辛认为，写作是一件最难的事情；也许在他生活的尽头他才能够"应付好一页文字，语法上中规中矩，字里行间行云流水"。他取得这样的成功真不算少。例如，他这样描写伦敦东区的一处墓园：

在那阴森森的东区的荒野端界地带，在墓堆中间走动，就好比和僵硬的、无眼的亡魂形体手拉手行走；灵魂落进了卑贱归宿的冰冷重负之下。这里躺着生来辛苦劳作的人们；他们被苦难磨炼到无以复加的地步时，只得了断多余的喘息，进入默默无闻的遗忘。对他们来说，没有白昼，只有生前与死后的黑夜之间的冬日天空的短暂黄昏。对他们来说，没有美好打算；对他们来说，不必想着在尘土中挣钱；他们身后的孩子连厌倦都忘记了。作为辛勤劳作维持生计的庞大群体中无名无分的单位，每个人的名字，做父亲的，做母亲的，做孩子的，为了寻求命运对他们过分吝啬的温暖和爱，只是一声无声的叫喊。风在他们窄窄的占有地上呜咽；沙质土壤一见雨滴落下便浸透水，却正好成为这大千世界的象征，吸走了他们的辛苦劳作，直接抹去了他们的存在。

一次又一次，这样的描述段落如同石板一样，具体而坚实，在铺满小说书页的拥拥挤挤的文字层面上凸现出来。

　　毫无疑问，吉辛从来没有停止教育自己。贝克街的一列列火车在他的窗下噗噗喷着蒸汽，房客下楼梯的声响搅乱了他房间的安宁，女房东不把他看在眼里，杂货店老板拒绝送糖来，他为此只得亲自去取，大雾呛坏了他的嗓子，他得了感冒，连着三个星期不和任何人说话，却必须疾书挥笔，写了一页又一页，悲惨地在这样或那样的家庭灾难中摆来荡去——这一切单调乏味地继续进行着，他唯一可以责怪的是他自己性格上的软弱，而与此同时帕台农神庙的柱子，罗马的山冈，从一场浓雾以及尤斯顿路的炸鱼店耸立起来。他决意要去访问希腊和罗马。他实际上踏上了雅典城；他看见了罗马；他在去世前在西西里阅读罗马人的作品。他身边的生活在变化；他对生活的评价也在变化。也许陈腐脏烂、大雾和煤油以及醉醺醺的女房东不是唯一的现实；丑陋不是全部真情；世界上还有美的成分。拥有其文学和文明的过去支撑着现在。不管如何，他的书在将来要写一写托提拉时代的罗马，而不仅仅是维多利亚女王时代的伊斯宁顿。他在始终如一的思考中达到了某个高点，看到"一个人不得不区别两种智力的形式"；你不能只尊崇才智。但是他还来不及记下他在自己思想地图上达到的那个高点，曾分享了他笔下一个又一个人物经历的他却也分享了他为埃德温·里尔登安排下的死亡。"耐心，耐心，"他在弥留之际对着站在他病榻旁的朋友说———一个不完美的小说家，却堪称一个修养很高的人。

（文心 译）

173

※ 《简·爱》与《呼啸山庄》

　　在夏洛蒂·勃朗特出生之后的一百年中，她，这么多传说、热爱和文学著作的中心人物，仅活了三十九年。如果她活到了正常的寿命，这些传说会多么不同，想起来是很奇妙的。她可能会像同时代的一些名人那样，成为伦敦等地的常客，无数图画和轶事的主角，许多部小说的作者，也许还有回忆录，离我们相当遥远，功成名就的中年人的记忆。她也许会很富有，也许会很成功。但事实并非如此。想到她的时候，我们必须想象一个与我们现代世界无缘的人；我们必须把思绪放回到上个世纪五十年代，约克郡荒野上一个偏僻的教区。她永远留在那里，在那些荒野上，忧伤而孤独，体验着她的贫穷和兴奋。

这些环境影响了她的性格，也可能在她的作品中留下了痕迹。我们认为，一个小说家必然会用许多非常易朽的材料来构筑他的作品，它们起初使作品具有真实性，最终却成为垃圾和累赘。打开《简·爱》时，我们也不禁怀疑会发现她的想象世界像这荒野上的教区一样古旧过时，带着维多利亚王朝中期的气息，只有好奇者才会去访问，只有虔诚者才会去保存。可是打开《简·爱》，只读了两页，一切疑问都打消了。

在我右侧，绯红色窗幔的皱褶挡住了我的视线；左侧，明亮的玻璃窗庇护着我，使我既免受十一月阴沉天气的侵害，又不与外面的世界隔绝，在翻书的间隙，我抬头细看冬日下午的景色。只见远方白茫茫一片云雾，近处湿漉漉一块草地和受风雨袭击的灌木。一阵持久而凄厉的狂风，驱赶着如注的暴雨，横空扫过。

这里没有比荒野本身更易朽，或比"持久而凄厉的狂风"更易受时尚影响的东西。而且这欣喜并不是短暂的，它使我们一口气读完全书，不让我们有思考的时间，不让我们把目光从书页上移开。我们如此聚精会神，以至于如果有人在屋里走动，这动作仿佛不是发生在此地，而是在约克郡。作者牵着我们的手，拉我们走她的路，让我们看她看到的东西，从不离开片刻，或允许我们忘记她。最后我们深深地沉浸在夏洛蒂·勃朗特的天才、激情和愤怒中。不寻常的面孔，轮廓鲜明、相貌粗糙的人物在我们眼前闪过；但我们是通过她的眼睛看到他们的。她一离开，他们就再也找不到了。想到罗切斯特，我们就必须想到简·爱。想到那荒野，又会想到简·爱。就联想到那个客厅，那些"白色的地毯，上面似乎摆着鲜艳的花环"；那"白色的帕罗斯大理石壁炉架"和"闪烁着红宝石的光泽"的波希米亚玻璃器皿，以及那"白雪与火焰交相辉映"的效果——这一切不是简·爱又是什么呢？

但简·爱的缺点是不难找的。永远是家庭教师，永远在恋爱，在一个毕竟充满了二者都不是的人的世界上，这是一个严重的局限。相比之下，简·奥斯丁或托尔斯泰的人物则有无数个面。他们对许多不同的人产生影响，这些人照出他们立体的形象，所以他们栩栩如生、性格复杂。他们能够到处活动，无论创作者在不在看着。他们生活的世界像是一个独立的世界，既已创作出来，我们就可以自己去访问。托马斯·哈代在个性的力量和视界的狭窄上与夏洛蒂·勃朗特比较相近。但区别还是极大的。阅读《无名的裘德》的时候，我们没有被牵引着一口气读完；我们会沉思，思绪从文中游离开去，浮想联翩，围绕着人物形成一个问题和暗示的氛围，而书中人物自己对它们往往是浑然不觉的。尽管他们是淳朴的农民，我们却不得不让他们面对最重大的命运和问题。因此经常让人觉得哈代小说中最重要的人物是那些没有名字的人。这种能力，这种好奇的幻想，在夏洛蒂·勃朗特那里是找不到的。她不企图解决人生的问题；她甚至未意识到这些问题的存在；她所有的力量都体现在几句话中，"我爱"，"我恨"，"我痛苦"，这力量因为受限制而格外巨大。

自我中心和受自我限制的作家有一种力量，是襟怀更为宽广的作家所没有的。因为他们的印象紧密地压缩在他们狭小的四壁中。从他们思想中流出的东西无不带有他们自己的印记。他们从其他作家那里学到的很少，他们即使采用了也不能吸收。哈代和夏洛蒂·勃朗特的风格都似乎建立在一种拘谨文雅的新闻文体基础之上。他们的散文笨拙生硬。但两人都凭着努力和最固执的诚实，把每个思想一直想到使文字向它屈服，终于形成了自己的文风，能够完整体现他们的思想，而且有一种特有的美、力量和迅捷。至少，夏洛蒂·勃朗特没有什么需要归功于读过很多书。她从来没有学会职业作家的那种流利，也没有学到他们那种随意填充和控制语言的能力。

"在与坚强、明智、高雅的头脑交流时（无论其是男是女），我永远不会停步"，她像任何地方刊物的主笔那样写道；但随后聚集热情和速度，以她自己真实的声音说："直到我越过了常规保守的外垒，跨过了信任的门槛，在他们心灵的炉床中赢得了一个位置"。她就坐在那里，心灵之火的阵阵红光照亮了她的书页。

换句话说，我们读夏洛蒂·勃朗特，不是为了对人物的细致观察——她的人物精力充沛而性格简单，不是为了幽默——她的幽默严峻而粗糙，不是为了对生活的哲学观点——她的是乡村牧师女儿的观点，而是为了她的诗情。也许所有像她这样具有强烈个性的作家都是如此，正如我们在生活中所说，只要打开门就能让人感觉到他。他们有一种未驯服的野性，永远与公认的秩序对抗，使他们渴望立刻创造而不是耐心遵守。这种热情，拒绝半明半暗和其他小障碍，飞越了普通人的日常行为，与他们更难以言喻的激情相联合。它使他们成为诗人，或如果他们选择用散文写作，则使他们不能忍受这文体的限制。

因此艾米莉和夏洛蒂都经常求助于自然。她们都感到需要某种比语言或行动更强大的象征，来揭示人性中沉睡的巨大激情。夏洛蒂以对暴风雨的描述作为她最好的小说《维列特》的结尾。"天空黑沉沉的，一艘破船从西边漂来；乌云幻化出奇异的形状。"她用自然来描述一种用其他方式无法表达的精神状态。但是这姐妹俩都没有像多萝茜·华兹华斯那么准确地观察自然，或像丁尼生那么细致地描绘。她们抓住了大自然中最接近她们或是笔下人物的感觉的东西，所以她们笔下的风暴、荒野、夏天可爱的场地，不是用来点缀沉闷文章或显示作者观察力的装饰品，而是带有感情和照亮全书的意义。

一本书的意义往往与发生的事情和说的话相距甚远，而在于本身各不相同的事物对于作者来说具有的联系，因此必然很难把握。尤其是如果作者像勃朗特姐妹那样富有诗人的气质，他所表达的意义与所用语言密不可分，它本身不是一种观察而是一种情绪。

《呼啸山庄》比《简·爱》难懂一些，因为艾米莉的诗人气质比夏洛蒂更浓。夏洛蒂写作时，鲜明有力、饱含激情地说出"我爱"，"我恨"，"我痛苦"。她的体验虽然更加强烈，但还是与我们共同的。但在《呼啸山庄》中却没有"我"，没有家庭教师，没有雇主，有爱情，但不是男女之爱。艾米莉的灵感来自更笼统的概念。促使她创造的冲动不是她自身的痛苦或伤害。她看到一个杂乱无章的世界，感到自己有能力在书中把它统一起来。在小说全篇都能感受到这个雄心大志——一种虽遭到部分挫折，但坚定不移的努力，不仅仅说"我爱"，"我恨"，"我痛苦"，而是说"我们，整个人类"和"你们，外部力量……"，句子没有结束。这并不奇怪，令人惊奇的是她能让我们感到她心里要说什么。它在凯瑟琳·恩肖那表达不十分清楚的话语中激荡，"如果其他一切都死了，而他活着，我还能活下去；如果其他一切都在，而他死了，整个宇宙会变得那么陌生，我会觉得不再是它的一部分。"它在面对死者时再次涌现，"我看到一种人间或地狱都无法打破的安详，我感到那无穷无尽、没有阴影的死后生活——他们进入的永恒世界，那里生命无限长久，爱情无限深挚，欢乐无限丰富。"

作者暗示了人性表现之下的力量，并把它们提升到伟大，正是这种暗示使该书在其他小说中具有崇高的境界，但对艾米莉·勃朗特来说，写几篇抒情诗，呼喊一声，表述一个信条是不够的。在她的诗里她这样做了，她的诗也许比她的小说生命力更长久。但她不仅是诗人，还是小说家。她必须承担一种更吃力而不讨好的工作。她必须面对其他存在的事实，抓住外部事物的机制，以可辨认的形状塑造出农场和房屋，转述独立于她而存在的男人和女人的语言，因此，我们达到这些感情的高峰，不是通过热烈的诗文，而是通过听一个女孩坐在树枝上摇晃着身体哼唱古老的歌曲；看野地里羊儿吃草；听轻风吹过草地。这个农场的生活及其所有的荒诞性和不可能性都展现在我们眼前。

我们有一切机会将《呼啸山庄》与真实的农场，将希思克利夫与真实的人作比较。我们可以问，在与我们了解的自己如此不同的男人和女人身上，怎么可能有真实性、洞察力和细腻的感情呢？但就在提问的同时，我们从希思克利夫身上看到了一位天才的姊妹可能看到的东西；我们说他是不可能存在的，因为文学中没有哪个男孩具有他这样鲜活的生命。两位凯瑟琳也是这样，我们说女人永远不会有她们那样的感觉，她们那样的行为；可她们仍然是英国小说中最可爱的女人。她似乎能够把我们借以了解人类的东西统统撕掉，在这些不可识别的透明体中注入一股如此强烈的生命，使之超越了现实。因此，她的天才是一种最罕见的能力。她能够使生命摆脱对事实的依赖；寥寥数笔就画出一张面孔的灵魂，从而不需要有身体；一说荒野就能使狂风呼啸，电闪雷鸣。

※ 《彭布罗克伯爵夫人的阿卡迪亚》

　　如果，有些书的确为了逃避现实，及其卑鄙、肮脏而写作，那么，读者肯定熟悉同一种心情。拉上窗帘，关上门，以降低街上的喧嚣，挡住强光和摇曳的光影——这是我们的愿望。虽然那些像《彭布罗克伯爵夫人的阿卡迪亚》之类的皇皇巨著，仿佛由于自身的重量而沉到书架的最底层，这时，就连它们的外观也有魅力。我们喜欢感到现时并没有结束；在我们之前，别人的手一直摸着那皮封面，直到四个角变圆变钝，一直在翻那些书页，直到书页发黄，折角。我们喜欢把那些正是在这个抄本上读过他们的《阿卡迪亚》的老读者的幽灵召唤到我们跟前——理查德·波特，他是看着伊丽莎白时代的人取得辉煌成就时阅读的；露西·巴克斯特，她是在王政复辟时期那些放荡的日子里阅读的；托·黑克，虽然那时已是十八世纪初，他那手端正漂亮的签字已显出一种区别，他仍在阅读。由于每个人都以他自己那个时代的洞察力和盲区阅读，不免见仁见智。我们阅读也同样有偏向。我们在一九三〇年会错过大量在一六五五年看来很明显的东西。我们也会看见一些十八世纪忽视的东西。不过，我们还是把读者的代代相承延续下去；现在轮到我们了，还是带着我们自己这一代的洞察力和盲区去读《彭布罗克伯爵夫人的阿卡迪亚》，然后照样把它传给我们之后的读者。

　　如果我们因为想逃避而选择《阿卡迪亚》，的确，这本书给我们的第一个印象是，锡德尼写作这本书的意图几乎完全相同："……这仅仅为你，仅仅献给你而作，"他告诉"亲爱的夫人和妹妹，彭布罗克伯爵夫人"。

　　在威尔顿，他没有观看他面前的事物；他没有想自己的烦恼，也没有想伦敦高贵的女王的骚乱心情。他脱离了现时及其纷争。他仅仅为了他妹妹消遣，不是为"更严格的眼光"写作。"都写在散页纸上，其中大部分在你处，其余，一俟写好即送上，一次送数张，对于这种方式，你本人是最好的见证。"

　　在威尔顿，他和彭布罗克夫人坐在一片丘陵下，他久久地遥望着他称之为阿卡迪亚的美丽的地方。那是一片幽美的山谷和肥沃的牧场，那儿的房子，"是由黄石块盖的形状像星星的小屋"；那儿的居民，或是高贵的王子，或是卑微的牧羊人；那儿要办的事就是谈情说爱和冒险；熊和狮子会突然袭击在被玫瑰花染红的田野里沐浴的美貌姑娘；公主们都禁闭在牧羊人的茅屋里；永远需要乔装；牧羊人其实是王子，女人其实是男人；简言之，那儿什么东西都可能有，什么事都可能发生，除了一五八〇年在英国实际上有的东西和发生的事。

当锡德尼把这些梦幻的篇章交给他妹妹时，很容易看出，他为什么笑着请求她宽容。"那么，在你闲暇时读一读吧，凭你良好的判断力，会发现其中一些愚蠢行为，别指责，置之一笑吧。"即使就锡德尼家和彭布罗克家的生活来说，也不大像那样。然而，当我们靠在椅子上半闭着眼睛倾诉我们不负责任的梦想时，我们虚构的生活，我们讲的故事，也许有一种粗野的美，跃跃欲试的活力；我们往往在这些梦想中揭示出我们清醒地暗中想望的东西的扭曲而且装饰过的形象。因此，由于有意轻视跟生活真实的任何接触，《阿卡迪亚》获得了另一种现实。当锡德尼暗示，他的朋友们会为了作者而喜欢这本书时，也许他指的是，他们会在其中发现他用别的方式不能说的话，如同在河边唱歌的那些牧羊人"有时抒发快乐，有时宣泄悲伤，有时这种心情向那种心情提出质疑，有时说一些用别的方式他们不敢涉及的事情"。也许是在《阿卡迪亚》的乔装下，一个真实的男人试图私下倾诉他的贴心话。不过，在头几页最初的新鲜情境中，那乔装本身就足以迷住我们。我们发觉我们自己也在春天，在"西塞拉岛前面"的沙滩上跟牧羊人在一起。

于是，看见海上漂浮着什么东西。是一个男人的身体，他紧紧揍着一个小方匣子；他年轻、漂亮——"虽然他赤身裸体，但对于他那赤裸就是服装"；他的名字叫缪西多勒斯；他失去他的朋友。于是，那些牧羊人一边唱着悠扬悦耳的歌，一边救活这个年轻人，然后，他们坐上小船，从这个避风港划出去，寻找皮洛克利斯；海上出现一个冒着火花和烟雾的斑点。因为，缪西多勒斯和皮洛克利斯这两位王子乘的船着了火，在海上燃烧，周围有大量贵重东西，还有许多淹死的尸体。"简言之，打了一场胜仗，战胜者在那儿占有田地和战利品；没有遭遇风暴或不利情况而船遇难；于是大海中央一片大火。"

不一会，我们就领略了编织成这幅巨大挂毯的一些元素。我们领略了场景的幽美；画一般宁静；以及那不是猛烈地，而是伴着牧羊人悠扬美妙的歌声缓缓地轻轻地向我们漂来的什么东西。有时，这一情景凝结为一个短语，萦绕于耳畔——"大海中央一片大火"；"他们的脸上有几分等待的愁容"。这时，那喃喃的耳语扩大、展开，化为一段更精妙的描写："每个牧场都牧放着羊群，在安详地吃草，可爱的羊羔动人地咩咩叫着，求母羊安抚；这儿一个牧羊的男孩在吹笛子，仿佛他们决不会老；那儿一个牧羊姑娘在编织，一边唱着，看来好像她的歌声安慰着她那双在编织的手，而那双手又伴着那悦耳的声音活动"——这一段使我们想到多萝西·奥斯本的《书信集》中那段著名的描写。

场景的幽美，情节的高贵，声音的美妙——这些似乎是回报那完全为了自己而寻求享乐的心灵的恩惠。锡德尼拉着我们在这片不可能有的风景中的弯弯曲曲的小路上走着，因为他带路完全是出于对漫游的爱好，看不见任何尽头。甚至读出那一个个词的音节，也使他感到最大的愉快。即使当我们掠过那些起伏的句子的光滑的脊背时感到的韵律，也使他陶醉。瞧，当他抓起一把把闪闪发光的词时，他似乎叫了起来，难道这周围真有那么多美妙的词可以随要随取？何不挥霍一下大量使用这些词？于是他这样尽情享受一番。羊羔不是吮奶，而是"动人地咩咩叫着，求母羊安抚"；姑娘们不是脱衣服，而是"去掉她们的服装的遮蔽"；树在河上没有倒影，而是"她似乎凝视着，在那条奔流的河边梳理她那绿色的鬈发"。很荒谬；然而，对于自己描绘的形象感到很大兴趣和惊奇这样的著作，和语言上已没有露珠的后代的著作，有很大的差异——例如，一点颤抖引起激动而写出一个句子，这在语法更规范的时代本来会冷静地写得很匀称：

那个男孩，虽然很美但凶狠；虽然快死了但很美，双脚摇摇欲坠，站不住，跌倒在地，由于愤怒，他咬着泥土，抱怨他的命运，他抗拒着死亡，能挺多久，就挺多久，而死亡也不愿意；他脱离他那年轻的挣扎的灵魂，拖得太久。

正是这不匀称和弹性给锡德尼的巨著增添了新鲜。在我们半笑半抗议着匆匆读完这部著作之后，往往产生这种愿望，很想完全闭上理智的耳朵，躺着倾听这不成句的模糊不清的声音；倾听这由陶醉的声音构成的合唱，像鸟儿们在还没有人起床以前在房子四周那样疯狂地歌唱。

不过，很容易过分强调使我们感到愉快的这些品质，因为它们已消失。毫无疑问，锡德尼写作《阿卡迪亚》，部分是为了消遣，部分是为了练笔，用英语的这一新工具进行实验。但即使如此，他仍然年轻，仍然是个男人；即使在阿卡迪亚，道路也有车辙，马车翻车，女士们肩膀脱臼；甚至连缪西多勒斯和皮洛克利斯王子也有热情；帕美拉和菲洛克丽亚，尽管她们穿着海蓝色的缎子衣服，有串着珍珠的网，但都是女人，而且能爱。因此，一支流动的笔不能把我们偶然遇到的一幕幕情景连续不断地一气写出来；像任何小说家一样，锡德尼有时停下笔想一想，在这特定情境中，一个真实的男人或女人会说些什么话，这时他自己的情感突然显露出来，用不协调的强光照亮那片模糊的田园风景。我们暂时获得一个令人惊奇的组合；天然的日光压倒了银白色的烛光；牧羊人和王子们突然停止歌唱，用他们急切的人类的声音，急促地说了几句话。

　　我倾向那边的棕榈树，我曾多次羡慕它的幸福，因为它能怀着爱情而不感到痛苦；当我的主人的牲口到这片新鲜草地来反刍时，我会多次看见那头年轻公牛证明它的爱情；如何证明？用骄傲的神情和快乐的状态。啊，可怜的人类（这时我自言自语），在人类，智慧（本应该是他的福利的统治者）竟成为他的幸福的叛逆；这些牲口，像大自然的孩子一样，平静地继承了她的福分；我们却像私生子一样被遗弃海外，甚至像受痛苦和悲伤养育大的弃儿。它们的头脑对它们身体的舒适并不抱怨，也不阻碍它们的感官享受它们想要的东西；而我们有荣誉的阻碍，有良心的折磨。

　　这些话从讲究吃喝，有纨绔习气的缪西多勒斯的嘴里说出来，听起来很奇怪。这些话里，有锡德尼自己的愤怒和痛苦。接着，小说家锡德尼突然睁开眼睛。他注视着帕美拉，这时她拿着那形态像螃蟹的宝石，"因为它瞧着这边，却爬向那边"，用以表示，虽然他假装爱莫普莎，他的心却属于帕美拉。她拿着它，他写道：

　　那样漠不关心，对什么都听之任之（正像我们对待那种人的讲话一样，他们在实质上，容貌上，无论哪一方面，都不属于我们这类人），那种冷漠的气质，夹杂着她那天生的高贵仪态发出的闪电，最让我受不了，虽然还有其他情况……要是她轻视他，要是她恨他，倒好一些。

但这残酷的平静，既不离去以示厌恶，也不动情以示眷顾；虽然亲切，但仍然是那种态度的亲切；她待人接物的礼貌都铭刻着这种平静，因为，她的所作所为是为了美德，不是为了赴聚会……（我说）她这种超凡脱俗的仪态……要达到，太不可能了，我几乎开始听任绝望的折磨，因为不知道任何说服的办法……

——这的确是一个感受过他所描写的痛苦的男人所作的敏锐而精微的观察。有一会，那些苍白的传奇故事中的人物，吉尼西亚、菲洛克丽亚和泽尔曼都活跃起来；她们那没有特征的脸由于激情而活动；吉尼西亚，在知道她爱着她女儿的情人之后，由愤怒转为庄严，"激烈地叫喊泽尔曼救我，啊，泽尔曼可怜可怜我吧"；这个美丽的陌生的亚马逊人，唤起了老国王的衰老的色情，老国王显得又老又蠢，"非常好奇地瞧着自己，有时，还小跳一下，仿佛他说过我还有劲呢。"

不过，一时的照明渐渐熄灭，王子们再次恢复原来的姿势，牧羊人又弹起琵琶之后，那照明给整个这部书投下好奇的光。我们更清楚地了解了锡德尼写作的界限。有一会，他能像任何现代小说家那样敏锐而准确地注意，观察，记录。接着，在向我们这边这样看一眼之后，便转向一边，仿佛他听到别的声音在呼唤他，必须服从吩咐。他提醒自己，散文里不能用日常说的普通语言。在爱情故事里不能让人感到王子和公主像寻常的男女。幽默是农民的属性。

他们的行为可以显得可笑；他们的言谈可以很自然；他们像达梅塔斯那样可以一边走过来一边"吹着口哨，扳着指头数，十七头肥牛一年要吃多少驮干草"；但是高贵人物所用的语言必须长，抽象，充满隐喻。而且，他们必须是具有毫无瑕疵的美德的英雄，或者毫无人性的坏人。他们不能露出一星半点人的种种怪癖和小气。散文还必须小心避开当前的真情实况。

有时，在对大自然观察一会之后，不妨如实描写所见的景物；记下苍鹭从沼泽地飞起时"摇摆着"，或者写下打野鸭用的猎狗，在搜索野鸭时那"气咻咻的优美姿态"。不过，这种现实主义只能用于描写大自然、动物和农民。看来，散文似乎有助于抒发缓慢的、高尚的、一般化的感情；有助于描述荒野的景色；有助于传达冗长的四平八稳的谈话，可以一气谈上好几页没有别人打断。另一方面，诗的职能颇不相同。当锡德尼想把一个单独的明确的印象加以概括，巩固，记录下来时，观察他如何转而作诗，这是出于好奇。在《阿卡迪亚》，诗在一定程度上履行现代小说中对话的职能。它打破单调，投入一道强光。由于散布于皮洛克利斯和缪西多勒斯的无休止的冒险中那些诗歌片段，我们的兴趣再次燃起来。在散文部分引起昏昏欲睡的倦怠之后，那些诗的现实主义描写和活力往往带来震动：

这等无窗的住所何必如此兴高采烈？

或者说，除了可怜的人类这光荣的名称，

他们那肉体凡胎，在这儿会获得什么？

球儿们变为星星，奴隶们成为命运的主宰，

因为他们受了自身牢笼的传染，

那儿担心死亡，活着也痛苦。

就像演员被安排好去充塞肮脏的舞台……

——不知道那些懒惰的王子、公主怎么理解这番激昂的话？或这些话：

一家贩卖耻辱的商店，一本满是污点的书，

这身体是……

这个人，这个会说话的畜生，这个能行走的树。

——于是这位诗人转而叙述他的无精打采的同伴，仿佛他厌恶他们的自我陶醉的纨绔习气；然而还得纵容他们。虽然诗人锡德尼显然有精明的眼光——他谈到"聪明的勤劳的蜜蜂的蜂窝"，也像乡下养育大的任何绅士一样，知道"牧羊人如何打发日子。玩用管子吹木杆，玩蒙上眼睛猜人，或者玩船"——他仍然不顾他的读者，必须单调地嗡嗡讲下去，讲普兰古斯和埃罗娜、安德罗马娜女王、安菲亚勒斯和他的母亲塞克罗皮亚的种种阴谋。虽然他们搞阴谋，下毒，一辈子心狠手辣，但对伊丽莎白时代的听众来说，故事再美好，再模糊，再冗长，都不为过，这很不协调。仅仅因为那天早上泽尔曼被狮子抓了一下，才把那个故事缩短，并向巴西利建议，还是把克莱的诉苦留到另一天讲为好。

她发觉那首歌已消磨了不少时间，而拉蒙刚开始讲一个新故事，不知道什么时候才能讲完，虽然她很喜欢听，也乐于同意这建议。于是，他们从四面八方走去，把自己托付给死亡大哥。

当这个故事弯弯曲曲进行下去的时候，更确切地说，当故事一个接一个，像柔软的雪花似的一个落在一个上面，后者消灭前者的时候，我们也受到诱惑很想仿效他们。沉沉的睡意闭上我们的眼睛。我们半做梦，半张着嘴打呵欠，也准备去找死亡大哥。那么，最初那种令人陶醉的解脱感怎么样啦？我们本想逃避，却被抓住，陷入罗网。讲一个故事让妹妹开心，最初看来，似乎多么容易——逃避此时此地，到一个处处有琵琶和玫瑰花的世界里东游西荡，多么令人振奋！不过，唉，柔软让我们迈不开脚步；荆棘挂住了我们的衣服。我们终于渴望看到一点平铺直叙的描写，这种文体的装饰，最初那么令人心醉神迷，已经变得索然无味，黯然失色。要找出原因并不难。锡德尼兴兴头头，运笔如飞，但他下笔太漫不经心。他动身的时候，不知道到哪儿去。他认为，讲故事就够了——一个接一个没完没了地讲下去。

不过，在看不到尽头的地方，就没有拽着我们往前走的方向感。既然保持他的人物绝对好和绝对坏，没有区别，是他的计划的一部分，那么，他也不能从人物的复杂性获得多样性。为了提供变化和发展，他不得不求助于神秘。利用更换服装，王子乔装为农民，男人乔装为女人，代替心理的微妙活动，可以缓解聚在一起的人们无话可谈的沉闷。这些孩子气的玩意的魅力，一旦让人感到索然无趣，他就无计可施了。我们再也不能确定是谁在说话，跟谁说，说什么。锡德尼对这些漫游的幽灵的控制的确太松，以致话才说到一半，他竟忘了他和人物是什么关系——说话的"我"是作者呢，还是人物？读者和作者之间的关系，一旦被如此不负责任地解除，成为假定的，无论是这种优美，还是这种魅力，都不能使任何读者受其束缚。于是，这本书渐渐飘进空气稀薄的地狱边缘地区。它成为那种几乎被遗忘的废墟之一，那儿，野草漫过倒塌的雕像，下着小雨，大理石台阶长满青苔，绿茵茵的，花圃里杂草丛生。然而，它仍然是值得偶尔一游的美丽花园；人们会被可爱的破损的面部绊倒，到处开着花，夜莺在紫丁香树上唱着。

于是，我们终于读到最后一页，这是锡德尼在放弃想完成《阿卡迪亚》的无望的尝试之前写的，这时，我们停了一会，才把它放回书架底层原处。在《阿卡迪亚》，如同在一个发光的世界，潜藏着英国小说的全部种子。我们可以探索无穷的可能性；它可以有许多不同的趋向当中任何一种趋向。它会不会专注于希腊，王子，公主，可能还有雅兴去寻求雕像的美，非个人性？它会不会遵循用词朴实无华，善写众多英雄和辽阔的景观的史诗笔法？也会密切观察当前的现实吧？它会不会把达梅斯塔和莫普莎，把出身卑微，说话粗鲁而自然的普通人，作为它的主人公，而且描写人们日常生活的正常过程？它会不会掠过重重障碍，深入内心，触及一个因为爱着不能爱的人而陷于不幸的女人的痛苦和复杂性；触及一个受不适宜的恋情折磨的老头的老年荒唐？它会不会存在于研究他们的心理学和灵魂的冒险？所有这些可能性都存在于《阿卡迪亚》——传奇和现实主义，诗和心理学。不过，锡德尼仿佛知道，对于他那样年轻来说，他提出的任务太大，无法完成，给后世留下了一份遗产之后他便在中途放下笔，本想给他妹妹讲故事，在威尔顿消磨漫长的日子这一尝试，虽然很美，很荒唐，但未能完成。

（石永礼 译）

※ 《鲁滨孙漂流记》

　　探讨这部古典著作，有很多方法，但我们选择哪一种呢？我们用这句话开头如何：自从锡德尼未完成《阿卡迪亚》，在朱特芬去世以来，英国人的生活发生了很大的变化，小说已经选择了，或者说被迫选择了它的方向？中产阶级已经产生，他们能读而且急切想读的书，不仅仅是王子和公主的爱情故事，还有写他们自己和他们的平凡生活的细节的作品。散文依靠大批作家得到扩展，适应了这一需求；它使自己适于描述生活的真情实况，而诗则不情愿。这的确是探讨《鲁滨孙漂流记》的一种方法——通过小说的发展；但立即出现另一种方法——通过作者生平。

　　我们在传记这一片片天堂般的牧场上消磨的时间，可能比通读原著的时间多得多。首先，笛福的出生日期就可疑——是一六六〇年，还是一六六一年？再说，他拼写他的名字是用一个词，还是两个词？他的祖先又是谁呢？据说，他做过袜商；但在十七世纪袜商究竟是干什么的呢？后来他成为小册子作者，获得威廉三世的信任；由于他写的一本小册子，受过上颈手枷示众的刑罚，又被关进新门监狱；他受雇于哈利，后来又受雇于戈多尔芬；他是第一个受雇佣的新闻记者；他写了无数小册子和评论文章；还写了《摩尔·弗兰德斯》嘴边有一个大黑痣。即使对英国文学了解很少的人，也无需告诉他们，探索小说的发展，查看小说家们的下巴，可能花多少小时，又有多少人为此耗费了一生的精力。但是，当我们从理论转向传记，又从传记转向理论的时候，有时不由产生怀疑——即使我们知道笛福出生的确切时刻，他爱谁，为什么，即使我们记住英国小说从它在（姑且说）埃及孕育到它（也许）在巴拉圭的荒野里死亡这部兴盛衰亡史，我们能从《鲁滨孙漂流记》多得到一点快乐，或者阅读时多一分明智吗？

至于这部书本身，依然如故。我们在探讨作品的过程中，无论怎样扭动身子绕来绕去，悠悠闲闲随意赏玩，末了总有一场孤独的战斗在等待我们。作者和读者之间有一件事须先磋商，才有可能进一步讨论；在这次面谈的中途还要提醒一下，笛福卖过袜子，一头褐发，上过颈手枷示众这些事，会让人分心，让人烦恼。

我们的头一项任务，而且往往很艰巨，是掌握这位小说家的透视法。在我们知道他是如何整顿他的世界之前，批评家硬要让我们接受的那个世界的装饰品，传记作家要我们注意的这位作家的冒险经历，都是我们不能利用的多余的东西。我们必须独自爬到这位小说家的肩上，通过他的眼睛观察，直到我们也了解他是按什么秩序安排那些庞大的普通的观察对象，这是小说家注定要观察的：个人，人们，他们后面的大自然；他们之上的那种力量，为了简便，我们不妨称之为上帝。于是，马上引起混乱，判断错误和困难。我们虽然觉得这些对象很简单，但是，由于小说家处理他们相互之间的关系所用的方式，可以把他们写得很怪异，当然认不出来了。即使朝夕相处，呼吸同样空气的人们，在比例感上都有很大的差异；对于这个人来说，人类是巨大的，树很渺小；对那个人来说，在背景的衬托下，树是巨大的，人类微不足道，看来的确如此。因此，作家们可以生活在同一时代，看见的东西却不一样大，且不管教科书如何说。

这里以司各特为例，他的山在朦胧中显得很高大，因此他的人物都是按比例描绘的；简·奥斯丁挑出她茶杯上的玫瑰花与她的对话的机智相比；而皮科克却用一面奇异的扭曲的镜子看天下，在镜子里，茶杯也许是维苏威火山，或者维苏威火山也许是茶杯。然而司各特、简·奥斯丁和皮科克都生活在同一时代；他们看见同样的世界；在教科书里，把他们列于文学史的同一时期论述。他们之所以不同，在于他们的透视法。那么，如果答应我们，只要各自牢牢抓住这一点，这场战斗就会以胜利结束；由于确信我们私下的谈话，我们就可以享受批评家和传记作者慷慨提供给我们的各种各样的乐趣了。

然而，还会出现不少困难。因为，我们对世界有自己的看法；那是由我们自己的经验和偏见形成的，因此，与我们自己的虚荣和爱好紧密相连。如果有人耍花招，搅乱了我们私人的和谐，而不感到受了伤害、侮辱，是不可能的。因此，当《无名的裘德》，或普鲁斯特的新书问世时，报上的抗议如潮水般涌来。如果生活真像哈代所描写的那样，明天切尔特南的吉布斯少校就会往他脑袋上开一枪；汉普斯特德的威格斯小姐一定要提出抗议，虽然普鲁斯特的艺术手法高妙，她感谢上帝，真实世界与那个反常的法国人扭曲的描写毫无共同之处。这位先生和这位女士都试图控制小说家的透视法，为了跟他们自己的透视法相似，从而得到声援。但是，伟大的作家——这位哈代，或这位普鲁斯特——不顾私人财产权，仍我行我素；他靠辛苦工作，使混乱状态秩序井然；他在那儿栽一棵树，在这儿安排一个人物；他按自己的意愿把他的神造成古代的或现代的形象。

在杰作里——即幻象清楚，已建立秩序的书——他把自己的透视法那么猛烈地强加于我们，我们往往感受到极大的痛苦——我们的虚荣受到伤害，因为我们自己的秩序被推翻；我们感到害怕，因为把支持我们的旧支柱强行拔掉；于是，我们感到厌烦——从一个崭新的思想能捞到什么愉快或娱乐呢？然而，有时一种罕有的持久的愉快即诞生于愤怒、恐惧和厌烦。

也许《鲁滨孙漂流记》是一个恰切的例证。它是一部杰作，它之所以是杰作，主要是因为他从始至终坚持他自己的透视感。为此，他处处使我们受挫，受嘲弄。让我们大体上看看本书的主题，把它和我们的先入之见加以比较。

我们知道，这是写一个人在经历了多次危险和冒险之后，孤身一人被弃于一个荒岛的故事。仅仅这一暗示——危险、孤独、荒岛——就足以引起我们的向往，期待着在世界边缘一个遥远的地方；日出和日落；一个同人类隔绝的人，孤独地思考着社会的本质和人们的奇风异俗。在翻开本书之前，也许我们就已经把期望它给我们的那种愉快模糊地勾画出来。我们读下去；读每一页我们都受到粗暴的顶撞。没有日落日出；没有寂寞，没有人。相反，只有一个大瓦罐摆在我们面前。即是说，我们得知那是一六五一年九月一日；主人公的名字叫鲁滨孙·克罗索；他的父亲害痛风。显而易见，我们必须改变我们的态度。现实、事实、实质将支配以下整个故事。

我们必须赶快彻底改变我们的比例；大自然必须收起她那灿烂的紫色；她只是干旱和水的赏赐者；人必须贬为奋斗的自我保护的动物；上帝萎缩为行政长官，他那实在的，还有点硬的宝座，在仅仅稍高于天边的地方。我们每次出动搜寻关于这些透视的基本方位——上帝，人，大自然——的信息，都遭到无情的常识的断然拒绝。

鲁滨孙想到上帝："有时，我告诫自己，苍天为什么这样完全毁了它的生灵……但总有什么东西很快回到我身上，阻止这些想法。"上帝不存在。他想到自然，田野"装饰着野花和青草，到处都是繁茂的树林"，但是树林的重要之处，在于它庇护大量可以驯养，可以教它说话的鹦鹉。大自然不存在。他考虑他打死的人。应当马上把他们埋了，这是极为重要的，"因为他们在太阳下曝晒，不久就会发臭"。死亡不存在。除了一个大瓦罐，什么都不存在。即是说，最后我们不得不扔掉我们自己的先入之见，接受笛福自己愿意给我们的东西。

那么，让我们回到开头处，再重复一遍，"我于一六三二年出生于约克城一个体面人家"。

没有比这一句更平易，更实际的开头。我们清醒地受其引导，去思考井井有条的勤奋的中产阶级生活的种种福分。他让我们相信，出生于英国中产阶级最幸运。显贵们可怜，穷人也一样；这两种人都不免心神不宁，忧虑不安；处于卑微与显贵之间的中间地位最好；它的优点——有节制，中庸，平和，以及健康——再好不过。可是，一个中产阶级青年倒了霉竟然傻里傻气迷上了冒险，这是一件令人遗憾的事。他这样平淡地写着，一点一点地画他自己的画像，为了让我们绝不会忘记——他也决不会忘记把他的精明，他的谨慎，他对秩序、舒适、可敬的品格的爱好，给我们留下了难以磨灭的印象；直到我们终于到了海上，遇上风暴，接着一瞧，我们看见的一切，就像鲁滨孙看见的那样，一点不差。

波涛，水手，天空，船——这一切，都是通过那双精明的中产阶级的没有想像力的眼睛看到的。什么都逃不过他的眼睛。凭他那天生谨慎，忧虑不安，传统，始终讲求实际的智慧看来，一切事物就是那样。他也能表达热情。他天生不大喜欢大自然的宏伟，壮美。他甚至对夸大的上天保佑表示怀疑。他太忙，又专注于主要机会，以致他对周围的情况仅注意到十分之一。他相信，只要他有时间观察，一切事物都可能有合理的解释。"一群巨大的野兽"在夜里游过来，围着他的小船，使我们大吃一惊，比他受的惊吓大得多。他马上拿起枪，向它们射击，于是它们游开了——他真不知道它们是不是狮子。在我们还不知道的时候，嘴张得越来越大。我们在吞咽着怪物，这如果是一个有想象力的好炫耀的旅行家给我们的，我们就不愿吞了。不过，这个坚强的中产阶级男子汉观察到的任何事物，都可以当作事实。他永远在数大桶，合理地储备淡水。

即使在琐事上，我们也没有发现他有失误。我们感到奇怪，难道他忘了船上有一大块蜂蜡？没有。不过，尽管他已经把蜂蜡制成了蜡烛，但在三十八页上的蜡块则远不如二十三页上的蜡块大。说来奇怪，当他留下什么矛盾的情节不管时——如果那些野猫总是那样非常驯服，为什么那些山羊总是那样非常胆小？我们并不认真地感到心烦，因为总有理由，而且是很充分的理由，只要他有时间跟我们说明。

当一个人在孤岛上独自谋生的时候，生活的压力的确不是开玩笑的事，也不是大哭一场的事。他必须关心一切；当闪电可能引爆他的火药时，这绝不是为大自然而欣喜若狂的时候——必须找一个更安全的地方存放火药。于是，凭借不偏离地讲述在他看来的真实——作为一个伟大的艺术家，为了使他的主要品质产生效果，即真实感，就要有所放弃，有所冒险，敢于尝试——他终于使普通劳作变得高贵，普通工具变得很美。挖掘，烘烤，种植，建造——这些简单工作有多么严肃；小斧头，剪刀，木头，大斧头——这些简单工具变得多美。

由于没有受到评论的妨碍，这个故事以庄严的彻底的质朴大步前进。然而，评论怎么能使它给人留下更深刻的印象？的确他走的路子与心理学家的路子正相反——他描写情感对于身体而不是头脑的作用。但是，当他在一时的痛苦中谈到他如何捏紧拳头，任何软东西都会被捏得粉碎；如何"我的上下牙也咬得死紧，半天都松不开"时，要作好几页的分析才能达到这样深刻的效果。就此而论，他自己的本能是正确的。"还是让生物学家，"他说道，"去解释这些事，及其产生的原因和方式；我对他们只能说，写事实……"

如果你是笛福，的确，描写事实就够了；因为事实是恰当的事实。凭藉这种求实的天才，笛福取得的效果，除了伟大的小说大师，谁也达不到。他只要用一两个词"灰蒙蒙的早上"，就生动地描绘出一个有风的黎明。用世界上最平淡的说法，就传达出一种荒凉和许多人死亡的感觉，"以后，我再也没有见过他们，连影子也没有见过，除了三顶帽子，一顶便帽，两只不是一对的鞋。"当他终于叫道，"瞧我多像一位国王，一个人用餐，有仆人侍候"——他的鹦鹉，他的狗，他的两只猫，这时，我们不能不感到，全人类都在一个荒岛上——尽管笛福马上告诉我们，这些猫不是原来船上的猫，他往往让我们扫兴。原来那两只猫都死了；这些猫是新来的，其实，这些猫因为多产，不久就变得非常讨厌了，而那些狗，很奇怪，竟一直没生育。

于是，笛福重申前景只有一个普通的瓦罐，借以劝说我们去看遥远的海岛，那人类灵魂的寂寞去处。由于坚定不移地相信那个瓦罐的硬度及其土质，他让所有其他元素服从于他的设计；他将整个宇宙捆绑起来，使其协调一致。我们一边阖上书，一边问道，人站在起伏的山峦，汹涌的大海，闪着星星的天空的背景前面，显得极为崇高，那么，我们一旦掌握了一个普通的瓦罐需要的透视法，它为什么不能同样圆满地满足我们的要求，有任何理由吗？

（石永礼 译）

※ 多萝西·奥斯本的《书信集》

即使偶尔接触英国文学的读者，有时也一定会感到英国文学有一个光秃的季节，有时像乡间的早春。树木支棱着；山丘卸去绿色的覆盖；大片土地和树枝，毫无遮掩。但是，我们没有听见六月的震颤和呢喃，那时连最小的树林似乎也充满活力，灌木丛里，灵活、好奇的动物都忙着干自己的事，你不免站住，听一听它们的低声细语和急促的走动声。就英国文学来说也是如此，我们必须等到过了十六世纪，十七世纪也过了多半，那片光秃的景色才会充满骚动、震颤，我们可以用人们的谈话声来填充那些伟大著作之间的空白。

毫无疑问，在心理上需要大大改变，在物质的舒适上也需要大大改变——扶手椅，地毯，良好的道路——人类才有可能好奇地互相观察，或易于交流思想。也许是我们早期的文学所取得的辉煌成就多少归功于这一事实，写作是一项非凡的艺术，受天才驱使的人们，与其说为了钱不如说是为了名而写作。或者是我们的天才们分散于从事传记、新闻、书信和回忆录的写作，削弱了从事任何一方面写作的力量。不管怎么样，大约有一个世纪光秃秃的，既没有书信作者，也没有传记作者。生活和人物仅显露出干巴巴的轮廓。埃德蒙·戈斯爵士说道，多恩，简直不可思议；这主要是因为，虽然我们知道多恩对贝德福德夫人的看法，但贝德福德夫人对多恩的看法，我们却一无所知。她没有可以给他描写这位奇怪来访者的印象的朋友；既使她有心腹朋友，她也不可能解释她为什么觉得多恩奇怪的原因。

而且造成波斯威尔或霍勒斯·沃波尔不可能出生于十六世纪的那些条件，显然对女性施加的压力可能要大得多。除了物质上的困难——多恩在米切姆的墙壁很薄的小房子，哭闹的孩子，典型地反映了伊丽莎白时代的人生活的困境——由于妇女相信写作不适于女性，也妨碍了她们。这儿那儿有个别贵妇人，由于她的地位使她得到宽容，也许是由于她周围那批奴颜婢膝的人们阿谀奉承，可能写作并出版她的著作。可是，这一行为使一位地位较低的女人感到不快。"这个可怜的女人真是有点疯了，要不然，她决不会可笑到敢去写书，还用诗写，"

当纽卡斯尔公爵夫人的几本书当中的一本出版时，多萝西·奥斯本叫道。就她自己来说，她补充道，"我就是两个星期都睡不着，也不至于这样。"这是具有很高文学天赋的女人作的评论，因而更能说明问题。如果多萝西·奥斯本出生于一八二七年，她准会写小说；如果她出生于一五二七年，她决不会写。不过，她出生于一六二七年，那一时期，女人写书虽然可笑，但写作书信没有什么不体面。于是，渐渐打破了沉默；我们便听到了灌木丛里走动的沙沙声；我们在英国文学里第一次听到男人女人围炉聊天。

但是，书信写作初期的写作法，不是以后用于许许多多令人愉快的书里的那种写作法。男人和女人都用合乎礼节的称呼：先生，女士；语言仍然不丰富，僵硬，不能很快而随意地迁回曲折写上半张信纸。书信写作法，往往是乔装的散文写作法。虽然如此，一个女人用这种写作法不会失去自己的女性特色。这种写法，可以随时抽空写，在父亲的病榻边写，被多次打断之后写，不会引起可以说是匿名的评论，而且往往以适于某种有用的目的为借口。这些现在大部分遗失的无数的书信，其中所含的观察力和智力，后来以颇不相同的形式出现于《伊芙莉娜》和《傲慢与偏见》。这些书信不过是书信，但有些自豪也有助于书信形成一种文学形式。多萝西在写作上颇下功夫，尽管她没有承认，而且，对写作的性质有见解："……大学者们不是最好的作者（我指的是写信，写书，他们也许是）……我认为，一切书信都应该像谈话那样无拘无束。"她跟她的一个老叔看法一致，老叔的秘书因为说"下笔于纸上"而不是简单地说"写"，他就拿起墨水缸朝秘书头上扔过去。然而，她考虑到无拘无束也有限度：

"……好多有趣的事混在一起"说出来比写信更合适。于是，我们获得一种不同于任何其他形式的文学形式，如果多萝西·奥斯本允许我们这样称呼它，但是，很遗憾，看来它似乎永远离开我们。

就多萝西·奥斯本来说，当她在父亲的床前，或壁炉边，写满一张张大纸时，她是一个读者，而且是一个挑剔的读者，严肃而戏谑地，郑重而亲密地记下生活情况，这是小说家办不到的，历史学家也办不到。既然她有责任经常把她家里发生的事告诉她的爱人，她必须把那位庄严的贾斯蒂尼安·艾沙姆爵士——她称他为所罗门·贾斯蒂尼安爵士写几笔；这位自负的鳏夫，有四个女儿，在北安普顿郡有一栋阴暗的大宅，想娶她。"天哪，既然我已托人把他那封拉丁文信给你了，我还说什么，"她叫道，因为他在信里跟一个牛津的朋友谈了她的情况，还特别称赞她，说她"能陪他聊聊"；她还得把过分担心自己健康的表兄莫尔写几笔，一天早上，他醒来，担心得水肿，急忙到剑桥去看医生；她还得把自己描绘一下，晚上，她在花园漫步，闻着"茉莉花"香，"但我并不愉快"，因为邓波尔没有跟她在一起。为了让她的爱人开心，她把偶然听到的任何闲话，都写信告诉他。例如，森德兰夫人竟屈尊下嫁把她当公主看待的没有头衔的史密斯先生，贾斯蒂尼安爵士认为这为妻子们开了一个坏的先例。可是，森德兰夫人跟谁都说，她嫁给他，是出于同情，多萝西评论道，这"是我听过的最令人同情的话"。不久，我们对她所有的朋友都有相当的了解，便极想知道以后的任何情况，以补充正在我们想象中形成的形象。

我们对十七世纪贝德福德郡的社交界，时断时续地看一眼，的确更吸引人的兴趣。他们——贾斯蒂尼安爵士和黛安娜夫人，史密斯先生和他的伯爵夫人——来来去去，我们不知道什么时候，或能不能再听到他们的消息。尽管这些事有很大偶然性，但这本《书信集》，像一切天生的书信作家的书信一样，提供了自己的连续性。那些信让我们感到我们坐在多萝西内心的深处，在盛装游行队伍的中心，那队伍随着我们一页一页阅读而展开。不容置辩，她在书信写作方面的天赋，比机智，或才华出众，或应酬权贵，更为重要。凭藉无须着力或强调即显出本色的笔调，她把这些零星的信息淹没在她自己的个性的奔流中。这是一种既吸引人，又有点朦胧的性格。随着一句句看下去，我们跟这一性格的联系越来越密切。

她很少显示与她的年龄相称的妇女的美德。她根本不谈缝纫或烤面包。她的气质有点懒散。她漫不经心地浏览了大量法国爱情故事。她到外间草地去逛一逛，有时停一下，听听挤奶姑娘唱歌；她也到在一条小河边的公园里去散散步，"我在那里坐下，要是你在我身边就好了"。她跟别人在一起时，往往陷入沉默，在炉边做梦，直到也许有人谈到飞行，才惊醒，便问他们对飞行谈了些什么，引得她哥哥大笑起来，因为她曾经有过这个念头，要是她能飞行，她就能和邓波尔在一起了。她有严肃、忧郁的血统。她母亲常说，她那样子，就仿佛她所有的朋友都死了似的。他感到命运，命运的专横，世事皆空，徒劳无益，因而心情郁闷。她的母亲和姐姐也是严肃的女人，姐姐以她的书信闻名，喜欢有人做伴，但更喜欢书；母亲"别人认为她跟英格兰大多数女人一样聪明"，但好嘲讽。"在我有生之年看到，几乎不可能认为人们比他们实际上更坏，你们也会看到"——多萝西还记得她母亲说这句话。为了消愁解闷，她自己不得不到埃普索姆那儿的矿泉去旅游，喝矿泉水。

由于这样的气质，她的幽默自然表现为嘲讽，而不是妙语警句。她爱嘲弄她的爱人，也爱对夸耀风气和繁文缛节冷嘲热讽一番。她嘲笑以出身自傲。那些摆架子的老头，是她讽刺的极好的话题。沉闷的布道让她发笑。她看透了酒会和宴会；她看透了繁文缛节；她看透了世态和炫耀。尽管有这样敏锐的洞察力，也有她没有看透的。她害怕世人嘲笑，怕得直退缩，心理上不大正常。姑姑、婶婶们的干预，兄弟们的专横，使她感到愤怒。"为了躲开他们，我宁愿住在一棵空心树里。"她说道。一个丈夫当众吻他的妻子，在她看来，"虽不雅观，别人倒是想看"。不论别人称赞她美或机智，正如不论"他们认为我的名字叫伊丽莎，或多儿"一样，她都不在乎，但是，只要听到一点关于她的行为的闲话，就会使她发抖。于是，等到终于要当着世人的面证明她爱一个穷人而且准备嫁给他的时候，她却办不到。"我承认，我的性情不容忍我任人轻蔑。"她写道。她就是"住在一个小天地，只要适合我这种身份的人，哪怕再小，也会心满意足"，但她不能忍受嘲笑。她避开可能引起世人对她指责的任何过度行为。这是邓波尔有时责备她的弱点。

随着一封接一封的书信，邓波尔的性格显得越来越清楚——这证明多萝西作为通信人的天才。

一个出色的书信作者能绘声绘色地写出读信人的特点，我们读这个人的信，就能想象出另一个人。当她争论，摆道理时，我们听到了邓波尔的声音，几乎跟我们听到多萝西自己的声音一样清楚。他在很多方面与她相反。他反驳她的忧郁，使她说出她的忧郁；他反对她不喜欢结婚，让她为她不喜欢结婚辩护。他们俩，邓波尔要强壮，实际得多。不过，也许有点什么——有点严厉，有点自负——证明她哥哥不喜欢他有道理。他认为邓波尔是"最傲慢专横无礼恶劣的人"。但是，在多萝西眼里，她的其他追求者没有一个有邓波尔那些品质。他不仅不是乡绅，也不是装腔作势的治安法官，也不是见女人就追的好色之徒，也不是有旅行经验的法国人；如果他是这种人当中的任何一种，多萝西由于对可笑的事物特敏感，决不会要他。

对她来说，他有些魅力，有些同情心，其他追求者则没有；她不论想到什么事，都可能写信告诉他；她对他态度最好；她爱他，尊敬他。然而，她突然宣布，她不会跟他结婚。她的确强烈反对结婚，还列举一个个失败的例证。她认为人们在结婚前彼此了解，会导致婚姻破裂。热情是我们的一切情感中最残酷最专横的。热情使安妮·布朗特夫人成为"街谈巷议的谈资"。热情毁了可爱的伊莎贝拉夫人——嫁给"那个禽兽，尽管他有财产"，她的美丽有什么用？由于她哥哥一怒之下要拆散他们，邓波尔的嫉妒，而她自己也害怕别人嘲笑，她只愿让她"早点进坟墓"。邓波尔克服了她的顾虑，藐视她哥哥的反对，这在很大程度上归功于他的性格。然而，我们不能不为此感到非常遗憾。她跟邓波尔结婚之后，就不再给他写信了。书信几乎立刻终止。

多萝西营造的整个世界消失了。这时，我们才认识到那个世界多么完满、热闹、活跃。她在邓波尔的深情的温暖下，她下笔行文不再僵硬。她在父亲的床边半睡半醒地写，抄起一张旧信在背面写，虽然保持着跟她年龄相称的尊严，但终于能自如地写黛安娜夫人全家，艾沙姆全家，写她的姑姑、婶婶、伯伯、叔叔——他们如何来，如何去，说些什么，不管她觉得他们沉闷、可笑、迷人，或跟平常差不多。不仅如此，还把心里的话告诉邓波尔，暗示了更深的关系，更隐秘的心情，这给她的生活带来冲突，也带来安慰——她哥哥的专横；她自己的易怒和忧郁；晚上在花园散步，坐在河边想得出神，盼信就得到信这些温馨的感受。这一切都发生在我们身边；我们深深陷入了这个世界，领会了它的种种暗示，就在这时，这一幕被遮住了。她结了婚，她的丈夫是一个很有前途的外交家。她不得不追随他的幸运，到布鲁塞尔，到海牙，到幸运召唤他去的任何地方。生了七个孩子，七个孩子"几乎都死在摇篮里"。曾经嘲笑过夸耀，繁文缛节，喜欢独处，希望住在与世隔绝的地方，"在我们的小屋里白头偕老"的那位姑娘，竟注定了要尽无数义务、责任。她丈夫在海牙有一栋有华丽的餐具橱的大宅，现在她是这里的女主人。在他困难重重的外交生涯中，她是为他分忧的密友。如有可能，她就留在伦敦催讨拖欠他的薪水。当她的游艇升火航行时，那位国王说道，她表现得比船长还勇敢。一个大使的妻子应该干什么，她就干什么；一个退休的男人的妻子应该干什么，她也干什么。后来，他们遭遇不幸——一个女儿死了；一个儿子，也许因为继承了他母亲的忧郁，往他的靴子里塞满石块，跳进泰晤士河。一年年这样过去了，过得很充实，很活跃，很苦恼。但是，多萝西仍保持沉默。

一个陌生的年轻人终于来到穆尔庄园，是她丈夫的秘书。他很难相处，不礼貌，易怒。不过，正是通过斯威夫特的眼睛，我们才再次看到多萝西晚年的生活。斯威夫特称她为，"温和的多萝西娅，安详，明智，而且了不起"；但这道光却照见一个幽灵。我们不认得那位沉默的夫人了。过了这么多年之后，我们无法把她和那个向她的爱人倾吐衷肠的少女联系起来。

"安详，明智，而且了不起"——我们最后一次遇见她时，她根本不是这种人，再说，我们虽然对这位把丈夫的事业当作自己的事业的可钦佩的大使夫人非常尊敬，但有时我们倒宁愿以"三国同盟"所获得的全部利益和"尼米根条约"所得到的全部光荣，换取多萝西后来没有写的书信。

（石永礼　译）

※　《多情客游记》

《项狄传》虽是斯特恩的第一部小说，却写于许多人已写了第二十部小说那一时期，即写于他四十五岁的时候。不过，这部小说已处处显得成熟。没有一个年轻作家敢于如此冒失地违犯文法、句法、意义、分寸以及小说写作法那年深日久的成规。敢于用反传统的文体冒犯文人雅士，敢于以离经叛道触怒德高望重者，冒这样的风险需要中年人那份很强的信念和对指责满不在乎的态度。但风险冒了，却获得令人惊奇的成功。大师们，吹毛求疵的读者，全都着了迷。斯特恩成了市民的偶像。不过，在欢迎这部小说的格格笑声和喝彩声中，还听到一般头脑简单的读者的抗议声：这是一个牧师的丑闻，约克大主教起码应该给予谴责。大主教似乎没有采取任何行动。不过，斯特恩却把这批评记在心里，虽然几乎不流露于言表。

自《项狄传》出版以后，他内心也很痛苦。他热恋的人伊莱扎·德雷伯已乘船到孟买回到她丈夫身边。斯特恩决定在他的下一部书中，实现他已经发生的变化，并证明他不但才智卓越，而且多么善感。用他自己的话来说，"我写这本书的意图是，教我们更加爱这个世界和世人"。正是在这样一些动机的激励下，他开始写他称之为《多情客游记》的短暂的旅法之行。

如果说要斯特恩改正他的处世态度是可能的，那么要他改正他的文风却办不到。这跟他的大鼻子和那双明亮的眼睛一样，是他身体的一个组成部分。一读到开篇第一句话——这种事，我说道，在法国就安排得比较好——我们就迈进了《项狄传》的世界。在这个世界里什么事都可能发生。这支敏捷得令人吃惊的笔在英国散文那密实的篱笆上切开一道口子，我们简直不知道什么样的打趣、嘲弄与诗意不会突然透过这道口子闪现。斯特恩本人要负责任吗？尽管这次他决心以他最端正的态度来写，难道他知道下文要说什么？那跳跃的，不连贯的句子，来得跟口才极好的人说出的话一样快，也似乎一样不受节制。即使断句，用的也是说话的，而不是写作的标点法，因而带上说话人的声腔和关联。那些想法的次序，突如其来，不相关联，多忠实于生活，而不是文学。这样的交谈有一种谈私房话的性质，容许随口说的话不受谴责，如果当众说这种话，雅不雅就难说了。在这种特殊的文体影响下，这部书变得半透明。

使读者和作者隔开一定距离的一般礼节上的成规旧套，消失了。我们跟生活再接近不过。

认为斯特恩仅仅靠了运用极端的手法和巨大的努力才造成这种错觉，那显然是没有查阅他的手稿得到证实。因为，虽然作家们常有这样的信念，相信准能设法把写作上的成规旧套抛开，像说话那样直接跟读者谈话，但任何作过这种试验的人，不是被困难吓呆，就是中途受阻而陷入无法形容的杂乱和冗赘。斯特恩竟做到这一惊人的结合。似乎没有一部作品能那样：

准确地恰好流进个人的大脑的皱褶，既表达它不断变化的情绪，又回应它最轻微的一时的奇思异想和冲动，竟表达得丝毫不差，又从容不迫。最高的流动性总是跟最高的持久性并存。这就好像潮水冲过海滩把每个涟漪和漩涡刻在大理石似的沙上一样。

的确，也没有人比斯特恩更需要表达自己的自由。既然有的作家的才能是非人格的，就会有个性，比方说，托尔斯泰，能创作一个人物，让我们单独跟它在一起，而斯特恩一定要亲自到场，帮助我们进行交流。如果从《多情客游记》把我们称之为斯特恩自己的东西全抽掉，那么《多情客游记》就所剩无几，或空无一物了。他没有珍奇的见闻可谈，也没有言之成理的哲学可讲。他告诉我们，"我冒冒失失离开伦敦，从未想到我们在跟法国打仗"。无论绘画、教堂或乡村的苦难和幸福，他都无话可说。他的确是在法国旅行，但那道路常常经过他自己的头脑，他主要的历险，不是碰上盗匪，攀登悬崖，而是他内心的感情的历险。

改变观察的角度，这本身就是大胆的革新。迄今，旅行者已注意到比例和透视的某些规律。在任何一本游记中，大教堂总是宏伟的建筑，在它旁边的人，总是适当缩小的渺小形象。但斯特恩能完全不提大教堂。一个拿着绿缎子钱包的姑娘可能比巴黎圣母院重要得多。他似乎暗示，这是因为没有普遍的价值标准。一个姑娘也许比一座大教堂更有意思；一头死驴比一个活的哲学家更有教育意义。这全是个人的看法问题。斯特恩的眼睛作了这样的调整，在他看来，小东西常常显得比大东西还大。

他从一个理发师提到他的假发的发鬓那番谈话，而不是从法国政治家的夸夸其谈中，了解了法国人的性格。

我认为，我能在这类鸡毛蒜皮的小事而不是在重大的国事上看出民族性的明确而显著的特点；因为各国的大人物谈来谈去都是那一套，千篇一律，我才不愿意花九便士在他们当中挑选呢。

因此，如果你希望像一个多情游客那样抓住事物的本质，那么你不应当白天到大街上去，而应当到黑胡同里无人注意的背静处去寻找那本质，你应当练出那种能把几种脸色和举动译成普通话的速记法。这是斯特恩长期练出的本事。

就我来说，由于长期养成的习惯，我总是不自觉地这样做，至于一到伦敦街上，我就边走边翻译；我不止一次站在人圈后面，还没有听上三个词，我就带着二十句不同的对话走了，我能如实地将这些话记下来，保证无误。

斯特恩就是这样把我们的兴趣由事物的外部引向内部。查导游手册没有用，必须请教我们的头脑，只有它才能告诉我们一座大教堂、一头驴、一个带绿缎子钱包的姑娘比较重要的意义是什么。斯特恩宁愿走大脑那弯弯曲曲的小路，而不愿请教导游手册，走它指引的平坦大道，就这方面来说，唯独斯特恩属于我们这一代。就斯特恩关心无声胜于语言而论，他是现代派的先驱。由于这些原因，他跟我们当代人的关系，比他的伟大的同时代人理查逊和菲尔丁跟我们的关系要亲密得多。

然而，有所不同。斯特恩尽管对心理学感兴趣，但他比以后变得灵巧而深刻的、多少是干伏案工作的这一学派的大师们要灵巧得多，但不那么深刻。无论他用的方式方法多么任性、忽东忽西，他毕竟在讲故事，在旅行。我们尽管走了不少岔路，我们还是在不多几页的篇幅内走完从加来到马丹这段路。他虽然对他观察事物的方式感兴趣，但事物本身也引起他强烈的兴趣。他的选材是任性的、个人的，但没有一个现实主义作家对一时的感受能比他处理得更妙。《多情客游记》是一系列画像——修士，夫人，卖点心的骑士，在书店里的姑娘，穿上新紧身裤的拉弗勒——是一系列场景。虽然这漂浮不定的心思飞起来，像蜻蜓一样，忽东忽西，但不能否认，这只蜻蜓有它的飞法，它随意挑选花朵，也总是因为花朵那精美的谐和，或辉煌的不谐和。我们一会儿笑，一会儿哭，一会儿鄙视，一会儿同情。眨眼间，我们就从一种心情转变为相反的心情。这种不看重公认的现实，这种忽视有条理的叙述，几乎容许斯特恩像诗人那样放纵不羁。斯特恩所用的语言，一般小说家即使能掌握，但在他的书上看起来就显得怪里怪气，难以容忍，斯特恩却能用以表达一般小说家必然会忽视的思想。

我穿着灰尘仆仆的黑外衣，严肃地走到窗前，从玻璃窗向外望，只见所有的人都穿着黄色、蓝色、绿色的服装，奔去"抢铁环"——老头们手持断矛，戴着丢了面罩的头盔；年轻人则穿着金光闪闪的盔甲，个个装饰着东方的花哨的羽毛，所有的人都挥着枪抢那个环，就像古时候那些入了迷的武士为了名誉和爱情上了比武场一样。

在斯特恩的作品中，有不少这种纯粹是诗的片段。你可以把它们从正文中剪下来单独欣赏，然而，因为斯特恩是善于运用对比的大师——它们在书上肩挨肩很和谐地排在一起。他的清新，他的轻松愉快，他那出人意外，使人大吃一惊的无穷的力量，正是这些对比的结果。

他把我们领到心灵的悬崖绝壁的边缘，我们往那深渊才瞟上一眼，又突然让我们转过身，看另一边绿草如茵的牧场。

如果斯特恩使我们难受，那另有原因。这里，至少有一部分责任在读者——受到震惊的读者，那些在《项狄传》出版之后，大叫作者玩世不恭，应该扒下他的牧师袍的读者。很遗憾，斯特恩认为有必要回答。

因为我写了《项狄传》，（他向谢尔本爵士说道）大家就认为本人比项狄更项狄……如果有人认为这（《多情客游记》）是不洁的书，可怜那些读过它的人，因为他们一定有活跃的想象力，没错！

因此，我们决不容许忽略《多情客游记》的这一点，斯特恩首先是敏感，同情，仁慈；首先是他对举止得体与人心的淳朴高度评价。不过，一个作家直接去证实自己有这样那样的品质，就会引起我们的怀疑，因为，对他希望我们在他身上看到的这种品质，强调得过分了一点，反而使其粗俗，油彩过重，这样，我们得到的不是幽默，而是滑稽；不是感情，而是感伤情调。这里，我们不是相信斯特恩的心有多么温柔——这在《项狄传》中是不容怀疑的，而是开始对此怀疑。因为我们感到斯特恩考虑的不是这件事本身，而是这件事对我们对他的看法的影响。一群乞丐围着他，他给那个羞怯的穷人的钱比他原来打算给的多。他不只是关注乞丐，也关注我们，看着我们是否赏识他的善心。他把这一结论，"我认为，他比他们都更感谢我"，置于这一章的末尾，更强调了这一用意，使我们感到甜得腻人，像杯底剩下的糖脚一样。

的确，《多情客游记》的主要缺点，是因为斯特恩关心得到我们对他的心地的好评而造成的。这部书，尽管很出色，总有点单调，好像作者生怕他哪天生的多种多样与生动活泼的趣味开罪于人而克制住似的。把心情压制为一味仁慈、温柔、同情，显得不自然。人们怀念《项狄传》的多姿多彩，活力以及脏话。他关心他的敏感性，反倒挫伤了他天生的锐气，叫我们去看那些一动不动站在那里让人看的谦虚、淳朴和美德，看得太久了一点。

不过，使我们反感的是斯特恩的感伤情调，不是他的不道德，这说明我们的趣味发生了变化。在十九世纪的人看来，斯特恩作为丈夫和情人的行为玷污了他的一切作品。萨克雷义愤填膺地抨击他，大叫大嚷，"斯特恩写的东西，每一页都少不了以删去为妥的东西，那是潜伏的堕落，如一种不道德行为的暗示"。我们现在看来，维多利亚时代的小说家们的狂妄自大，似乎至少也跟这个十八世纪的牧师的不忠实一样该受到谴责。维多利亚时代的人为他的虚情与轻浮，深为惋惜，现在看来，正是在这里，那种把人生的艰辛化为哈哈一笑的勇气，那种绝妙的表现手法，要明显得多。

《多情客游记》尽管多变而风趣，但的确在根本上是以一种哲理为基础的。在维多利亚时代，这的确是一种相当不合时尚的哲学——享乐的哲学。这种哲学认为，在小事上如同在大事上一样，必须行为良好，认为即便是让别人享乐，似乎比让他们受罪更好。这个无耻之徒竟然有那么大的胆子敢于供认"我这一辈子几乎总在恋爱，不是爱这位女王，就是爱另一位女王"，又补充道，"而且希望能一直爱到死，因为我坚信，要是我竟干出卑鄙的事，那准是在一次热恋和另一次热恋之间的空当。"这个坏蛋竟然有那么厚的脸皮敢于借他的一个人物的口大叫，"快乐万岁……爱情万岁！肉体爱万岁！"尽管他是个牧师，在他看法国农民跳舞时，竟然毫无虔敬之心，敢于动这样的念头，认为他能看出一种昂扬的精神状态，不同于单纯寻欢作乐的因或果那种精神状态。——"简言之，我认为我看到宗教掺和在舞蹈里了。"

对一个牧师来说，看出了宗教和娱乐的关系，是够大胆的。就他的情况而论，奉行享乐的宗教有许多要克服的困难，这也许可以为他辩解。如果你已经不年轻，如果你负债累累，如果你的妻子难以相处，如果你坐着驿车在法国寻欢作乐，你随时会死于肺病，那么，寻求快乐毕竟不那么容易。但仍然必须寻求。必须像跳芭蕾舞似的在世界上到处转动，到处瞧瞧，这儿调调情，那儿施舍几个铜板，在能找到有阳光的地方，哪怕很小一块，坐一坐。必须开开玩笑，即使那玩笑有伤大雅。即使在日常生活中，也必须记住要叫一声"万福，你这生活上讨人喜欢的小殷勤，因为你为生活铺平了道路！"必须——说得够了；这不是斯特恩喜欢用的词有在你放下书来想一想，在生活中各个不同的方面，它显得那么匀称、有趣与尽情的欢乐，把这些传达给我们的手法，又是那么潇洒自如，那么美，只有在这时，你才相信这位作者有信念作支持他的脊梁骨。萨克雷不是懦夫吗？——他那么不道德地玩弄那么多女人，在他本该躺在病床上或写布道文的时候，却在金边纸上写情书——难道他不是他那种方式的斯多葛派，不是道德家，教师吗？毕竟大多数伟大的作家都是。而且我们不能怀疑斯特恩是个很伟大的作家。

（石永礼 译）

※ 奥罗拉·利

从一种可能使布朗宁夫妇开心的时髦的具有讽刺意味的情况看来，他们本人现在的知名度可能远比他们历来在文学上的知名度高。一对热恋的情人，鬈发，脸上留胡子，受压，大胆反抗，私奔——许许多多做这种打扮的人一定知道而且喜欢布朗宁夫妇，虽然从未读过他们的一行诗。多亏我们写回忆录、出版书信，和坐着照相的现代风气，那批有才华，很活跃的作者，不仅照旧存活于文字，本人也存活下来；不仅由于他们的诗，也由于他们的帽子而著名；照相术对文学手法造成多大的损害，还需评估。在我们能读到一个诗人的生平时，我们读他的诗会读到什么程度，这是摆在传记作者面前的一个问题。同时，谁也不能否认布朗宁夫妇能引起我们的同情，引起我们的兴趣的力量。也许美国大学的两位教授每年对《杰拉尔丁小姐的求爱》看上一眼；但是，我们都知道，巴雷特小姐如何躺在她的沙发上；她如何在九月的一天早上逃离温波尔街那栋黑暗的房子；她如何迎接健康、幸福和自由，而罗伯特·布朗宁在那个拐角处的教堂里。

不过，命运一直未善待作为作家的布朗宁夫人。没有人读她的诗，没有人讨论她的诗，没有人为安排她的地位操心。有人仅仅为了探索她的没落而把她的声誉和克里斯蒂娜·罗塞蒂的声誉作对比。克里斯蒂娜·罗塞蒂在英国女诗人当中不容反驳地高居首位。伊丽莎白在世时她那么大受欢迎，却越来越远地落在后面。那些入门书，傲慢地把她排斥在外，声称，她的重要性"现在仅成为历史上的。无论教育或跟她丈夫的交往，对她在文字的价值和形式感方面的教导，都未能成功"。简言之，在文学的大厦里安排她的唯一地方，是在楼下仆人住的下房，跟赫门兹夫人、伊莱扎·库克、琼·英格洛、亚历山大·史密斯、埃德温·阿诺德以及罗伯特·蒙哥马利在一起；她把陶器碰得乒乓响，在刀尖上吃豆子，大把大把地吃。因此，如果我们从书架上取出《奥罗拉·利》，与其说是为了阅读，屈尊俯就地赏玩这一从前时髦的纪念物，不如说为了玩一玩祖母的斗篷的穗边，赏玩曾经摆在客厅桌上作装饰的那些泰吉·马哈陵的石膏模型。但对维多利亚时代的人来说，这本书无疑很宝贵。到一八七三年，《奥罗拉·利》印了十三版。从该书的献辞判断，布朗宁夫人并不害怕说，她非常重视它——她称它为，"我的著作中最成熟的一部，而且是融入了我对人生和艺术的最高信心的一部。"她的书信表明，多年来她一直想写这部书。在她跟布朗宁初次相遇时就在考虑了，她想写这部书的意图形成了这对情侣很高兴共有的关于他们写作的最初那些信心。

目前，我的主要意图（她写道）是写一种诗体小说……冲进惯例，习俗当中，闯入客厅之类"天使不敢涉足的地方"；于是，没有假面掩盖，面对面跟时代的人性相见，把人性的真实明明白白讲出来。这是我的意图。

但是，由于后来才明白的原因，在这出逃和幸福的令人惊异的十年中，她一直在为她的意图作积累；一八五六年，这部书终于出版时，她很可能感到，她对它倾注了她必须给予的最好的东西。这积累和引起的渗透，也许和等待我们的惊喜有关。

无论如何，我们看了《奥罗拉·利》头二十页之后，不能不发觉，我们马上被那个古代的水手抓住，因为不知道什么原因，他在一本书而不是另一本书的门廊前徘徊不去；当布朗宁夫人在九卷的无韵诗里倾诉奥罗拉·利的故事时，我们不由得像三岁的孩子那样听着。速度和活力，坦率和完全自信——就是这些品质把我吸引住。由于受其控制，我们得知，奥罗拉的母亲是意大利人，"她那双罕有的蓝眼睛，她才四岁时，就闭上，再也看不见她了"。她的父亲是"一个严厉的英国人，在家攻读学院的学问、法律以及跟教区居民谈话度过枯燥的一生之后，被不知什么热情所席卷"，但也死了，便把这孩子送回英格兰，由一位姑母抚养。出自名门利氏家族的这位姑母，穿着黑衣服，站在她的乡间邸宅门厅的台阶上接她。她那有点狭窄的前额被斑白的棕发束得紧紧的，有一张紧闭的温和的嘴；眼睛没有颜色；脸颊像压在书里的玫瑰，"与其说为了好玩，不如说为了怜悯而保存的，——如果说不再开了，也不再褪色"。这位夫人过着平静的生活，把她基督教徒的才能用于织长袜，缝胸衣，"因为我们毕竟是一个家族，要用同一块法兰绒"。在她的监护下，奥罗拉忍受着人们认为适宜于女人的教育。她学过一点法文，一点代数；缅甸帝国法律；哪几条可通航的河流与拉腊河汇合；公元五年克拉根福进行过什么人口调查；也会画衣服披得雅致的海中女神，会抽玻璃丝，会做鸟的标本，会做蜡花。因为这位姑母喜欢女人要有女人气。有一天晚上，她绣十字，由于选错了丝线，绣了一个粉红色眼睛的牧羊女。热情的奥罗拉叫道，在这种妇女教育的折磨下，有些女人死了，有些憔悴了；少数像奥罗拉那样"跟精神世界有关系"的女人，活下来，但举止要端庄，对她们的表兄弟有礼貌，听牧师讲道，倒茶。奥罗拉幸而有间小屋。糊了绿色墙纸，铺了绿色地毯，还有绿色帐幔，仿佛要跟英国乡下的乏味的绿色原野相称。她在这里睡觉；在这里看书。"我发现了一间顶楼屋的秘密，那里放着有我父亲名字的箱子，一大箱一大箱堆得高高的，从那里偷偷地进进出出……像一只灵活的小老鼠在一个乳齿象的肋骨之间。"她不断阅读，阅读。

这只老鼠的确（布朗宁夫人的老鼠就是这样）飞走了，翱翔于云天，因为，"不如说，那时我们欢欣鼓舞得忘了自己，心灵冲前地一头扎进书的深处，为它的美和真知灼见而深受感动，那时，我们才从书上获得真正的益处"。于是，她不断阅读，直到她表兄罗姆尼来，跟她去散步，或者，那位画家文森特·卡林顿敲敲窗子，"他认为，你含蓄地画出心灵，才算把身体画好，人们并不因此认为他异想天开"。

对《奥罗拉·利》第一卷作这样草率的概括，对它当然不公平；不过，尽管我们按照奥罗拉的忠告，心灵冲前，一头扎进去，大口吞下原著之后，发觉我们陷入困境，必须作一些尝试，把许许多多印象清理一下。其中第一种，也是最普遍的印象，是感到作者在场。通过奥罗拉这个人物的声音，我们听到伊丽莎白·巴雷特·布朗宁的境遇、特点。布朗宁夫人像她不能控制自己一样，不能隐藏自己，这无疑是艺术家有缺憾的标志，但也是生活过分影响艺术的标志。在我们读过的篇章中，奥罗拉这个虚构的人物似乎一再阐明伊丽莎白这个真人。必须记住，她想到写这部诗时，是在四十年代初，那时女人的写作和女人的生活不自然地紧密相关，因此，即使最严厉的评论家，如果他注意阅读，就不可能不常常接触作者本人。大家知道，伊丽莎白·巴雷特的生活，具有影响最真实而独特的才能的性质。她的母亲在她幼小时即去世；她最爱的哥哥淹死；她的身体衰弱；由于她父亲的专横，她被禁闭在温波尔街一间卧室里，几乎像修道院似的与世隔绝。不过，还是不要重述那些众所周知的事实，最好读一读她亲口叙述的那些事实对她的影响。

为了一种强烈的感情，我仅仅在内心，或忧郁地过日子。在我由于生病与世隔绝之前，我仍然与世隔绝，世界上最年轻的女人当中对社会的阅历与了解，不如现在已说不上年轻的我的人不多。我在乡下长大——我没有社交的机会，一心一意看书，读诗，体验沉思冥想……时间这样过去。后来，在我生病之后……再也没有希望（有一个时期看来是这样）迈出一间屋的门口；那么，我就痛苦地思考……我茫然地站在我要离开的这座圣殿里——我没有见识过人性，对我来说，世上的兄弟姐妹不过是一些名字，我没有见过大山或河流，其实什么也没有见过……你也知道，这样无知对我的写作有多么不利！要是我还这样生活下去，还没有逃离这与世隔绝的地方，你为什么没有发觉我在特别不利的条件下工作——我有点像个盲诗人？当然，有一定的补偿。我常常体验内心生活，由于自我意识和自我分析的习惯，我从整体上对人性作了许许多多猜测。但是，作为一个诗人，我真想拿这些笨重的、冗长的和无助的书本知识，换取一些关于生活和人的经验，换取……

她点了几个点，便中断了，我们可以趁她暂停再来讨论《奥罗拉·利》。

她的生活对她作为一个诗人造成了多大的损害？不能否认，极大。因为，当我们翻阅《奥罗拉·利》或《书信集》时——往往彼此回应——很清楚，在这部写真实的男女的快速而混乱的诗里自然表达出来的心灵，不是得益于孤独的心灵。一个充满感情的，一个学者的，一个苛求的心灵，可能利用与世隔绝和孤独以完善它的能力。丁尼生仅仅要求在乡间深处与书为伴。但是，伊丽莎白·巴雷特的心灵是活跃的、世俗的与讽刺的。她不是学者。书对于她，不是目的本身，而是生活的代用品。她匆匆阅读，是因为不许她到草地上跑动。她竭力钻研埃斯库罗斯或柏拉图，是因为她不可能跟活着的男女辩论政治。她生病时最爱看的书是巴尔扎克、乔治·桑以及其他"不朽的不守礼法者"，因为"他们在我的生活中多少保持了那种特色"。当她终于逃离那个牢笼时，没有比她投入当时的生活那份热情更引人注目。她爱坐在咖啡馆里观看过往行人；她喜欢辩论、政治以及现代世界的斗争。她对那位媒体休谟先生的理论或法国皇帝拿破仑的政治不大感兴趣，更不要说历史或遗迹，甚至意大利的历史和意大利的遗迹。当她的头脑关注真实情况时，意大利的画和希腊的诗，在她心里引起一种不得体的传统的热情，与她原来独立的头脑形成奇怪的对比。

她天生的爱好既然如此，那么，即使在病房深处，她也关注作为诗的一种主题的现代生活，就不足为奇了。她聪明地等待，等到她的出逃给她一些知识和比例。不过，多年的与世隔绝对她作为一个艺术家造成了不可弥补的损害，这是不容怀疑的。她被隔离之后，便猜测外边的情况，也不可避免地扩大室内的情况。失去弗拉什那条小狗对她的影响，如同失去孩子可能对一个女人的影响一样。常春藤拍打窗玻璃，成了树木在狂风中摔打。一切声音都被扩大了，一切事情都被夸大了，因为，那病房太寂静，温波尔街极单调。当她终于能够"闯入客厅之类的地方，没有假面掩盖，面对面跟时代的人性相见，把人性的真实明明白白讲出来"时，她太虚弱，经不起这种震惊。平常的日光，一般闲谈，人们普通的交往，都使她精疲力竭、狂喜和眼花缭乱，陷入这样一种状态，她看得太多，感受太多，以致她完全不知道她感受到什么，或看到什么。

因此，《奥罗拉·利》这部诗体小说，不是一部杰作，虽然它可能成为杰作。或者不如说是一部在萌芽的杰作；一部尚处于出生前等待创造力做最后一次努力使其出世的时期的、才气四溢起伏不定的作品。它既令人鼓舞又令人讨厌，既笨拙又雄辩，既奇形怪状又精美，时而使你十分感动，时而使你迷惑；不过，它仍然博得我们的爱好，引起我们的尊敬。因为，我们在阅读时就明白了，无论布朗宁夫人有什么缺点，她是那种罕见的作家，他们在不依赖他们的私生活，并要求撇开个性考虑的想象的生活里，大胆而无私地冒险。她的"意图"尚存活；她的理论的益处在很大程度上弥补了她在实践中的缺憾。根据第五卷奥罗拉的论据节略，其理论大意如下。她说道，诗人真正的工作，是写他们自己的时代，而不是查理曼大帝的时代。更强烈的激情发生于客厅，而不是罗兰和他的武士们覆没的荆棘谷。"畏避现代的光泽面、外衣或衣裙的荷叶饰边，而大喊大叫要求古罗马的长袍和如画的景色，是不可避免的——也是愚蠢的。"因为有生命的艺术描写，记录现实生活，我们真正知道的唯一生活是我们自己的生活。不过，她问道，写现代生活的诗能用什么形式？不可能用戏剧，因为奴颜婢膝的温顺的戏才有获得成功的机会。再说，关于生活我们（1846）要说的话，不适于"舞台、演员、提词人、煤气灯和服装；我们的舞台现在是心灵本身"。那么，她能怎么办？这个问题很难，演出必然力不从心；不过，至少她写每一页都费尽心血，至于其他"我还是少考虑形式和外表吧。信任心灵吧……让火烧下去，让熊熊的火焰自己成形吧。"于是，那火燃烧着，火焰冒得高高的。

　　用诗写现代生活的愿望，不限于巴雷特小姐才有。罗伯特·布朗宁说，他一生都有这个雄心。科文特里·帕特莫尔的《屋里的天使》和克拉夫的《棚屋》都是这种尝试，比《奥罗拉·利》早几年。这是很自然的。小说家用散文得意洋洋地写现代生活。在一八四七至一八六〇年间，《简·爱》《名利场》《大卫·科波菲尔》与《理查德·费弗莱尔》很快接踵而来。诗人们很可能和奥罗拉·利一起感到，现代生活有一种激情，有它自己的意义。为什么应该让小说家独享这些战利品？为什么应该强迫诗人回到查理曼大帝和罗兰的遥远的时代，回到穿古罗马长袍、景色如画的时代，既然农村生活、客厅生活、俱乐部生活和街道的生活的幽默和悲剧，齐声高呼要求庆祝？诗用以写生活的旧形式——戏剧——的确已经过时；但是，难道没有能够代替它的其他形式吗？由于深信诗的神奇力量，布朗宁夫人尽可能思考，抓取真实的经验，于是，她终于以九卷无韵诗向勃朗蒂们和萨克雷们提出挑战。她用无韵诗歌唱肖尔迪奇和肯辛顿，歌唱我的姑母和牧师，歌唱罗姆尼和文森特·卡林顿，歌唱玛丽安·厄尔和豪爵士，歌唱时髦的婚礼和淡褐色的郊区街道，歌唱女帽、颊须、四轮马车和火车。她叫道，诗人能写这些，跟写武士和夫人、壕沟、吊桥以及城堡宫廷一样好，但他们行吗？

当诗人侵入小说家的领域，给我们的不是史诗或抒情诗，而是一个故事，讲的是维多利亚女王时代中期，许多人的活动和变化以及受到种种利益和热情的激励的生活时，让我们看看这位诗人会遇上什么情况。

首先要有那个故事；必须讲的一个故事；这位诗人必须设法把有人请主人公吃饭这一必要的信息传达给我们。这就是小说家会尽可能平静平淡地传达所作的描述；例如，"正当我很忧愁地吻她的手套时，送来一封便笺，说她父亲致意，请我第二天与他们共进晚餐"。这无伤大雅。而诗人得这样写：

> 我那么悲伤，正吻着她的手套之际，
>
> 我的仆人送上她的短笺，
>
> 说爸爸吩咐她代为致意，
>
> 请我次日与他们共进晚餐！

真是荒唐。把简单几句话写得装腔作势，还加强语气，显得可笑。再说，诗人会怎么处理对话？布朗宁夫人说过，我们的舞台现在是心灵，如她这时所表明的，在现代生活中，舌头已代替了剑。正是用谈话阐明关键时刻人物之间的冲突。但是，如果诗试图按照口头语来写，便受到重重阻碍。不妨听一听罗姆尼在感情激动时向他的旧情人玛丽安谈到她跟别的男人生的那个婴儿所说的话：

> 愿上帝像我待他那样视我如子，
>
> 若我偶然让他有孤儿的感觉，
>
> 也照样遗弃我。我要带上这个孩子
>
> 跟我共命运，在我膝上小睡，
>
> 在我脚旁尽情欢闹，
>
> 在公路上拉着我的指头……

简言之，罗姆尼像任何一个伊丽莎白时代的主人公那样慷慨激昂，滔滔不绝地讲一大篇，尽管布朗宁夫人曾经从现代的起居室那么傲慢地对它们发出警告。无韵诗表明是活的语言的最无情的敌人。被诗的滚滚浪涛托起的谈话，变高了，讲究修辞，充满感情；既然排除了情节，谈话必然不断地谈下去，这时，读者的头脑在单调的节奏影响下发僵，呆滞。布朗宁夫人随着她的节奏的韵律而不是她的人物的情感，不由得开始概括，高谈阔论。迫于她的表达工具的性质，小说家在小说中用以一点一点塑造人物的较细微、较微妙、较隐蔽的情感的差异，她都置之不顾。变化，发展，一个人物对另一个人物的影响全抛到一边。这部诗成了长篇独白，我们知道的唯一的人物，给我们讲的唯一的故事，是奥罗拉·利本人这个人物和故事。

因此，如果布朗宁夫人所说的诗体小说的意思，是这样一部书，其中精细地揭示性格，揭露许多人内心的关系，稳定地展开故事，那么，她完全失败。不过，如果，更确切地说，她是想给我们对生活的总的感觉，对这些人的感觉，他们是明白无误的维多利亚时代的人，为解决他们自己的时代的问题而奋斗，都由于诗的火焰而生辉，而强烈，紧凑，那么，她获得了成功。由于她对社会问题强烈的关心，她作为艺术家和女人的冲突，她渴望获得知识和自由，奥罗拉·利是她的时代的女儿。罗姆尼的确也是一个维多利亚时代中期的有很高理想的绅士，他对社会问题进行过深刻的思考，不幸的是，他在希罗普郡建立了法伦斯泰尔成员住宅区。那位姑母，那些椅背套，奥罗拉逃离的那座乡间邸宅，真实得足以如今在托特纳姆·考特街卖得高价。像特罗洛普或盖斯凯尔夫人的任何一部小说那样，确实抓住了觉得像维多利亚时代的人的那些更广阔的方面，也给我们留下了那样生动的印象。

如果我们把散文小说和诗体小说作比较，的确，胜利决不完全属于散文。这部诗作的一页又一页的叙述中，有十二处小说家会分别平铺直叙的场景被压缩为一处，一页页深思熟虑的描写被熔为一根单线，我们翻阅时不禁感到这位诗人超过了散文作者。

她的诗的内容之充实两倍于散文。如果说它没有在冲突中展现人物，而是把他们剪下来，以类似漫画家的夸张手法加以概括，这些人物也有一种提高的象征的意义，这是用渐进的手法的散文不能与之匹敌的。事物的总的外貌——市场，日落，教堂——由于诗的浓缩和省略，颇为出色，也有连续性，这是对散文作家和他慢慢积累精心描写的细节的嘲笑。由于这些原因，《奥罗拉·利》，尽管有种种不足之处，仍然是一部活着的有其存在价值的书。当我们想着贝多斯或亨利·泰勒爵士的剧本，它们尽管很美，却多么冷落，在我们这个时代也很少有人打搅罗伯特·布里奇斯的古典戏剧的安眠，我们可能会怀疑伊丽莎白·巴雷特受到真正天才的灵机一动的鼓舞，才冲进客厅，说道，这里，我们生活和工作的地方，才真正适合诗人。无论如何，她的勇敢已在她自己的事例中证明是正当的。她那不雅的品位，她那扭曲的机智，她的挣扎，她的攀爬，以及轻举妄动的急躁，在这里有余地任它们折腾得精疲力竭，也不致造成致命伤；而她那充沛的闯劲，她那出色的描绘力量，她那精明而刻薄的幽默，却以她自己的热情感染我们。我们一会笑，一会抗议，一会抱怨——这真荒唐，这不可能，我们再也不能忍受这种夸张——然而，我们仍然受其吸引，直到读完。一个作者还能要求什么？不过，对于《奥罗拉·利》我们所能给的最好的赞美是，它让我们感到迷惑不解，为什么它没有继承人。的确，那街道，那客厅，都是有希望的主题；现代生活值得诗人写。但是，伊丽莎白·巴雷特·布朗宁从卧榻跳起来冲进客厅时扔下的速写还未完成。由于诗人的保守或胆怯，仍然把现代生活的重要战利品留给小说家。我们没有乔治五世时代的诗体小说。

（石永礼 译）

※ 德·昆西自传

　　读者肯定时常有这种印象，很少有名副其实的文艺评论以英文散文形式出现——我们的那些大评论家们把大部分心思都放到了诗歌上。为什么散文难以激发起评论家们的天赋才艺，只会使他就某一点争执辩论，要么就对作家个性评论一番——从某本书中抽出一个主题，就对此空空泛泛漫无边际地展开评论——究其原因我认为或许应该从散文作家对于自己作品的态度中去寻找。即使他作为艺术家的身份来写作，不出自于任何实际意义上的主观目的，他依然会视散文为某种低下卑微的文体，得容纳杂七杂八的琐碎事儿；也是某种不洁净的东西所在，只能成为灰尘、乱枝和苍蝇的栖息之所。然而，散文作家的观点多半有着实际写作目的，为某一理论辩护，或为某一缘由呐喊，于是往往会采纳道德理论家们的观点，得远离那些不熟悉，难以把握，繁复深奥的东西。散文作家的任务是面向现世和人生。他骄傲地称呼自己是新闻人。他得使用最通俗平实的语言，尽可能清楚地表达自己的观点，以平易近人的方式去赢得最大多数读者。因而，他无须像被激怒的牡蛎那样抱怨批评家，倘若他的写作只不过成为其他艺术的养料；也无须惊讶，倘若他的文章如同其他物件由于完成各自的使命，虽然为读者传递过某种信息，竟被扔进垃圾堆。

　　不过，即使在散文中，有时我们也能读到出于其他深切感受写出的文章。它不试图议论什么，甚至不意在讲述某一件事。单从文字本身，我们就能感受到无穷乐趣；我们也不必从字里行间去领受什么教益或者去经历探索作者的心灵旅程。当然，德·昆西就是这样一位不可多得的散文作家。一想到他的作品，我们就不由得体验到某种平静和完美，比如下面这段：

　　"生命完了！"这是隐藏在我内心深处的忧虑；因为孩子的心灵如同最成熟的智慧之士也能感受到对幸福的致命伤害。"生命完了！完了！"这是我在半意识状态下感受到的难言之义，它潜藏在我的叹息中；如同夏季黄昏听到远处传来阵阵钟声，仿佛不时地在空气中充溢着似乎告诫般清晰响亮的言语，缭缭绕绕，经久不息，尽管如此，某种悄然从隐秘处发出的声音似乎仍不断吟唱着一个神秘字眼，只有我的心能够听到——"生命之花从此永远凋零！"

　　这种段落在德·昆西的自传中自然地出现，因为它们容纳了幻象和梦想，而并非行为或戏剧性场景。而且，读他的这类文章不会令我们想到德·昆西本人。如果我们试图分析我们的感受就会发现，我们仿佛在聆听音乐——被触动的是我们的感觉而非大脑。句子的起落立即会给我们以安慰，让我们进入某一境界，去到心灵之幽谷，眼前的一切逐渐淡去，细节渐渐消逝。我们的心胸会因此而宽广起来，安详平静，充满感悟；静静站立，接受德·昆西希望我们领会的那些缓慢而庄重地依次呈现在我们眼前的思想；生命的充实丰美；我们之上，天宇浩瀚雄伟；大地上花朵斗艳争奇，那当儿，他站立在"一扇窗子和一具尸体之间，正值夏日"。立意在这儿并非无基之木，不但枝叶丰茂而且仪态万方。匆忙悸怕，以及欲追求某种永远稍纵即逝的思绪，正好强化了平静和永恒这一氛围。夏日黄昏，晚钟敲响，棕树婆娑，忧郁的风儿永远在低吟，在如此心境下，我们的思潮浮想联翩。情感并没直露；而是借助于不间断的意象在我们面前慢慢地出现，使意义以其错综性和完整性最终被显示出来。

就散文而言，由于被其结局的特点所制约，效果难以体现，而且效果也难以适用于散文。散文没有终点可达，没有尽头。我们并不一定得让我们的直觉或意识感受到夏日炎炎、死亡和永恒以及谁在听，谁在看，谁在感受。德·昆西希望什么也不让我们发现，除了以下描写："婴孩弱小无力，孤立无援地在痛苦中煎熬——一团漆黑，无言的悲愁"，这让我们去领悟，去探究那情感如何深沉。这种状况司空见惯，并不特殊。由此可见，德·昆西同散文作家的旨趣以及他自己的道德观有所冲突。

他的读者被置于主要是感觉的某一复杂意义的支配之下。读者不仅要充分明白不但有一个孩子站在床前，而且还须知道寂静、阳光、花儿、时间的流逝，面向死亡这些事实。仅凭逻辑次序意义上的靠简单文字，上述情感不可能被传达出来；简洁明了不过是滑稽模仿，也会使要表达的意义失真。当然，德·昆西很清楚，作为一个希望能传达这种思想的作家，在他同自己与同代人之间横亘着一条鸿沟。德·昆西从他那个时代所要求的简明、精确语言规范，转而向弥尔顿、杰里米·泰勒和托马斯·布朗爵士学习；学会了如何把长段句子打成卷，伸缩自由，往上堆积，尖端越堆越高。接着，他尤其严格地遵循精确的原则，听凭自己敏锐的耳朵——抑扬顿挫，注意停顿、重复、押韵和准押韵等效果……这一切都是，希望把某一复杂的意义彻底完整地呈现在读者面前的作家职责的一部分。

于是，我们得批评性地考虑这些段落给读者留下的如此深刻的印象，如同我们在丁尼生这样的诗人的作品中所能发现到的。就使用声音而言，他们都同样小心；韵律同样丰富多变；句子长短轻重不一。不过，这些手法已被消解得有一定程度的减弱，被分散到更大空间，于是，从低域向高域依次渐渐转移，我们无须破坏就会到达最高处。要如此就很难强调出如同在诗中那样任何一句话中的特殊性，也很难把某一段落从其上下文中分离出来，因为其效果并非直接表露，有时甚至前面好几页才能找到。还有，德·昆西与其他效仿的语言大师不同，语句突然出现神来之笔并非他的优势；他的魅力在于暗示宏大和全面的幻象；景色从不具体地呈现；面部无特征显现；子夜或夏日的寂静；飞奔的大众的喧嚣和战栗；永远挥之不去的痛楚；绝望中举起双手等。

不过，德·昆西并非只是能写出一些漂亮散文段落的大师；如果仅此而已，他的成就会比现在逊色得多。他也是一位记叙文作家，一位自传作家，倘若我们考虑到在一八三三年，他写了一部自传，表达了他对自传艺术的独特见解。首先他坚信坦率真诚具有极大的价值。

倘若他真能够穿透，甚至对他来说，那总常常笼罩着他自己的行动和缄默缘由秘密的迷雾，将不可能有在智慧的冲击下进行的人生，这种冲动由于其绝对直率和坦诚的力量，不会被某种专注、严肃，有时甚至是令人激动的兴趣所制约。

在自传写作中，他不但明白了客观存在的生活的历史，也理解了更为深沉、更隐秘的情感历程。他还意识到，做出这样的自白并非易事："……广大群众，尽管已从所有自我约束的合理动机中解放出来，可仍然不能彼此信任，推心置腹——他们所能做的是只好冷漠缄默。"无形的链条，看不见的符咒，桎梏自由沟通交流的精神。"因为一个人未必能看见或估量令他麻木的这种神秘力量，因此不能有效地对付。"奇怪的是，虽然有如此敏锐的洞察力和志向，德·昆西居然未能跻身于伟大传记作家之列。显然，并非他口拙舌笨或才疏学浅。也许，他未能成功地描述自我的一个原因并非他缺乏表达能力，反而，倒是因为表达能力太强。

他要说的太多，不加选择，拉杂繁冗。文风散漫——十九世纪的好些英国作家都患此病——牢牢地缠住他。虽然，由此可以容易了解为什么罗斯金和卡莱尔的著作宏大而杂乱——任何异类都总有其原因——可德·昆西却无借口可寻。他无须承担预言家的重任。不管怎么说，他是最谨慎小心的艺术家。没有谁能如此用心，如此美妙地转变音调，调整句子节奏。然而，不无奇怪的是，倘若某一音调不和谐，或是某一韵律索然无味，敏锐的感受力会马上令他警觉起来，可每当在涉及整体的结构时，他的这种感受力却会完全消失。所以，他能容忍失却匀称感，冗繁啰嗦，使他的作品犹如害了水肿病，而且头重足轻，虽说每一句还和谐流畅。不错，借用他兄弟对他的生动的描述，德·昆西，的确如同小男孩那样有"维护某些非凡的或者反常用语的倾向"，是一个吹毛求疵大王。他不仅发现，"每个人的用语里都会无意地容忍多种阐释"，而且，倘若缺乏修饰和描述，甚至不引入其他信息，那有待说明的看法和观点在一长段时间的迷雾中已经变得模糊不清，他就不可能写出哪怕是最简单的故事。

由于严重的冗长啰嗦和文章结构的弱点，作为自传作家，德·昆西具有的那种喜欢冥思抽象事物的习惯也使他的传记大为减色。"我的毛病是"，他说，"思考太多，观察太少。"崇尚离奇的表达分散了他的想象，以至变得模糊，进而索然无味。一切东西都被他赋予了他自己在梦想、恍惚中思考时感受到的光华和惬意。他甚至接近两个令人讨厌的傻瓜，他们双眼布满血丝，讲述一个大人物如何不小心窜进了贫民窟。他乐滋滋地欣然跨越了社会等级之间的分歧——无论是与伊顿公学里的年轻贵族哥儿，还是同购买带骨大块肉做星期日晚餐的工人阶级家庭，他同他们的谈话时都应付自如。从一个阶层转到另一个阶层，他处理起来轻松自如，事实上，德·昆西引为自豪的是能轻松得体地辗转在不同阶层之间："……我不甚得意的是，打从青年时代，"他写道，"我同所有的人，不论男女，还是小孩，只要我在路上碰到，我都能同他们亲切地交谈，十足苏格拉底式的。"

不过，我们读到他对这些男人、女人和孩子的描写时，我们不由得想到，他之所以能够从容自在地与他们交谈，对他来说那是因为，他们的差别甚微。不管是对谁，他都以同样的态度。即使是同他关系亲密的，无论是中学时的玩伴阿尔塔芒爵士，或对妓女安，他的态度都同样既体面，又优雅。他笔下的人物外表潇洒，体态优美，犹如司各特作品中的男女主角特征如出一辙。他对自己相貌的描述也跳不出一般意义上的含糊不清。谈及自己的情况，出于出身良好的英格兰绅士所怀有的恐惧感，他居然吝啬了自己的笔墨。卢梭的《忏悔录》中充溢的真诚坦率如此令我们入迷——他毅然揭示自己身上的荒唐，卑鄙和肮脏——可德·昆西却对此厌恶之极。"就英国人的感情而言，再没有比展示自己道德上的溃疡和伤疤，"他写道，"更令人恶心的了"。

显而易见，作为传记作家，德·昆西的写作伴随着不可忽视的缺陷。文笔松散，累赘；他孤傲，喜好幻想，拘谨刻板，讲究礼仪。同时，他又容易被某些情感中具有的神秘庄重性俘获；他认识到，片刻光阴在价值上如何胜过五十年。他善于在分析时使用了一种技巧，是那些自称为人类心灵的分析大师——司各特、简·奥斯丁和拜伦等——没能具备的。我们发现他写的某些片段在自我意识上同十九世纪小说难以比较。

还有，回忆往事，我对这一真理置信不疑；我们许多最深沉的思想和情感，往往以令人困惑的具体现象朝我们涌来，它们把许多挥之不去的复杂经历盘根错节地（倘若我能生造这么一个词）纠合一起，远比它们以其抽象形式更能直接地向我们袭来……。男人毫无疑问是这样一种人，他们总是被某些微妙的联系，某些关联系统所制约，这些东西我们无法看到，打从新生婴儿一直到成为年老体衰的昏昏老翁；于是，如果考虑到在他人生的不同阶段，就本性而言，他会经历许多意料未及的情感变化，他又并非是那样一种人，只不过是个用情不专的家伙，总是在结束，也总是在开始。就此而言，男人具有同一性或者说共性，可只存在于特定的激情爆发的阶段。某些激情，比如性爱，就它的一半起源而论是神圣的；而另一半则是兽性和世俗。这种激情无法超越它应有的阶段。不过，爱却是完全神圣的，比如，两个孩子之间的爱总会在晚年孤独阴暗的岁月中不断造访……

读到如此具有分析性文字的段落，（我们会明白）这种回忆性的思绪与心境似乎是生命中的重要部分，值得详尽描述记录，（看来）十八世纪自传艺术的性质与特点并非一成不变。传记艺术的确正在改变。自此以后，没有人还敢于断言，无须"穿透迷雾"，无须揭露"自己行为和沉默的神秘根源"，就能讲述人的真实一生。不过，外部事件的重要性也不容忽视。要讲述一生的全部故事，自传作家一定得有所创新，保证两个生存层面都能够记录下来——转瞬即逝的事件和行为；强烈感情渐渐激发的庄严时刻。令人称奇的是，在德·昆西的作品中，两个层次巧妙地结合在一起，虽然并非从头到尾都如此。在一页又一页的阅读中，与我们相伴的是位极有教养的绅士，他描述所见所闻，文笔流畅，引人入胜——公共马车，爱尔兰叛军，乔治三世的相貌以及言谈举止。突然，畅达的叙述部分被分开，一道道拱形门相继洞开，某些永远难以捕捉、逃遁的意念幻象终于展现，而时间就在那儿凝固。

（文楚安 译）

里贝罗

奥斯瓦尔多·里贝罗（1929—），秘鲁作家。主要作品有短篇小说集《无羽兀鹫》《偶然发生的故事》《瓶子和人》及长篇小说《圣加夫列尔记事》《星期天的小精灵》。

※ 知识尘埃

每天放学或课间休息的时候，我都要到华盛顿大街去站上一会儿，透过窗上的栅栏凝望着那座房子的灰墙，因为那里面严密地收藏着知识的钥匙。

从孩提时代起，我就知道那座房子里保存着我曾祖父的藏书。

我曾经听父亲说起过那些藏书，他一直把自己身体垮了，这件事情归咎于那次给藏书搬家。

曾祖父在世时，那一万册图书一直放在圣灵街的家里。等他去世之后，子女们分了他的财产，而那部分藏书给了当大学教授的伯祖父拉蒙。

拉蒙娶了一位非常富有的太太，但是她不能生育，耳朵又聋，而且不通人情，使拉蒙一辈子都过得很不舒心。为了弥补夫妻生活的失意，他就随便跟所有能够弄到手的女人勾勾搭搭。他因为没有子女，在众多的甥侄当中特别偏爱我父亲。这不仅意味着我父亲可望继承遗产，同时他也必须承担义务。因此，当需要把那些书籍从圣灵街往华盛顿街他家里搬的时候，事情自然就落到了我父亲的头上。

据父亲说，整整用了一个月的时间才把那上万册书籍搬光。他得爬到很高很高的架子上面去，把书搬下来，装进箱里，运进另一所房子，再重新整理分类，而且所有这些工作都是在灰尘扑面，飞蛾乱舞的情况下干的。书是搬完了，但他却一辈子也没有缓过劲来，但是这番辛劳是有报偿的。拉蒙伯祖父问我父亲："等我死的时候，你希望我把什么留给你？"父亲毫不犹豫地回答：

"你的藏书。"

拉蒙伯祖父健在时，我父亲经常到他家去读书。从那时起，他就和一笔总有一天会到手的财产厮守在一起了。曾祖父很博学，他收集了人文学科方面的大量书籍，所以，可以说，他的藏书汇集了十九世纪末叶一个有教养的人应该掌握的全部知识。与其说我父亲是在大学里有所成的，倒不如说他是从那批藏书里接受到了更多的教益。他常说，坐在藏书室里的一把椅子上贪婪地阅读着随手拿来的书籍的时代是一生中最幸福的岁月。

然而，我父亲却注定永将得不到那笔宝贵财富。伯祖父死得很突然，没有留下遗嘱，所以藏书和其他财产一起就都归了他的遗孀。再说，伯祖父拉蒙死在一个情妇家中，所以伯祖母对我们家，特别是对我父亲，一直怀着不解的仇恨。她根本不想见到我们，怀着满腔怨恨，独自躲在华盛顿街的房子里深居简出。过了几年之后，她把房子一封，就到布宜诺斯艾利斯和亲戚同住去了。当时我父亲经常到那栋房前面徘徊，望着栅栏和封死的窗户，想象着依然摆在架子上面他从未读完的书籍。

父亲去世后，我继承了他的强烈的心思和希望。我的一位前辈怀着深厚的感情购买、收集、整理、阅读、抚爱、享用过的书籍竟成了一个既不关心文化又跟我们家没有关系的吝啬的老太婆的财产，在我看来这简直就是犯罪。眼睁睁看着它们落到最不识货的人的手里，不过，我仍然相信公理永存，总有一天它们必将物归原主。

机会来了。我听说，伯祖母杳无音讯地在布宜诺斯艾利斯住了几年后，要到利马来呆几天，了结一桩卖地的事情。她在玻利瓦尔饭店住了下来，我三番五次给她打电话，终于说服她同意见我一面。我希望她允许我从那些藏书中挑点书，哪怕是几本也好，因为，我本来想对她说："那些藏书原是我们家的。"

她在下榻的套间里见了我，还请我喝茶、吃点心。她的样子简直像一具木乃伊，但却搽着脂粉、穿珠戴翠，实在可怕得很。她实际上没讲话，但我猜得到，她从我身上看见了她丈夫、我父亲以及她所憎恶的一切事物的影子。我们一起呆了十分钟，她从我嘴中的动作中揣摩着我讲的话。明白了我那难以启齿的要求。她的回答毫无商量的余地，并且极其冷淡："她的东西"什么也到不了我们家里。

她回到布宜诺斯艾利斯之后不久就死了。她的亲戚继承了华盛顿街的那栋房子以及房里的所有东西，这样一来，藏书离我就更远了。实际上，那些书的命运必然是通过继承转户的渠道逐渐转到跟它们关系越来越少的人手里。他们可能是南方的乡巴佬，也可能是专营生产咸肉或从事鼠窃狗偷的布宜诺斯艾利斯无名之辈。

华盛顿街的房子继续封了一个时期。可是，继承它的人——莫名其妙，竟是阿雷基帕的一位医生——决定给它派点用场。由于房子很大，他就把它变成了学生公寓。我是偶然了解到这一情况的，当时我就要从大学毕业了，并且由于不再抱任何幻想，不再到那座旧房子前面去打转转了。

一天，一个和我要好的外省同学邀请我到他家去同他一起准备考试。我万万没有料到，他竟把我带到了华盛街街那栋房子里。我以为那是不怀好意的玩笑，可是他却说，已经和五个同乡同学在那儿住了好几个月了。

我毕恭毕敬地走进房子，对周围的一切十分留意。门厅里有一位漂亮的太太，可能是公寓总管，我对她没有理会，只顾认真地察看里面的陈设，揣度着房间的布局，以便找到那些神奇的藏书。我没费力气就认出了直到那时我只是在家庭相册上见过的沙发、靠壁桌、绘画和地毯。不过，那些在相片上显得庄重和谐的器物，全都遭到了破坏，好像已经失去固有的光彩，而变成了一堆被不问及来历也不知其用途的人淘汰和糟蹋了的破桌烂椅。

"我的一个伯祖父在这儿住过。"我对我的朋友说。他看见我望着一个大衣架出神，已经显出有些不耐烦的样子，可是那个从前用来挂翻皮大衣、外套和帽子的衣架，现在却挂着掸子和抹布。"这些家具过去是我家的。"

他对我的表白几乎没有引起任何反应，只是催我到他房间去准备功课。我跟着他去了，但注意力却集中不起来。我的想象继续在这幢房子里漫游，搜寻着那些看不见的书籍的踪迹。

"喂，"我终于忍不住对他说，"开始学习之前，你能告诉我藏书在什么地方吗？"

"这儿没有什么藏书。"

为了使他相信，我就告诉他说：一共有一万册大部分从欧洲订购来的书籍，是我曾祖父收集起来的，我伯祖父拉蒙占有并保管过，我父亲拿过、并且还读过很多书。

"我在这房子里从未见到一本书。"

我不信，由于我坚持自己的说法，他告诉我也许医学系学生的房间里可能有一点儿，不过他从来没到那边去过。我们去到了几个房间，但只找到了一些破烂家具、扔在屋角的脏衣服和病理学讲义。

"那些书总得放在什么地方啊！"

像大多数外省的学生一样，我的朋友野心勃勃，而且粗鲁得很，对我提出的问题毫无兴趣。

可是当我告诉他，里面可能有一些极其珍贵的法学书籍对我们准备考试非常有用之后，他就决定去问问唐娜·玛露哈。

唐娜·玛露哈就是我进门时见到过的那个女人，而且我没有搞错，正是她在管着公寓。

"噢，书呀！"她说，"可费了我的事了！有满满三屋子，全是老古董。

三四年前我接管公寓时，真不知拿它们怎么办才好。我不能把它们扔到街上去，会罚款的。我让人搬到原来仆人住的房子里去了。还不得不雇了两个人呢！”

仆人的房间在后院。唐娜·玛露哈把钥匙交给了我，并说如果我愿意把书搬走，真是再好不过了，这样的话，那几间房子就可以腾出来了。当然，她只是说说笑话而已，要想搬走，我得要一辆卡车，一辆不行的话，得好几辆。

在开锁之前，我迟疑了一下。我早就料到等待着我的会是什么情景，我把钥匙插进锁孔，门刚打开，一大堆发霉的纸就呈现在了我的眼前。水泥地上，到处都是烂书皮和虫蛀的书页。要进那间房子，走是不行的，必须爬。书几乎一直堆到了天棚。我开始向上爬去，并且觉得手、脚都在向一种像灰尘似的松软的东西里面陷下去，刚要伸手去抓，立刻就散了开来。有时也会踩到某种硬东西，抽出一看，原来是皮革书皮。

“快出去吧！”我的朋友对我喊道，“你要得癌的。那里全是病菌！”

但是，我没有泄气，继续惊恐而愤怒地攀登着那座知识的山峰，但最后还是不得不改变初衷。那里除了知识尘埃之外，已经什么都不剩了。我朝思暮想的藏书已经变成了一堆垃圾。由于年深日久，无人问津、照管、爱护和使用，所有的稀世珍本全都被虫子蛀蚀或者自己腐烂了。多少年前曾经阅读过这些书籍的人已经长眠地下，但是却没有人接他们的班，所以，一度曾是光明和乐趣源泉的东西，现在已经化成一堆毫无用处的粪土。我好不容易才发掘出了一本如史前珍禽异兽的骨头一样奇迹般保存完好的法文书。其余的全都泯灭了。正像拿破仑的帽子放在博物馆的玻璃柜里，其实要比它的主人更加没有意义。

（白凤森 译）

略萨

巴尔加斯·略萨（1936—），秘鲁作家。拉丁美洲结构现实主义文学的代表人物。重要作品多为长篇小说，如《城市与狗》《酒吧长谈》《潘上尉与劳军女郎》《世界末日之战》《狂人玛依塔》《元首的幽会》《天堂在另外一个街口》等。此外，还有大量的散文作品，如：《谎言中的真实》《顶风破浪》《致青年小说家的信》等。

※ 评《铁皮鼓——鼓声咚咚》

　　我第一次读到的《铁皮鼓》是英译本，那是在六十年代，在伦敦郊区，我居住的那个街区周围都是晚上十点就熄灯的和气的小商小贩。在那样一种净界般的宁静中，君特·格拉斯的这部小说就是一场令人激动的历险记了；我刚一头扎进书里，那一页又一页的文字就不断地提醒我：生活就是这个样子——混乱，喧闹，哈哈一笑，荒谬。

重读这部作品时我的情况大不相同了：我被偶然和未经深思熟虑地卷入了政治活动的漩涡中，那时我的国家正处在特别困难的时刻。我参加了一次辩论和一次街头集会和在几次不讲道德的会议之后，会上人们在口头上改造着世界，结果什么也没有发生，或者是用石头和枪声又度过了几个危险的工作日。就是在这种情况下，奥斯卡·马策拉特拉伯雷式的业绩、他的铁皮鼓、他那"唱破玻璃"的声音，成为一种抵消物、一处庇护所。生活也是这个样子——想象，话语，大胆的梦，文学。

1959年，《铁皮鼓》在德国问世的时候，它马上取得的成功被说成是几个不同的原因。乔治·斯坦因（George Steiner）写道，在纳粹主义置人于死命的体验之后，这是第一次一位德国作家敢于英勇地用全部清醒的神志面对自己国家那段浩劫般的历史，并且敢于对那段历史进行无情的批判和剖析。他还写道，这部小说用无拘无束但热情洋溢、飞迸着编纂的词汇、移植过来的方言土语、粗话的伶牙俐齿，复活了德语经过20年的专制主义的污染已经丧失的生命力和自由。

上述两点解释可能是对的。但是，用现在的眼光来看，当这部小说靠近这样一个年代时——30年代——书中天才的主人公形象地开始写作的时候，出现了另外一个道理，对于作品继续在读者身上产生的影响来说的一个基本道理：作品那勃勃的雄心，那企图吞下世界的贪婪，现在和过去的故事，人类竞技场上最为不同的体验并且把这些化做文学。这个要讲出一切、要把全部生活包罗在一部虚构小说之中非同寻常的欲望，是经常出现在小说的扛鼎之作中的，特别支配着小说世纪（19世纪）的叙事文学的劳作。在我们20世纪，这种欲望在寡言而胆怯的小说家中已不常见；在这些小说家眼里，与民法较量的想法，或者拿一面镜子沿街展示的想法，比如巴尔扎克和司汤达那样，是太单纯了：要干这个，电影不是更好些吗？

不，不会更好（而是不同）。就是在电影叙事巨大发展的这个世纪，小说也可能成为一桩杀害耶稣的罪恶，也可能提出对现实如此精深而博大的重建，以至于好像是在与上帝比赛，打碎和重建——改正——上帝创造的那一切。君特·格拉斯在一次动人的试验中，以德布林为自己的导师和榜样，维护了德布林的声誉；对于这位作家，直到比较晚的时候才开始公道地说他是一位伟大作家。

毫无疑问，在《柏林，亚历山大广场》中，有某种民众原生质骚动的东西，这给予《铁皮鼓》人类历史广泛凉爽的深刻印象。但是，在这种情况下，毋庸置疑的是，弟子的创造雄心超过了导师；为了给他找到一种父子关系，我们不得不追溯到这一文学种类的高峰期，那时候小说家一旦被一股夸张而又单纯的激情抓住，就会毫不犹豫地用一个想象的世界去反对这个现实世界；在他想象的世界里，这个现实世界似乎就被捕了，被否定了，被简化了，并且发誓改过立新，仿佛经过驱邪一样。

　　诗，强烈；小说，辽阔。数字，数量，构成小说的特性；因为任何虚构小说都是通过时间展开和实现的，是时间使小说成长起来的并且在读者的注视下重振精神。在这个文学种类的全部杰作中，这个数量因素——丰富、多样、持久——总是存在的：一般情况下，伟大的小说也是大小说。《铁皮鼓》就属于这个尊贵的血统，书中整体是个复杂、多样、充满了差异和冲突的世界，在咚咚的鼓声中，逐渐站立起来，站到我们读者面前。尽管这个世界是五颜六色和广阔无垠的，小说本身却始终不像一个混乱的世界，不像一个有生命的、没有中心的弥散现象（相反地这种情况就发生在《柏林，亚历山大广场》或者多斯·帕索斯的三部曲《美国》中），因为虚构世界被展示的角度，给书中巴罗克式的混乱提供了纽带和联结。这个视角是主人公和讲述者奥斯卡·马策拉特的视角，是现代叙事文学最富成果的发明之一。他提供了一个独特的观点，让他描写的一切浸泡在独创性和嘲讽中——这样，虚构的现实从它的历史模本独立出来——与此同时，他通过自己无能的体制、通过自己畸形的身体条件表现那往返于想象和现实之间的马儿——一种对一切小说本身为何物的比喻：一个单独有主权的世界，其中却从本质上折射出这个具体的世界；一片谎言，通过其表面的皱褶显露出一个深刻的真理。

　　但是，一部小说使人看得见的真理，很少时候像数学提出来的道理那样简单，或者很少时候像意识形态的道理那样片面。通常这些道理如同人类大多数经验一样都犯有相对主义的毛病，它们形成一个不确定的实体，其中，规则和例外，命题和反命题，都是不可分开的，或者具有相似的精神价值。如果有一个表现为奥斯卡·马策拉特讲述的历史突变的象征信息，那么是个呢？他三岁时出于自愿决定不再长大，这意味着他对世界的排斥，因为作为正常人长大以后就不得不加入到这个世界中去了；这个决定，从这个世界的恐怖与荒谬来看，背叛了无可争议的智慧。他的矮小授予他某种治外法权的东西，缩小了他对其他公民的暴行和责任的反抗。奥斯卡从他那矮小的身躯使之处于被人忽略的位置上，享受着一个独特的视角：孩子的视角，观看和判断着周围发生的一切。这个精神条件在小说里转化为身体属性：奥斯卡由于不是周围发生的种种事情的同谋犯，因此身上有一层看不见的甲壳，可以帮助他不受伤害地穿越最危险的地方和环境，正如后来所证明的，特别是在作品的火山口之一上：保卫但泽的波兰邮局。在那里，在炮火的轰鸣与破坏中，这个小小的讲述者观察着、嘲弄着、拥有善于保全自己的那种人的宁静和自信。

这个惟一的视角使得奥斯卡的见证浸透了极为独特的声调，里面如同充满神秘香味的外国饮料，混合着不寻常的和亲切的市民的无礼貌和颤抖般的小心谨慎，种种古怪的言行，残暴和嘲笑。如同奥斯卡那两种智慧图腾的不可能结合一样——歌德和拉斯普廷——他的声音是一种异常现象，是给他描绘的——确切地说是编造的——世界打下绝对个人烙印的技巧。

但是，尽管他性格中有着人造的成分和他所处的隐喻地位，这个敲击着铁皮鼓给我们讲述着一个由于战争和愚蠢的专制主义而造成遍地流血和四分五裂的欧洲启示录的侏儒，却没有向我们传播虚无主义对生活的敌意。一切恰恰相反。令人吃惊的是，就在他的讲述成为对同代人激烈的指责时，还从中流露出对这个世界热烈的友爱之情，这个世界对他来说是惟一明显重要的东西。从他那魔鬼般、无依无靠的童年开始，奥斯卡·马策拉特就是在最恶劣的情况下也在忙于向我们传播对这个世界尚存的美好而有趣事物的一种自然而单纯的爱：游戏，爱情，友谊，食物，冒险，音乐。出于或许是这样范围的理由，奥斯卡敏锐地感觉到那些属于最基本的东西和那些最贴近土地和人类泥土的东西要强烈得多。他从低层、从他幽禁的地方发现——就像那天夜里，躲藏在家里的大桌子下面，突然发现亲戚们的腿和脚私通性质地紧张地动来动去——在自己最直接和简单的方式中、最世俗和平民的方式中，生活包含着极美好的可能性，生活充满了诗意。在这部多隐喻的小说里，这个内容绝妙地借助奥斯卡的回忆形象表现出来：他外祖母安娜·布朗斯基使用的四条裙子构成的钟形温暖空间，当她蹲下身子、向到那里寻求款待的人们奉献出一种充满捍卫和满足的近乎魔幻的感情之时。在诸多行为中，这个最简单和基本的行为，在经过奥斯卡那拉伯雷式的声音说出之后，有可能变成一种快乐。

拉伯雷式的声音？是的。根据他的快乐和粗俗，他的大方和无限的自由。还根据他想像力中的混乱和夸张以及屈从于他身上俗气的理智论。尽管阅读的是英译本，不管这个译本是多么好（我介绍的这个译本就是如此），总会丢失一些原作的味道和结构，在《铁皮鼓》中，讲述者那激流般的高嗓门、那近乎痉挛般的话语力量，冲破了语言的障碍，以破坏性的力量到达我们心里。它有着来自民间的活力，但是如同《骗子外传》一样，它既有许多思想也有许多形象，一个复杂的结构把这个表面上如此混乱的内心独白组织起来。虽然观点很固执是个人的，集体的成分总是存在，还有日常生活的和历史的，劳动中无意义的琐事或者是家庭生活或者是重大事件——战争，入侵，抢掠，重建德国——尽管这些事已经被讲述者那歪曲的有色眼镜——新陈代谢过了。所有大写的意义，比如，爱国主义、英雄主义、对某种感情或者事业的无私奉献，一经奥斯卡的嘴巴，就破碎和裂开，仿佛玻璃遇上了他声音的撞击，于是便以一个面临毁灭的社会丧失理智、一时兴致的方式出现了。但奇怪的是，《铁皮鼓》的读者一面心里铭刻着社会进化论一面察觉到的灾难，并没有妨碍社会在滑向毁灭的同时，由于有可以唤醒友爱和激情的人和物——特别是风景——总是还可以让人们生活下去，总是还有人情味的。毫无疑问，这是书中最大的成就：从几乎总是在动的普通人群的视角，让我们感觉到生命尽管是处于恐怖和异化之中也还是值得活下去的。

区别这部小说风格上的变化多端、充满了发明的精力的是，它的结构是非常简单的。奥斯卡被幽禁在一处疗养院里，讲述着一些与直接或者间接过去有关的逸事，有时也神游那遥远的历史（比如，对在但泽的历史上几次入侵和王朝中的临时安置移民的欢快综述）。根据奥斯卡的回忆和想象，故事不断地从现在移到过去，又从过去移到现在，结果这个图解有时十分机械。但是，也还有另一种性质不大明显的移动：讲述者有时用第一人称说话，有时则用第三人称，仿佛这个敲鼓的侏儒是另外一个人。这位讲述者精神分裂症的原因是什么呢？我们看到这位讲述者有时在一个单一句子的流动中带着敞开的内心向我们走来，如同从一个"我"的角度在说话；有时他又在某个被别人讲述到的人的身影中渐渐远去。在这部充满比喻和隐喻的小说里，如果我们把讲述者经常变动身份的做法看成是纯粹风格的炫耀，那我们就错了。毫无疑问，这是又一个象征，它代表着奥斯卡在既是讲述者又是被讲述者、既是写者或者编造者又是被编造的主体的同时所遭受到的复制（任何一个小说家都遭受这种复制吗？）。奥斯卡的地位，这样展开来看，既是又不是讲述内容中的人，结果成为这部小说最为完美的一个代表，小说既是生活又不是生活，把现实世界改变成某种不同的东西以便表现这个世界，小说用撒谎的方式说出真理。

《铁皮鼓》除去是巴罗克式的、表现主义的、承诺性的、雄心勃勃的，它还是一部城市小说。但泽与书中的主人公奥斯卡·马策拉特进行角逐。但泽这个舞台，以既清晰又流动的特征而具有形体，因为它像个活人一样，不断地在时间和空间中变化、成长和重建。但泽这个几乎可以触摸的存在，大部分故事是在那里发生的，为给小说的形体性、这个世界具有的可触摸、可体验的味道打下烙印做出了贡献，尽管许多逸事是古怪离奇的，甚至是热昏的胡话。

这里指的是什么城市？小说中的但泽是君特·格拉斯按照历史文献移动过来的一个可信的城市吗？还是他急切想象的又一结果，即某种独特的、随心所欲的东西如同那个可以粉碎玻璃的侏儒一样？答案并不简单，因为在小说里——优秀小说里——如同在生活里一样，事物常常是模棱两可、互相矛盾的。君特·格拉斯的但泽是一座半人半马怪式的城市，其四爪深陷在历史的泥沼里，躯干漂浮在诗歌的海雾中。

一条神秘的纽带把小说和大都市连接起来，一种不存在于戏剧和诗歌中的亲戚关系。戏剧和诗歌在城市占据突出地位之前，鲜花般地开放在各种农业文明与文化中；小说与此不同，它是一种城市植物，为了街道和城区的萌芽和发展，商业、手工业和城市中各色拥挤的人群对于这棵植物似乎是必不可少的。卢卡契和戈尔德曼把这个纽带归给资产阶级，小说在这个阶级里或许不仅找到了自己的自然辖区，而且还找到了灵感的源泉、创作的原料、神话和自身的价值：小说的世纪不正是资产阶级有着杰出表现的世纪吗？但是，对小说的这种阶级分析没有考虑到中世纪和文艺复兴时期小说的卓越先例——骑士小说，田园牧歌小说，流浪汉体小说——这个文学种类有着民众的辖区（不识字的"平民"着迷地倾听着有人在市场和广场上讲述的阿玛迪斯和巴尔梅林内斯的战功）；在小说的某些分支中，还有宫廷贵族参加。实际上，小说在善解人意和包罗万象的意义上是属于城市的：包容和同等地表现城市社会中的各个阶级集团。或许，关键的一个词就是"社会"。小说的天地不是单个人的天地，而是沉浸在多种关系的人际网络上的个人世界，一个其自主权和冒险行为受到他人的自主权和冒险行为制约的个人世界。一部小说的人物，不管他是多么孤独和内向，为了令人信服，总得需要一块集体的背景幕；如果这一复合存在没有博得好感并且以某种方式运转起来，小说就会有一种抽象和不现实的样子（这并不是"想像力"的同义词）：卡夫卡想象的噩梦，尽管相当荒凉，却坚实地扎根于社会性之上。没有什么能比城市更好地象征和体现社会的思想了，因为城市是很多人的空间，被分隔成许多块，按照定义上说是群居性的现实。不管城市是什么吧，总之，小说选中的这块土地似乎是与它最隐秘的偏爱相连的：表现人类圈子里的人的生活，伪造出人类社会背景中的个人地位。这样，就必须明白那两个动词——"表现"和"伪造"——在戏剧上最狭义的意思。小说中的城市，如同我们在舞台上看到是场景一样，不是真实的而是幻象，是某种存在物的投影，投影人给它注入了非常个人主观的负担，以至于使它脱离了原来的模式，改变了自己的性质。但是，这个经过创作者魔术般的艺术化做了虚构的现实—话语和秩序——却依然同它脱离出来的那个东西保留着一条脐带（无论如何，为了成为一部成功的虚构小说，也应该保留着这条脐带）：小说对生活的这一幻化所显露的和让人可以理解的某种人类的体验或者现象。但泽这个城市在《铁皮鼓》中，有着梦中非物质性的坚实；偶尔，也有器械或者地理上的牢固；但泽是个活动的实体，它的过去插入现在；但泽是个混杂物和想象物，其中两个范围之间的界限是模糊不定的和移动的。在这个城市里，有过或者共存过不同的种族、语言和民族，留下了粗糙的痕迹；这个城市按照我们时代战争狂风的节拍改变过旗帜和居民；在故事讲述者开始唤醒自己的回忆时，属于他回忆内容的东西实际上什么也不存在了——过去它是德国的，名叫但泽；现在是波兰的，名叫戈但斯克；它曾经是座古城，古老的石头证明它有过悠久的历史；如今，它已经从毁灭中重新站立起来，似乎不承认过去的一切——小说的这个舞台通过它的模糊性和移动性不可能再更离奇有趣了。可以说它是一部纯粹想象的作品，而不是一件经过没有指南针的历史随心所欲加以雕刻的产品。奔驰在现实和想象之间，但泽这个城市在小说中同一股深藏的柔情一道跳动着，忧郁如同冬天的薄雾在城中流动。或许这就是它魅力迷人的秘密。面对城中的街道和码头失修、停泊着巨大驳船的港口，面对市政歌剧院和航海博物馆——在这里希尔贝尔托·特鲁克辛斯基（Heriberto Truczinski）为了要和一件船首饰做爱而死去——奥斯卡·马策拉特的嘲讽和好战，如同面对火焰的冰雪一样融化掉了。在他的平铺直叙中，涌出一种细腻的感情，一种可怀念的友情。他对一些地方和事物绘声绘色、冗长的描写给这个城市增添了人情味，在某些故事中给他产生一种戏剧性的愉悦感。与此同时，它又是一部纯粹的诗歌：迷魂阵般的街道，或者是喧闹的空地，或者是在回忆转化过程中发生的、没有内在关联的下流情感，这样的回忆是根据讲述者的情绪状况用比喻方式表达出来的。小说中的这座城市，随机应变和反复无常，如同书中的主人公及其冒险行径一样，也是一种魅力，凭借着语言和道义的力量为我们照亮了一张真实历史掩藏的面孔。

1987年9月28日于秘鲁巴兰科

（赵德明 译）

井上章一

井上章一（1955—），日本建筑史研究家，时有散文作品发表。

※ 书斋：藏污纳垢的场所

　　听说百科事典、文学全集一类的书已经滞销了。似乎也有出版社因为对此预测错误而陷入经营危机。

　　现在不是启蒙或教养类的东西作为商品谋利的时代。轻松有趣的东西广受欢迎，轻薄短小的时代。在这一点上出版界也不例外。启蒙读物教养读物畅销的时代已经结束。百科事典、文学全集之类失去读者，这是无可奈何。

　　经常听到上面一类的话。

　　然而，这是怎么回事呢？果真是百科事典、文学全集一类的书失去了读者吗？确实，这类书现在没有读者，但这是因为失去读者而造成的吗？

　　我们试改换一下提问的方式：归根结底，真的有过众多读者兴致盎然地阅读这类东西的时代吗？

　　诚然，这类书籍确曾畅销一时，我相信有过普及于各个家庭的时期。但是，这类书籍真的拥有读者吗？对此我是怀疑的。不能想象这类书籍曾被广泛阅读过。

百科事典、全集等大都被放置在客厅里。不，也可以说是装饰在客厅里。

确实是装饰。这类书籍绝不是为了阅读而购入的。把客厅作为制造教养主义气氛的装饰来利用，客厅也是一种装饰品。

在此，请考虑一下现今的住宅情况吧。

现在的住宅，几乎没有设置所谓客厅的地方。城市住宅大都是餐厅兼厨房，很少装修出专用于接待客人的空间。

首先，如果按现在的土地价格，不可能盖起那样宽大的房子，因而，无论怎样也没有待客空间独立的余裕。从占地面积考虑，也不能不断绝设置客厅的念头。

其次，必须讲究排场的客人，可以在饭店里应酬，没有必要在自己的住宅里设置那样的专门空间。

于是，客厅开始从现代住宅消失。也就是说，放置百科事典、文学全集的场所开始消失了。

百科事典等滞销，并不是因为这类书籍失去读者而产生的现象，实话实说，这是装饰场所消失而导致的变故。不是失去了读者，是失去了置放的地方。

这一说法不仅适合于百科事典一类，在某一侧面似乎也适合于所有的书籍。

翻看最近的室内装饰杂志，我注意到这样一件事：排列着书籍的室内景致非常之少。

近来书籍的装帧也讲究漂亮起来。一册册的书脊上倾尽了设计者的心力，变形开本也相当多。

可是，这样一来，如果把数十册书作为一个单位排列开，便会产生不统一的感觉。颜色、开本各式各色，与室内的装饰美不协调，破坏室内的均衡，显得很刺眼。

最近，室内装饰也朝着修饰、漂亮的指向发展，追求室内感官舒适的人渐渐增多，书籍也便因此而渐渐被人讨厌。室内装饰杂志不喜欢排列书籍的室内风景，原因即在于此。

居室装饰开始漂亮了，书籍从中被流放出来，这事关重大。对于出版界来说，问题尤其严重，总要想个办法制止这一倾向。在近期的杂志上经常看到这样动人的词句："建造一个书斋吧！"为了恢复不断失去的父亲的威严，必须在家庭内部设置出父亲专用的空间。因此，便有"建造一个书斋吧"的呼声。

或许不妨认为，这里面包含着出版界的一个隐秘的愿望。

书籍现今开始从漂亮的居室装饰里流放出来，出版界想进行阻止。在这一点上，书斋的存在是再好不过的了。把可能从住宅里流出的书籍拦阻在一个地方，书斋就是存储书籍之水的水库似的空间。

出版界的尖兵——杂志之所以力倡书斋的重要性，即出于上述的因由。他们希望在家庭里筑起防止书籍外流的防波堤。不然，出版界便是危险。正是这样的危机感，造成书斋论的流行。

在书斋里就能好好读书吗？本来，说到这个问题，并非没有疑问。书斋确实可以防止书籍外流，但人们的读书量能否因此增加，却大可怀疑。

书还有给人们提供孤独的功能。读书时，人埋头于书的世界，那一期间，是可以把自己与外界隔离开来。书，也是一种给予人们以自我封闭环境的商品。

没有个人单独房间时，书可以让人在拥挤嘈杂的家庭里保有自己的孤独。即使家人都在场，眼睛一朝向书，就可以自我隔离。

如果有了书斋，会怎么样呢？

大概读书的必要性会就此消失了吧。如果想一人独处，关进书斋就可以了。不必用心去读什么书，也完全是独自的境界；即或只在书斋里抠抠鼻子打打盹，也照样可以保有自我的孤独。

姑且说说我个人的事情。我读书的最好时候是上班途中。我希望有一方与其他上班者隔绝的自闭性区域。我是像戴上耳机听录音机似的开始读书的，但那时的读书效果却最好。特地准备好自闭式空间——书斋时，能否保持如此的读书热情，却无从得知了。

既然书斋是堆积有损室内装饰美的书籍的地方，对于想保持居室美观的主妇来说，书斋可谓是值得感谢的空间了吧。

但是，损害室内装饰的并不只是书籍，另有许多东西，也有损室内气氛，令主妇失望。

比如说，丈夫。深夜迟归，绊倒妻子摆设的观叶植物，这样的丈夫也是有损室内装饰的存在。很难设想，休假日里吊儿郎当，无所事事，除了放屁一无所能的丈夫会增添室内装饰的美感。

如果是重视居室装饰美的主妇，当然会这样想：有什么地方能把他放起来就好了。

存放丈夫的绝好空间是有的。不必说，那就是书斋。

她大约会毫不犹豫地把丈夫放进书斋里去。这样室内装饰的平静就可以保持了。书和丈夫，这两种有害物都存放进书斋，就不会危害到居室内了。

书斋，绝不是象征父权或男子汉权威恢复的空间，而是集合从应该称为主妇乐园的室内装饰里流放出来的污垢物的场所。再说得实在些，就是污垢物堆积场。

既然如此，其他脏东西也会集运而来吧？这毫无疑问，书和丈夫以外，其他脏物也相继而来。有时会堆放上换洗的衣物，严重的时候则可能成为真正的废品仓库。

如果是真正的读书人，可能会反对这样的处置，而一定要固守住一个读书的据点。

然而，多数男人对书并无真正的热情。漫无目的地建造书斋的事例屡见不鲜。此类男人不可能抵抗主妇如上所述的处理办法，最终还是把书斋变成堆放杂物的地方。

不，也许他很欢迎这样的处理，因为他可以由此得到不读书不学习的最好借口。在妻子面前，他端容正坐，说："那样脏的地方能读书吗？"尽管他并未有过真正想读书的愿望。

于是，丈夫又回到妻子的室内装饰之中。污垢物一百八十度转弯，这对于妻子来说是可悲可叹的现象。主妇顺风趁势把书斋变成脏物堆积场是应该慎重的，因为最大的脏物因此而又返转回来了。

（宗诚 译）